DIE ZAUBERGEIGE

KURT KLUGE

DIE ZAUBERGEIGE

ROMAN

DEUTSCHE VERLAGS-ANSTALT
STUTTGART

Gesamtauflage 450 000

Gesetzt aus der Linotype Palatino
Schutzumschlag: Atelier Frick-Kirchhoff
Gesamtherstellung: Beltz Offsetdruck, Hemsbach/Bergstraße
Printed in Germany
ISBN 3 421 01234 2

Andante:
Rondò.

Das Quartett in Kranichstedt litt an Geldmangel seit seinem Bestehen. Die Kranichstedter liebten Musik, aber sie hatten viele Abhaltungen. Immer dringender legte der alte Professor Lichtermark dem Vorstand des Quartettvereins ans Herz, die schwierige Lage durch eine zeitgemäßere Mitgliederwerbung zu erleichtern. Dieser Vorstand, der Archivrat Mittenzwey, tat auch alles, was in seinen Kräften stand. Schon der Anblick seiner Persönlichkeit wirkte ein wenig bedrückend auf die Nichtbesucher der Quartettabende, besonders im Winter, wenn der Rat den Pelz über den Bauch gespannt und eine Fellmütze aufgesetzt hatte. Obschon Kranichstedt diesen mächtigen Bauch mit Hilfe des Gerüchtes zu erklären suchte, Mittenzwey nähme in etwas abgelegenen Wirtschaften ganz im stillen starke und fettansetzende Getränke zu sich, trotz dieses Argwohns konnte niemand behaupten, den Archivrat in den gewohnten Tages= und Abendstunden anders gesehen zu haben als würdig gradauswandelnd und das strenge Antlitz ruhevoll in die Kinnwulst gebettet.

Dieses achtunggebietende Äußere des Vorstandes hatte dem Ansehen des Quartettvereins sehr genützt, aber die musikalische Last ruhte allein auf Lichtermarks Schultern. Mittenzwey verstand wenig von Musik; er hätte einem Kunst= oder Leseverein gleichermaßen zur Zierde gereicht.

Ganz ohne vorgesetztes Gutachten mußte sich Lichtermark plagen: er stellte werbekräftig abwechslungsreiche Programme auf, er bot selten gehörte Musik, versuchte die Kranichstedter hin und wieder auch mit leicht eingänglichen Kompositionen zu locken. Jedoch die Müttter erwachsener Töchter fragten, was es helfen solle, wenn das Kind zwei Stunden stillsitzen muß und lediglich von hinten gesehen wird – und es gab viele Mütter erwachsener Töchter in Kranichstedt. Die Väter unmündiger Kinder aber erklärten, sie brauchten Entspannung und verfügten sich ins Lichtspielhaus – und es gab viele Väter in Kranichstedt, die Entspannung brauchten. Mittenzwey mußte sich also wiederholt zum Äußersten entschließen und die Eintrittspreise senken.

Nun bestand aber das Quartett nicht durchweg aus bemittelten Musikanten. Lichtermark selbst spielte die Bratsche. Er lebte von seinem Gehalt als Gesanglehrer am Gymnasium und vermochte auch die heißen Monate des Jahres, in denen sein Verbrauch an Moselwein nicht unbeträchtlich anstieg, ohne Nebeneinnahmen leidlich zu überstehen. Auch der Erste Geiger, Herr Vollrath, konnte sich als hinreichend besoldeter Organist an der Marienkirche schlecht und recht durchschlagen. Den Cellisten jedoch, Herrn Aschenbrenner, drückte der Schuh gelegentlich ganz erheblich. Und mit dem freien Berufsmusiker Andreas, dem Zweiten Geiger, war es ein Jammer. Aschenbrenner verdiente immerhin noch ein paar Mark als Hilfslehrer für Gesang an der Hilfsschule. Andreas aber war steuertechnisch betrachtet, eigentlich gar nichts. Überhaupt stellte er körperlich recht wenig vor. Diese Zweite Geige erfreute sich durchaus nicht der kernigen Gesundheit, welche der Ersten Geige, der Bratsche und dem Cello das Dasein erträglich und bisweilen sogar zum Genuß machte. Das bedrängte Quartett erwog schließlich zu Andreas' Gunsten eine Senkung der Selbstkosten. Aus allgemeinen Werbegründen konnte Mittenzwey das große Jahresfest-essen weder in seiner Beschaffenheit mindern noch gar streichen, aber Lichtermark erbot sich zum Beispiel, die bisher gedruckten Programme selber mit der Maschine auf wohlfeiles Papier zu schreiben. Leider scheiterte dieses Vorhaben an dem Einspruch des Buchdruckers, der dem Quartettverein für den Fall einer solchen Sparmaßnahme kurzerhand mit seinem Austritt drohte.

Als Geigenlehrer hielt sich denn Andreas mühsam über Wasser, und Lichtermark, der als nebenamtlicher Glocken-prüfer vieler Menschen Städte kannte, empfahl ihn in allen besseren Häusern der Provinz aufs wärmste. Der Alte wußte wohl: einen solchen Geiger bekam das Quartett nicht wieder. Den Kranichstedtern nicht – aber dem Professor Lichtermark fiel die drangvolle Kunst dieses blassen jungen Menschen wie ein Gewicht auf sein Musikanten-herz, wenn Vollrath einmal unpäßlich war und Andreas die Erste Geige in der Probe übernahm: ein Fall, der selten eintrat – Vollraths Gesundheit wurde bereits rühmend hervorgehoben. Als nun dem guten Lichtermark einfiel, Andreas die geborene Erste Geige zu nennen, bedeutete ihm Mittenzwey unter vier Augen: „Sie sehen es zu sehr vom rein Musikalischen an, Bester; denn vom Ganzen aus betrachtet: der Organist Vollrath hat eine ausgebreitete Verwandtschaft im Ort. Vollrath auf die Zweite Geige setzen, hieße, das Musikleben Kranichstedts aufs schwerste gefährden" – und Mittenzwey wies an Hand einer Liste der Stammsitzmieter ein für allemal nach, daß der mögliche Austritt des Vollrathanhanges für den Quartettverein schlechthin untragbar war.

Also Stunden geben! Andreas gab Stunden in Esperstedt, in Besenroda, in Ettersfelde – überall, wo in der näheren oder ferneren Umgebung Kranichstedts ein beunruhigtes Menschenkind auf den Gedanken kam, mit Hilfe der Geige die andere Welt schon hier auf Erden zu suchen, da erschien Andreas und gab den nötigen Unterricht. Fünf Mark die Stunde. Man kann sich denken, daß nicht allzuviel Leute wöchentlich fünf oder zehn Mark für einen solchen Zweck auswarfen. Einer aber saß in jedem Ort, an manchen Plätzen saßen auch zwei. Leider lebte keiner in der nächstgelegenen Großstadt, der den Andreas zu sich rief: Leipzig verfügt natürlich innerhalb der eigenen Mauern über angesessene namhafte Meister auf allen Instrumenten.

Aber trotzdem und ungerufen reiste Andreas in kurzen Abständen nach der alten Kantorenstadt, und Kranichstedt hätte gern gewußt, was der Zweite Geiger dort eigentlich zu suchen habe, denn – merkwürdig – er nahm nie seine Geige mit. Daß er in Leipzig geboren war und zuweilen die Straßen der Kindheit wandeln mußte, erklärte noch nicht die Regelmäßigkeiten dieser Fahrten. Erst eine gute Weile später erfuhren die Kranichstedter unter schweren inneren und äußeren Aufregungen, was es gewesen war, das diesen Mann gewaltsam nach Leipzig gezogen hatte: vom Hauptbahnhof eilte er ohne links oder rechts zu sehen über Plätze, durch Straßen, dann über Treppen und Gänge und wieder über Treppen und Flure in den Saal, der die Sammlung der historischen Mu=

sikinstrumente barg. Achtlos ging er vorbei an Spinetten, Cembalos, an Oboen und Gamben, um wie angenagelt stehenzubleiben vor einem Glaskasten, in dem auf einem altitalienischen Sammetstreifen eine Geige lag ... „Antonius Stradivarius, Geigenbauer in Cremona, 1692" stand auf dem Zettel. Nicht zu jeder Zeit war diese Stradivari hier zu sehen. Ein frischer Staubhauch von Kolophonium zwischen Steg und Griffbrett zeigte, daß sie zuweilen namhaften Geigenmeistern zum Spielen anvertraut wurde. Jetzt aber lag sie stumm auf Sammet und hinter Glas, und ihr Anblick erschütterte nicht nur Musikanten: auch ein Bildhauer muß tief erstaunt stehenbleiben vor diesem wunderbaren plastischen Werk. Jungfräulich herb schmiegt sich das köstliche Holz um ihren Körper, den freilich kein menschliches Auge erblicken kann: um ihren Hohlraum spannt sich die tiefschimmernde Haut, um ein körperliches Nichts, um Luft nur, um geformte Luft – ja, um ihr Geheimnis. Die Gestalt dieser Geige saugte Andreas mit seinen Augen in sich, ihre Seele hörte er in seiner Seele widertönen: er war wirklich ein Geiger. Er hörte den ungespielten Klang so deutlich, wie ihn der Schöpfer dieser Geige vernommen hatte, ehe die Geige geschaffen war; denn jener Meister Stradivari vernahm erst den Klang in sich, und dann hat er auf diesen nur ihm vernehmbaren Klang zu die Hölzer gebogen, gestreichelt und geschnitzt – wie von jedem lebendigen Werk erst die Seele im Dasein ist und dann der Leib. Andreas sah die Spiralen der Schnecke an, in die der Geigenbau mündet: frei zu schweben schienen sie, Tonwellen, die am Ende in königlichem Schwung zurückkehren in die Kraft, die sie erregte. Er fühlte die

Innenseite seines Daumens an den Geigenhals sich schmiegen. Seine vier Spielfinger bogen sich, hämmerten, glitten in die Lagen – Andreas fühlte sich die Stradivari spielen. Der Aufseher Schurch war ja allerhand Besucher in diesem Saal gewohnt – Musikanten sind seltsame Leute – aber wenn er diesen Mann da in seinem fadenscheinigen Anzug und mit schiefen Absätzen vor dem Glaskasten stehen und geigen sah mit leeren Händen, nahm Schurch eine Prise mehr; denn Andreas spielte auf der Stradivari lange Stücke. Halbe, ganze Stunden stand der Verliebte vor seiner Geliebten, und die Luft Gottes geigend, erlebte er sie in ihrem gläsernen Sarg. Manchmal setzte er auch die unsichtbare Geige ab und starrte wieder eine Weile das holzumschlossene Geheimnis an, folgte fast verzagt mit seinen Augen der unfaßbar kargen, dieser in aller Wahrheit keuschen Form des Resonanzholzes, welches tief bernsteinrot schimmernd das dichte Zellgewebe jenes Tannenholzes durchscheinen läßt, wie es vorzeiten auf den mageren Alpenhängen der Lombardei gedieh. Und wie gerne hätte Andreas das Ahornholz der Zargen und des Halses gestreichelt, das der Cremoneser Meister weither aus Dalmatien und aus der Türkei verschrieb, das er sondernd durchforschte, von hundert Ahornstückchen das eine wählend, welches eben nur Stradivari erkannte als fügsam dem gewollten Klang. Andreas sah diese in unendlicher Sorgfalt ineins gefügten Holzblätter mit Augen und hörte mit Ohren ihre Musik: den reinsten Erdenklang, den Sopran des Knabengesangs der E-Saite, bis zum G-Saitenton, der, dem Horn verwandt, aus einer unbekannten Ferne heranzukommen scheint auf langen, langsamen Wellen.

Als ob Andreas vom Wein käme oder zu einer Frau wollte, irrte er dann durch die Straßen um die Thomaskirche und wußte nicht, wo er ging. Endlich wachte er seufzend auf, sah sich um ... wohin wollte er doch? Allmählich fiel's ihm ein: E-Saiten kaufen. Er suchte das Geschäft, sah den Verkäufer die zärtlichen Ringel auf den Ladentisch legen. Andreas schüttelte den Kopf: „Stahlsaiten bitte."
Stahlsaiten halten länger. Andreas mußte sparen. Oh, er fühlte in den Nerven seiner Fingerspitzen der linken Hand diesen verfluchten harten Draht. Stahl, Draht, Stahldraht ... in der Campagna und auf den Hügeln hinter Neapel, da weiden Schafe auf dem Gras, das nur dort wächst in der Sonne, die nur dort scheint. Aus den Därmen ihrer Lämmer können Saiten gedreht werden, römische Saiten, weinfarben hell durchscheinend – solche Saiten konnte sich Andreas nicht kaufen. Wozu auch. Seiner Geige tat ein Stahldraht nicht Schaden. Er liebte diese Geige nicht, ja er konnte sie zuweilen hassen. Aber Andreas war ein armer Mann. Er mußte froh sein, daß er überhaupt ein Instrument besaß, mit dem er sein Brot verdienen konnte. Der Ton dieser Violine trug nicht, es fehlte ihr an Gesang – mehr als an Ton und Gesang: die Seele fehlte ihr wohl. Sie gab nicht heraus, was er ihr anvertraute. Seine Kunst verschwand in dieser Geige wie eine Dichtung oder ein Bild oder eine Idee in einem undankbaren Volke. Auf der unerreichbaren Stradivari in ihrem Kristall konnte Andreas spielen im Geiste, sie erklang ungespielt in ihm. Aber diese Dutzendvioline preßte ja beim Geigen ihre kleine Tonwirklichkeit zwischen Beethoven und sein Herz! Gestern hatte er für sich gegeigt in seiner Kammer, immer dieselbe große Stelle

aus dem Beethovenschen Violinkonzert, und plötzlich hatte der arme Mann die Geige am Griffbrett gepackt mit der Faust, drohend gegen das Notenpult gehoben – mit der eignen anderen Hand war er dem Streich des Jähzorns grade noch zuvor gekommen ... ja, Andreas haßte diese Violine so, wie nur ein Mann ein Weib hassen kann, deren falsche dünne Stimme Stunde um Stunde, Tag um Tag, Nacht um Nacht den Gesang seines vollen Herzens verdirbt, ob dieses Weib an äußerer Gestalt auch den schönen Frauen ähneln mag. Die Stradivari war ein Traum: wenn Andreas wenigstens eine der guten Geigen besessen hätte, wie sie auch heute noch in mancher Werkstatt gebaut werden, freilich oft anders gebaut, als der große Meister in Cremona seine Werke schuf aus ein wenig Holzspan – Andreas nickte – gestern hatte er in einer Zeitung gelesen, daß die Produktion der Streichinstrumente nach Ausweis der Leipziger Messe in einem großartigen Aufschwung stände – wieviel Geigen waren's im Jahr? Achtundvierzigtausend oder sechzigtausend? – und eine trefflich fein durchdachte Arbeitsteilung ließ den einen Mann nur Resonanzdecken machen, den andern nur Hälse oder Stege, aber jedes Teilstück nach einem Modell Stradivaris! Haargenau stellt die moderne Meßtechnik die feinsten Schwingungen der Plastik, der Holzdicken fest. Täuschend kann eine Stradivari kopiert werden. Nur klingen die nachgemachten Geigen nicht wie das Vorbild. Am Lack liegt es. Dieser Lack. Warum hat der zweiundneunzigjährige Alte in Cremona nicht ein Zettelchen mit dem Firnisrezept hinterlassen! Dann gäbe es fünfzig-, sechzigtausend Stradivaris auf der nächsten Leipziger Messe. Andreas grübelte: Lack? Oder sollte

der so zuverlässig fühlende Mikrotaster, vom geschmeidigsten technischen Intellekt bewegt, bloß deshalb Stradivaris Ton nicht noch einmal wiederholen können im Weltall, weil jener Ton in Stradivaris Seele erklungen ist, ehe er ihn hat umbauen können mit Holz? Warum ist alles Echte unwiederholbar? Obgleich wir es doch vor uns sehen mit Augen, fassen können mit Händen und nur nachzumachen brauchen?
Aber was wollte Andreas denn! Eine Geige wie die in jenem Museumssaal? Eine halbe Million wert oder eine viertel doch? Er war froh, daß er wenigstens wußte, wie er heute abend zu einem warmen Essen kam.

Der Leipziger Wohltäter des Andreas hieß Schmalfuß und war der Inhaber einer in der Regel erst nach Mitternacht besuchten Gaststätte namens Grotte. Herren in Gesellschaftskleidung erschienen hier in vorgerückter Nachtstunde, um nach einer anstrengenden Tafelei oder aufregenden Oper noch ein Pilsner zu trinken, ohne erst den Hut abnehmen oder sich sonst in ihren Äußerungen irgendeinen Zwang antun zu müssen. Auch Herren ohne Frack verkehrten in der Grotte und setzten sich schon von etwa elf Uhr an, aber gleichfalls ganz zwanglos, in eine der vielen Ecken hinter den Wein. In einem jedoch stimmten alle bei Schmalfuß Erholung suchenden Herren überein: ihre Damen brachten sie nicht mit in die Grotte, denn das weibliche Element war hier in Gestalt anmutiger und gutherziger Kellnerinnen bereits hinreichend vertreten. Das hübscheste dieser freundlichen Kinder hieß Hasel, war schlank, schwarzhaarig, meist sehr guter

Dinge und liebte leise, weiche Melodien. Die Kunst des Andreas bestand nun darin, solche Melodien – natürlich nicht für Hasel, sondern zugunsten der zahlenden Besucher – auf dem sehr schlechten Klavier des Herrn Schmalfuß zum Erklingen zu bringen. Bis zur Polizeistunde und gelegentlich nach ihr machte Andreas in der Grotte leise Musik und bekam dafür neben anerkennenswert guten Getränken ein so vorzügliches Abendessen, daß er der Sorge um die Leibesnahrung zur Not auch für den anderen Tag noch überhoben war. Was er nämlich nicht vertilgen konnte, wickelte Hasel in eine Papierserviette und steckte es ihm in die Rocktasche. Vielleicht stahl Hasel auch in der Küche für Andreas, was sie kriegen konnte – jedenfalls drückte Schmalfuß in diesem Fall seine beiden sonst sehr flink hin und her gehenden Äuglein zu. Er hätte nämlich diesen Musikanten am liebsten für alle sieben Nächte der Woche gegen gutes Essen in seine Dienste genommen: Andreas verstand lockeren Handgelenkes die zärtlichsten Melodien aus dem klapprigen Klavier zu zaubern. Mochte er Hasel auch zuweilen einmal von der sonstigen Bedienung abhalten – seine Kunst wog diesen Schaden auf. „Nichts hat der Mensch umsonst“, murmelte Schmalfuß, „und eines Tages habe ich ihn; denn Liebe ist nicht nur ein fester Kitt, sondern auch, für den unbeteiligten Dritten, ein sehr billiger Kitt.“

Noch waren die etwas dürftig erhellten Stuben der Grotte leer. Andreas hatte gespeist, saß am Klavier. Träumend ließ er musikalische Gedanken aufklingen, wolkenhaft hinziehn über das unverrückbare Bild tief in ihm: über jene wunderbare Geige Stradivaris zogen seine Melodien ihre Schatten. Nicht der magere Ton des alten Klaviers störte ihn. Auch Hasel nicht, die ihren Kopf an seinen lehnte und ihr schwarzes Haar in seine aschblonde Mähne drückte. Sie zeigte auf eine Taste: „Nicht da drauf kommen, die klappert."

Andreas schüttelte den Kopf: „Ist nicht schlimm, Hasel" – er spielte leise weiter – „ein Klavier, zur Not, kann auch schlecht sein. Auch der herrlichste Flügel bedeutet bloß den Ton, der gemeint ist. Vor ein paar hundert Jahren hat jemand Klaviermusik geschrieben ohne eine Ahnung von dem, was ein großer Konzertflügel ist" – Andreas seufzte und ließ die Hände aufs Knie fallen – „Aber die Geige, Hasel. Geigenmusik hat erst geschrieben werden können, nachdem die vollkommene Geige gebaut war. Das ist's ja. Die Geige bedeutet nichts: die ist, was sie ist. Die kann nur durch die Ohren hineinklingen in dich und nur den Ton, den sie eben hergibt. Die ist immer nur sie selber. Sieh den Jammerkasten hier an: der kann alles bedeuten, ein ganzes Orchester. Aber eine Geige muß gut sein. Wie du Hasel" – er umfaßte sie – „was du nicht bist, das bedeutest du auch nicht."

Hasel griff mit beiden Hände in seine Haare, zog des Andreas Kopf hintenüber: „Wieviel bin ich also?" fragte sie leise.

Er hielt still und sah sie nachdenklich an: „Wieviel? Nach dem Metermaß? Ihr seid so schwer zu messen. Es gibt Frauen, die sind nicht bloß da. Die bedeuten auch was –"

„Wie das da?" – Hasel zeigte hochmütig auf das Klavier.

„Auch wie das. Ich habe neulich eine Frau gesehn –"

„Andreas!"

„Laß los! Das tut doch weh. Sie war ja bloß aus Marmor. Und zerbrochen. Ohne Arme. Beinahe ein Trümmerhaufen. Und der steinigte Rest noch bedeutet – euch alle."
Mißtrauisch hörte Hasel die dunklen Sprüche an: „Sag mal, was stellst du dir eigentlich unter mir vor?"
Er nahm sie auf seinen Schoß: „Gar nichts. Ich sagte es ja schon. Du bist du. Bloß du und bloß so. Wie eine Geige sein muß. Es gibt Geigen! Nicht viele mehr. Aber wenn du hier raus gehst, die Straße rechts, immer weiter, und dann noch zweimal links und am Ende gradaus: da liegt eine – oh, eine Geige, Hasel . . ."
„Und ich?" Sie umhalste und küßte ihn. –
Herr Schmalfuß war schon zweimal am Klavier vorbeigegangen. Aber er trug aus Geschäftsgründen Schuhe mit Gummisohlen. Keiner hörte ihn. Nicht ohne Sorge betrachtete der Inhaber der Grotte den zweifellos überlasteten Klavierstuhl. Gewiß, sachlich hatte er nichts einzuwenden gegen eine möglichst enge Verbindung des Andreas mit der Grotte – aber da kamen schon wieder zwei Gäste. Der Wirt hustete. Andreas fuhr zusammen, und Hasel glitt von seinen Knien herab, strich ihr Haar glatt. Der Klavierspieler rückte sich zurecht: „Was wollte ich doch hier? . . . ja, Musik" . . . er sah die Elfenbeintasten an: „Wie die?" . . . er sah Hasel an, die ihm durch den Spiegel an der Wand zulächelte . . . „Oder Musik wie die?" murmelte er und griff den erwartungsträchtigen d-Moll-akkord, schlug das Stimm-A an und sah durch das gläserne Spiegelbild Hasels hindurch in einem gläsern spiegelnden Kasten seine Geliebte ruhen: die Stradivari . . . „Oh, wie die", sagte er lächelnd, „auf italienischem Sam-

met ruht sie, nackt und schön und keusch. In einem gläsernen Kristall. Ein geflügeltes Lebewesen, eingeschlossen in Bernstein, unberührbar" – eine wilde Freude durchzuckte ihn: „Und ich habe sie doch! Ich, Andreas, Zweiter Geiger zu Kranichstedt, ich höre sie, wenn ich will."

Hören, freilich. Nur spielen konnte er sie nicht, wenn er wollte, diese seine Geliebte im Kristall, dies sein wahres Du im Bernstein. Denn vor dem Glaskasten im Museum steht ein Wächter. Und vor dem Wächter ein Oberwächter. Vor dem Oberwächter ein Kustode. Diesem vorgesetzt ein Unterdirektor. Und über alles gesetzt ein Oberdirektor . . . schwer zu tragen, so ein wahres Geigertum ohne wahre Geige.

Aber andre Berufe verbergen auch ihre heimlichen Mißgeschicke in sich. Der Leser braucht sich gar nicht in die Höhen der Kunst zu bemühen, um nachher ihre dunklen Spiegelungen in einem etwas zweifelhaften und von der Polizei aufmerksam beobachteten Lokal namens Grotte mitansehn zu müssen. Da wohnt zum Beispiel in einer so übersichtlichen Kleinstadt wie Kranichstedt der Barbier und Friseur Theodor Kegel. Sein blankgeputztes Messingbecken ziert die enge Nickelsgasse. Wie jedermann weiß, ist das Barbiergewerbe ein sehr notwendiges und durchaus nicht mit den Unheimlichkeiten des Geigertums behaftetes Handwerk. Kegels Laden war als ein gutbesuchtes Geschäft mit fester Kundschaft bekannt. Er rasierte die Männer, seine Tochter Agnes bediente in einem besonderen Salon die Damen – allerdings nur zuweilen, wenn sie nämlich um wichtigerer Angelegenheiten halber nicht von einer Gehilfin vertreten wurde. In diesen Tagen rasierte Kegel nicht ganz so aufmerksam wie sonst, aber die Kundschaft nahm ihm seine Zerstreutheit nicht übel: der alte Thedor stand in Trauer. Er mußte in diesen Tagen seinen Bruder begraben und atmete auf, wenn er abends die Ladentür zuschließen und den einen oder andern Bekannten aufsuchen konnte, der den Bruder noch gekannt hatte, mit dem zusammen Kegel vor fünfzig Jahren aus dem Elternhaus gewandert war. Wenn jetzt aber Thedor Kegel hier oder da bei einem Nachbarn eintrat und nun die Trauer ein wenig wegreden wollte mit Hilfe der Erinnerung, wenn er kaum den Auftakt zu einer schmerzlichen Betrachtung heraus hatte, war die Stimmung schon zerstört, denn Thedor erfüllte die Stube des Nachbars mit einem zarten Rosenduft. Eau de la rêve. Kegel konnte es nicht ändern. Der Geruch hing ihm eben an. Berufsduft. Rosen, Reseden, Frühlingswolken umfächelten ihn. Es philosophiere einmal jemand über Werden und Vergehen des Irdischen und dufte dabei nach Maiglöckchen – kein Mensch glaubt ihm ein Wort! Der Zuhörer hebt schon beim ersten Wort die Nase, schnüffelt ein wenig, macht ein freundliches Gesicht. Kegel hatte ein weiches Herz, zugänglich dem Traurigen – der Nachbar lächelt schnuppernd. Niedergeschlagen seufzte der Friseur und fing gar nicht erst richtig an mit Reden. In seinem Barbierladen freilich stutzte niemand über das Odeur von Eau de la rêve. Kegel rasierte den Fleischermeister Pröhle. „Ja", begann er mit einem Seufzer, „morgen begräbt'n nu der alte Arcularius auf'm Marienfriedhof draußen. 's is mir leid, Meister. Aber was soll'n einer da sagen un

tun? Das geringe bißchen tut'r, was in seinen Kräften steht. Ich hab'n heute früh nochmal schön gemacht für die Reise. Ordentlich rasiert un scharf nachgewaschen un gepudert. Un nachher frisiert, wie sich's gehört, 'n Scheitel links hinten durchgezogen, wie er'n immer trug, als'r noch lebte, jeja."
Kegel beschwor mit stiller Stimme grausige Bilder, die einer beruhigenden Antwort des Nachbars Pröhle gewiß wert waren. Aber der Fleischermeister konnte den Mund nicht aufmachen! Aus technischen Gründen nicht. Kegel preßte ihm beim Rasieren den Mund zu. Und jetzt wollte der Barbier noch ein paar versteckte kleine Stoppeln vors Messer kriegen, drückte die feisten Wangen des Meisters fest gegen die Ohren – plötzlich hielt Kegel das Rasiermesser reglos: von der letzten Reiseausrüstung seines alten Bruders hatte er doch gesprochen, zu einem verständigen und teilnehmenden Nachbarn – und da blickte er in das Gesicht eines lachenden Posaunenengels. Eine Sekunde nur. Aber Kegel schwieg wieder. Das Schmerzliche, Traurige lag eben nicht in seinem Beruf. Handwerk hat einen goldenen Boden, gewiß doch. Aber jedes Handwerk gibt seinem Mann auch unverrückbar die Haltung, und aus der entläßt ihn die Welt nicht! Wer von Jugend auf die leichte elegante Bewegung der rechten Hand geübt hat – Rasiermesser zwischen drei Fingern, der kleine Finger zierlich abgespreizt – der wird schwerlich einen Bann harter Männer oder dunkler Gedanken erfolgreich ins Feld führen. Es findet sich jeder nur bestätigt in seinem Geviert Beruf; in dem, was er zu sein scheint. Was darüber ist, rempelt an einen Nachbar, der dort bereits, ein berechtigter Stammsitzmieter, beruflich haust – denn

jedes Geviert ist besetzt, und in Eigentumsrechten versteht Kranichstedt keinen Spaß. Nur unsre Allernächsten wissen bei Lebzeiten, was hinter uns steckt. Oder nicht steckt. Der alte Kegel war leider Witwer, aber ein Trost war ihm geblieben: die Tochter.

Bedrückt stieg er die enge Treppe hinauf und klopfte an ihre Türe. Agnes sah ihn fragend an und wahrlich nicht aus einem Maskengesicht, wie die Rasierkundschaft unten: ein holdes Antlitz, aus dem die unverwundeten Augen lächelten, welche in zwanzig Jahren noch keine Gelegenheit hatten, die aufgerissenen Flanken des Lebens unter der Kunstseide zu erblicken. Diese Tochter war ganz nach Thedor Kegels Sinn geraten. In dem blitzsauberen, wohldurchdüfteten Barbierhaus war sie herangewachsen und fand überall den angeborenen Sinn fürs Feinere genährt. Der alte Kegel brauchte oft altmodische Worte, besonders „apart" hätte er gern bei allen möglichen Gelegenheiten gesagt. Aber es gab ja nicht viel Apartes. Nur Agnes! Agnes war wirklich ein apartes Mädchen. Der alte Kegel setzte sich auf den Bettrand und sah zu, wie sie da noch fleißig um Geldverdienst Zöpfe von Frauenhaar flocht, wie ihre emsigen Finger die flirrenden Fäden zu Strähnen ordneten, die Bündel zierlich übers Kreuz verflochten: „Das hast du von deiner seligen Mutter, Agnes. Die Kegeln, jeja . . . wer sie noch gekannt hat. Wenn sie so die Nickelsgasse längs ging, die konnte sonstwer sein . . ." Alles wäre gut gewesen – aber Agnes hatte auch allerlei von ihrem Vater geerbt: dieses Besinnliche, das die jugendliche Mädchenfreude am Traurigsein vertiefte. Und das Musikalische! Thedor hatte stets betont: „Ich habe Gehör." Aber Agnes sah auch noch musikalisch aus. Wer sie erblickte, blieb stehen und hätte am liebsten gleich gefragt: Spielen Sie Klavier oder singen Sie? Agnes spielte aber Geige – das war erst recht apart und Thedor Kegels besonderer Stolz. Befriedigt teilte er der Barbierkundschaft mit, was Agnes zur Zeit spielte und nannte dabei schwer auszusprechende Namen italienischer Meister, die kein Mensch im Laden bis dahin gehört hatte. Er fügte wohl auch hinzu, daß das ein Andante grazioso sei, was da eben von oben erklinge. So wäre alles schön gewesen und sehr gut. Die Geige, der große Italiener und das Grazioso paßten dem alten Thedor wunderbar ins Haus. Aber der Geigenlehrer!

„Dieser Andreas, Agnes" – Kegel schüttelte den Kopf – „gibt es denn keinen anderen? Ein Lehrer muß doch wenigstens auch wie 'n Lehrer aussehn. Drei Wochen hat er grade noch einen Knopf am Rocke gehabt. Seit gestern fehlt der auch. Unrasiert läuft er rum, so 's ihm paßt. Und lieber Gott, wenn er sich die Haare bloß zweimal im Jahre schneiden läßt, muß er sie doch wenigstens kämmen. Nicht bloß mit 'n fünf Fingern durchfahren. Wenn einer so wenig auf Proppertät hält –"

„Hast du mal gehört, wenn er Doppelgriffe spielt, in Allegro?"

„Was hat Allegro zu tun mit der Proppertät?"

„Viel, Vater. Wer so schwere Noten so goldrein spielt, hat viele Tage und Nächte gelernt. Und wer so arbeitet, hat die Proppertät, wie du 's nennst, in sich. Auch ungekämmt. Vielleicht hat er keinen Kamm."

Kegel sah seine Tochter forschend von der Seite an. Dann sagte er: „Das ist nicht fein, Agnes. Das ist nicht mal anständig. Gegen das Arbeiten will ich nichts gesagt haben"

– er seufzte – „aber so ein wütendes Wesen muß der Mensch nicht zum Vorbild nehmen. Willst du etwa auch geigen Nächte durch und später mit schiefen Absätzen und wilden Haaren rumlaufen?"
Agnes beugte sich tiefer auf ihre Arbeit: „Ach, Vater, ich lerne so gut ich kann, was mir Andreas vorspielt. Der lernt auch. Aber der ist ein Meister. Der lernt geigen, was ihm von innen kommt."
Von innen . . . bei diesem Äußeren? Daß doch das Schöne nicht auch schön daherkommt, wie sich's eigentlich gehört, dachte Thedor, eines Friseurs Sohn und selbst Friseur seit seiner Jugendzeit, der es eigentlich von Beruf verstehen müßte. Ja, alter Vater Kegel, es ist sehr merkwürdig, daß das Schöne und Gute mit Müh und Not über dem polternden Zug von Gerümpel grade eben noch so weit hochgehalten werden kann, daß es nicht verschwindet in Schutt und Müll.
„Gott behüte dich, Agnes. Gute Nacht."
Thedor stieg in tiefen Gedanken die Holztreppe hinunter.

Hauptprobe des Quartetts. Vier Männer saßen auf dem Podium des großen Saales im Gasthof zum Lamm. Einsam im leeren Riesenraum unten saß Mittenzwey, der in seiner Eigenschaft als Vorstand des Quartettvereins regelmäßig der Hauptprobe beiwohnte. Lichtermark leitete die Musik. Mittenzwey nahm die Musik sozusagen ab. Er trug ja die Verantwortung vor den Stammsitzmietern. Gott sei Dank wußte der Vorstand nicht, wofür er die Verantwortung trug. Lichtermark hatte nämlich das Wagnis unternommen, diesmal ein besonders schweres Quar=

tett von Beethoven aufzuführen. Musik war, wie gesagt, nicht unbedingte Lebensnotwendigkeit für Mittenzwey. Gegen Musik aber, wie sie jetzt vom Podium herabklang, war seine Natur völlig gesichert. Sein Kinn senkte sich langsam zur Brust, er nickte, nickte tiefer, schlief – nun der letzte Akkord . . . Stille – das plötzliche Verstummen des Geräusches weckte ihn. Aber der Archivrat Mittenzwey hatte in seinem Leben ungezählte Sitzungen durchgemacht, war in mancher entschlummert: er besaß seine Technik, den Ruck ins Leben mit Anstand zu vollziehen. Er fuhr nicht einfach hoch wie ein Neuling. Ganz langsam, wie unter der Beethovenschen Gedankenlast seufzend, hob er das Haupt, sah die einzelnen Mitglieder des Quartetts tiefernst an, holte Atem, nickte abermals mit dem Kopf und sprach gedämpft: „Das kann so bleiben. Bitte weiter."

Lichtermark war schon in den Jahren nahe Siebzig; er fragte sich manchmal, ob er nun nicht lieber in Frieden für sich musizieren solle, mit diesem Andreas vielleicht – aber das öffentliche Spiel brachte doch auch so seine kleinen Freuden mit sich, zu deren verführendster dieses immer wiederkehrende meisterhafte Erwachen des Vorstandes gehörte. Wenn Mittenzwey im leeren großen Lammsaal sagte: „Das kann so bleiben", sprach Lichtermark zu sich: „Einen Konzertwinter mach' ich doch noch mit." Er fühlte sich von der Heiterkeit des Gerechten erfüllt, und das Bild Beethovens schien ihm zuzunicken von der Wand: Kranichstedt, Bonn, Wien – wir sind unter uns, Alter. Spielt nur weiter. Ich weiß schon, wie's gemeint ist.

Nicht ganz unter sich waren die beiden: das Beethovenbild und Lichtermark – Andreas mußte als der dritte gel=

ten. Andreas war Lichtermarks Sorgenkind. Beim Einpacken der Instrumente drehte der Professor bedächtig die Schraube des Bogens locker, sah über die Brille mißtrauisch dem Zweiten Geiger zu, wie der eilfertig seine Geige in Tuch wickelte, und begann: „Sie wollen heute wohl wieder nach Leipzig?"
„Die Probe ging doch glatt. Ich habe den ganzen Nachmittag vor mir."
„Und die Nacht."
Andreas schnappte die Schlösser seines Geigenkastens zu. Aber Lichtermark ließ nicht locker: „Es heißt im Ort, Sie kämen allemal erst frühmorgens aus Leipzig zurück. Und wenn Sie nicht verreisen, Andreas, wenn Sie hierbleiben, dann üben Sie nachts, sagen die Leute."
Der Geiger zuckte die Schultern gleichmütig: „Eine Wirtin nach der andern hat mir gekündigt. Aber jetzt wohne ich gut. Bei der Frau Weißpfennig. Die ist taub."
„Hm. Bei der alten Weißpfennig. Ist das nicht im Haus hinter Kegels Garten? Na ja, die Barbierstube ist nachts geschlossen, da stören Sie niemand. Sagen Sie mal: wann schlafen Sie eigentlich?"
„Oh, wenn ich Zeit habe."
„Tags oder nachts?"
„Verschieden, Herr Professor."
„Andreas, ich bin ein alter Mann. Mir nehmen Sie's nicht übel: Sie haben zu wenig Respekt vor sich selber."
Der Geiger hatte seinen Kasten schon unterm Arm. „Ich arbeite", antwortete er.
„In Leipzig auch? So. Na – sein Sie heute ausnahmsweise mal vernünftig, Andreas. Wir machen ein bißchen Musik zusammen" – er zeigte nach dem offenen Saalfenster, an

dem die Gardinen wehten wie Segel – „Merken Sie's? 's wird Frühling. Ah, wie einen das jedes Jahr wieder an=weht. Das ist die gute Zeit zum Musizieren. Und dann schöppeln wir sachte eine Flasche Mosel leer, wie?"
Aber nicht Frühling, nicht Mosel lockte diesen Zweiten Geiger. Er trat von einem Fuß auf den andern, stotterte eine Entschuldigung, die ihm auch der Gutwilligste nicht glauben konnte. Lichtermark ging brummend seines We=ges. Andreas eilte nach dem Bahnhof und war so ver=wirrt über die elende Lügenausrede, mit der er des alten Professors freundliche Einladung vergolten hatte, daß er vergaß, seine Geige nach Hause zu schaffen. Heute fuhr Andreas zum ersten Male mit seiner Geige nach Leip=zig.
Der Tag der Hauptprobe schnitt überhaupt eine deutliche Kerbe in den Zeitablauf der Beteiligten. Der Frau Mitten=zwey, einer ängstlichen kleinen Dame, die den Kopf et=was zurücklegen mußte, wenn sie zu ihrem Gemahl auf=blickte, war vom Archivrat grundsätzlich bedeutet wor=den, daß ein von Verantwortung getragenes Zuhören einem Musikvorstand an solchem Tage natürlich nicht er=laube, die Stunden nach der Hauptprobe in gewisserma=ßen kleinbürgerlichen Innenräumen zu verbringen. Er brauche zunächst Bewegung. Ferner sei er der Einkehr be=dürftig und zuletzt der Entspannung. Unter der etwas ungenauen Zeitangabe „Stunden nach der Hauptprobe" verstand der Archivrat, wie seiner Frau im Lauf der Jahre klargeworden war, eine Spanne vom frühen Nachmittag an bis etwa gegen zwei oder drei Uhr des anderen Mor=gens. Zunächst begab sich Mittenzwey an solchen Tagen zum Friseur. Wenn sein Haar gewaschen, frisch geschei=

telt, der Bart beschnitten, hie und da ein weißes Härchen beseitigt und über das Haupthaar ein zarter Hauch von Eau de la rêve gespritzt war, kam sich der Rat wieder ganz jugendlich vor. Kegel bediente ihn mit besonderer Aufmerksamkeit. Der Rat fühlte die Schere überhaupt nicht. Die Handhaltung Thedors beim Verschneiden der buschigen Augenbrauen konnte nicht zierlicher sein. Umschwebt von Bedienung fühlte sich der Rat – und Kegel hatte seine Gründe zu solcher Anstrengung. „Wie hochverehrter Herr Vorstand, denken Sie als Sachkenner über den Geiger Andreas?"

„So, so. Ein junger Mann noch. Aber eine Zweite Geige, die sich hören lassen kann."

„Hören lassen – gewiß Herr Rat. Aber sehen lassen – kann er sich auch sehen lassen? Das frage ich mich, denn er ist der Lehrer meiner Tochter. Dort drüben wohnt er – nein, dort: das schmale Fenster im Hinterhaus, gleich über dem Fliederbaum. Ja, zum Ansehen bietet er wenig –"

„Nun ja, er ist ein armer Schlucker. Sein Rock –"

„Nicht nur die Kleidung, Herr Rat. O nein: sein Inneres. Man spricht allerlei. Er soll öfter nach Leipzig reisen: ohne Geige. Was tut er ohne Geige die ganze Nacht in einer großen Stadt? Heimlichkeiten tut er! Sie verstehn meine Sorge, Herr Rat – er ist der Lehrer meiner Tochter."

Mittenzwey verstand. Er würde mal rumhören, was an Geigenlehrern näherer Betrachtung würdig sei in besonderem Hinblick auf junge Schülerinnen. Kegel half dem Rat in den leichten Sommermantel. Etwas umwölkten Blickes begann Mittenzwey mit dem ersten Teil der Erholung von der Probe: er machte sich Bewegung. Aber was Kegel mit Eau de la rêve Gutes getan hatte am Archivrat, war durch seine Rederei wieder verdorben worden. Jeder Mensch kennt Geräusche, Worte, Handlungen, die er nicht vertragen kann – Mittenzwey konnte das Wort „Heimlichkeit“ nicht hören, ohne verstimmt zu werden. „Er hat Heimlichkeiten“, brauchte in seiner Nähe jemand nur ganz beiläufig zu sagen, und der Rat hörte sogleich in aller Heimlichkeit angestrengt hin, ob etwa von ihm die Rede war. Jetzt schritt er strengen Blickes durch die Straßen, durch den Schloßpark, durch die engen Gassen. Erst am Ende des Ortes, wo die Arnstädter Gasse zur Landstraße wird, am Fuße des Windmühlenberges, hellte sich sein Antlitz auf. An dieser Stelle endete seine körperliche Bewegung. Hier lag die Scherbelschänke, wenig besucht von Kranichstedtern, vom besseren Publikum überhaupt nicht, aber landbekannt als Wirtshaus. Wenn der große Festtag Kranichstedts kam, der Topfmarkt, erschienen hier seit alters von weit und breit her die Töpfermeister des Landes samt den Töpfermeisterinnen, stellten in diesem alten Gasthof ihre Wagen, ihre zerbrechliche Ware und vor allem sich selber unter Dach. In neuerer Zeit hatte das Ansehen des Topfmarktes etwas gelitten. Man feiert andre Feste und zieht auch den alten, schönbemalten Töpfen das Aluminiumblech vor, welches nur Beulen bekommt, statt in Scherben zu gehen – der Geschmack wechselt auch von Zeit zu Zeit. Aber die Töpfer sind tapfere Leute, sie kamen trotzdem und stellten rings um die Marienkirche herum ihre lustige Ware aufs Pflaster. An solchen Tagen mied Mittenzwey die Scherbelschänke, denn wenn kriegerisch gesinnte Töpfer in der Scherbelschänke den Topfmarkt feiern, können Archivräte dort nicht Einkehr halten.

Heute war Ruhe im großen Vorderzimmer, Ruhe in der kleinen Hinterstube. Mittenzwey konnte unbehelligt mit der Einkehr beginnen, trefflich unterstützt von der Wirtin Krumbiegel, die zwar schon im Witwenstand lebte, aber noch eine ungemein rüstige und ansehnliche Frau war. Kegel, ein Friseur und demnach Frauenkenner, sprach nie über Kunden – über Frau Krumbiegel aber hatte er einmal zu Fleischermeister Pröhle gesagt: „Die? Die red' mit 'm ganzen Leibe." Wo sonst als in dieser Scherbelschänke wurde der Vorstand des Quartettvereins so erfreut und wortreich empfangen! Schmunzelnd wollte er sich setzen, hob die Rockschöße – „Nein nein!" rief Frau Krumbiegel und fuhr noch blitzschnell mit dem Staublappen über das Wachstuchsofa. Er wollte behaglich die Arme auf den Tisch stützen, die Hände reiben – „Nein nein!" Sie riß die rotgewürfelte Tischdecke herunter, legte ein weißes Tuch auf, stellte eine Vase mit Strohblumen auf den Tisch. Und sie briet Lendenschnittchen, quirlte ein Omelett. Kaffee kochte Frau Krumbiegel, stellte frischen Mohnkuchen auf den Tisch, und als sie endlich mit der Likörflasche erschien, rief der Rat: „Aber doch zwei Tassen, Liebe! Zwei Kuchenteller und, haha, zwei Likörgläser!" Angenehm verstrich der Rest des Nachmittags. Sanft senkte sich die Dämmerung wie über Kranichstedt so über die Hinterstube, und es wurde allmählich Zeit, in den dritten Teil der Tagesordnung einzutreten: in die Entspannung, denn die Stunde des Abendessen rückte heran. Der Rat speiste. Der Rat erquickte sich an einem schweren schwarzen Bier. Es gab auch Abende, an denen er Wein trank. Zuweilen mußte Frau Krumbiegel sogar Schaumwein bringen, der dann in

einem vernickelten Weinkühler stattlich auf dem Tische stand.
Gegenüber dem Archivrat hing ein Spiegel an der Wand, in dessen Rahmen allerlei Geschäftskarten geklemmt waren. „Frisiersalon Thedor Kegel" las Mittenzwey. Er rückte am Kragen, an der Brille. Er glättete den sorgfältig geschnittenen runden Vollbart. Der silberne Hals der Sektflasche war im Wege, zielte wie ein Gewehr in Mittenzweys Spiegelbild. Er rückte den Flaschenhals beiseite, betrachtete sich wieder, hielt den Kopf dabei schief ... ein wenig unruhig schien ihn die Prüfung zu machen.
Ja – einem von Natur fahrlässig aussehenden Mann mag solches Wohlleben hingehen, sprach eine dunkle Stimme in ihm, aber dir, dem beleibten Herrn mit dem strengen Gesicht?
Mittenzwey ergriff rasch die dicke Flasche, schenkte sich ein: „Das bißchen Leben. Man will doch auch was davon haben."

Andreas brauchte sich wegen seiner Heimlichkeiten keine Sorgen zu machen. Der sah fahrlässig aus. Oder wenigstens nicht alltäglich sah er aus, wie er da mit seinem Geigenkasten unterm Arm die Gaststätte zur Grotte betrat.
„Aha", sagte Schmalfuß, „heute Violineinlage!"
„Du spielst Geige" – Hasel strahlte.
Aber Andreas verlangte nur zu wissen, wo er sein Instrument sicher verwahren könne. Kein Zureden half. Hasel schloß ihm einen Nebenraum auf, in dem Stühle übereinandergestellt, Tische gestapelt waren, Körbe mit Glä-

sern, Bestecken herumstanden. Die Lichtleitung versagte. Hasel brannte ein Streichholz an: „Warum spielst du nicht? Ein kleines Stück bloß“ – sie hielt ihn fest, das Holz verlöschte – „für mich, Andreas.“

„Ein andermal.“

„Hier hört's doch keiner“ – sie hatte ein Lichtstümpchen angezündet.

„Ich – ich kann hier nicht geigen.“ Er suchte nach einer Ausrede, die Hasel kein Leid antat, er lachte: „Weißt du, warum? Ich habe schlecht geträumt letzte Nacht.“

„Oh, geträumt! Andreas – vielleicht war das gar nichts Schlechtes! Bleib hier. In einer Minute bin ich wieder da.“

Eigentlich hatte Andreas Hunger und gar keine Lust, in dieser Abstellkammer zu stehn und zu warten. Er hob den Leuchter. So klein war der Raum gar nicht ... dort in der Ecke stand ein alter Schrank aus gelbem Holz, schief an der Wand hing ein leerer Bilderrahmen ... Da kam Hasel gelaufen, atemlos. Erstaunt sah Andreas das bunte zerflederte Heft an, das sie brachte. „Hier steht alles drin“, sagte sie.

„Traumbuch; wahrhaftige, unbetrügliche Unterweisung, wie allerhand nächtliche Träume und Erscheinungen ausgelegt werden sollen“, las Andreas – „Na, Hasel, nächtliche Erscheinungen –“

„Lache nicht. Du wirst's gleich merken. Also los. Das geht hier alphabetisch. Wovon hast du geträumt?“

Andreas lächelte vor sich hin. Er hatte wirklich geträumt.

„Von einem Baum –“ begann er.

Sie blätterte eifrig: „Be – Ba – Baum!“

„Halt! Ich, ich selbst bin ein Baum, und ich stehe an

einem ausgetrockneten Fluß. An einem Strombett. ‚Da gucken schon die Hungersteine raus', sagen die Leute und zeigen auf die trockenen Felsbrocken zwischen den Wasserlachen. ‚Alle hundert Jahre sieht man die', flüstern die Menschen und sehen mich an: ‚Nun verdorrt der auch.' Ringsum alles knisternd dürr und tot. Ich fühle, wie mir die letzten Blätter abfallen. Aber da" – Andreas packte Hasel am Arm – „in einem Nu wird es Nacht, ein schwefelgelber Blitz, ein ungeheurer Donnerhall, wie in einem Domgewölbe großartig breit auswummernd. Und gleich ist die Luft wieder zart und leicht, ich atme den elektrischen Duft bis ins Innerste, die Blätter wachsen neu, schmaler dunkelgrüner Lorbeer" – Andreas legte die Hände an seine Schläfen, schloß die Augen – „und ich bin wieder lebendig, Hasel."

Das Mädchen sah ihn reglos an: „Ach", sagte sie, „und nun bist du aufgewacht? Und das Gewitter hat gar nicht geregnet?"

Er schüttelte den Kopf: „Der Blitz hat mich aufgeweckt aus der Totendörre. Also sieh nach in deinem Buch, was das bedeutet."

Ratlos blätterte Hasel. Was sollte nun gelten? Baum, Blatt, Feuer, Wasser, Hungerstein, Blitz ... „Da! Sieh her. Bei Blitz steht: Sei auf der Hut, sie werden über dich kommen mit Gewalt – o weh, Andreas ..."

„Und was heißt: frische Blätter wachsen aus einem verdursteten Baum?"

Hasel blätterte, suchte in ihrem Traumbuch ... das stand nicht drin.

Andreas starrte über sie weg. „Auch gut", sagte er vor sich hin, „was noch niemals geschehen ist " – er sprang

auf, schlug mit der Faust auf den Tisch – „das bedeutet dieser gottverdammte Traum!!“
„Andreas! Bist du krank?“
Er sah sie an, erwachend, noch bleich im Gesicht: „Hast du Angst?“ Andreas streichelte sie. „Du bist ein gutes Mädchen, Hasel.“

„Na? Noch verreisen, eh der Topfmarkt losgeht, Nachbar?“ fragte Meister Pröhle, als Thedor Kegel mit der Ledertasche in aller Frühe an seiner Ladentüre vorüberging.
„Zum Abend bin ich wieder zurück. In die Einkaufsgenossenschaft muß ich. Seife, Haarwasser un was so is.“
Eine leere Reisetasche und ein schweres Herz nahm Thedor mit auf die Fahrt nach Leipzig. Seife brachte ihm auf Wunsch auch die Post ins Haus. Seife war nur Vorwand. Aber Heimlichkeit erzeugt Heimlichkeit. Heute ging Thedor Kegel dunkle Pfade – wie anders sollte er diesem Andreas auf die Sprünge kommen? Wer das Wesen der Frauenfrisur aus dem Grunde studiert hat wie er, versteht sich auf Frauenherzen. Ihm machte Agnes nichts vor! Hier war Gefahr im Verzuge. Lieber Gott, ein Geiger ohne Beruf. Der Mensch mußte aus dem Haus. Seine Tochter sollte nicht unglücklich werden. Thedor hatte bei bei Andreas' Wirtin erkundschaftet: der Mieter fährt heute mit dem Mittagszug wieder nach Leipzig. Thedor Kegel wird also einen Zug eher nehmen und zur Zeit am Bahnhof auf der Lauer stehen. Dann wird man gleich dahinterkommen, was ein Geiger ohne Geige in einer großen Stadt zu schaffen hat bis zum andern Morgen.

Schlechtes natürlich! Oh, wenn er nur recht Schlechtes tut. Der besorgte Vater sah sich schon mit den unwiderleglichsten Beweisgründen ausgerüstet vor seiner Tochter stehen: Hab ich dir's nicht gesagt, Agnes? Nun weißt du's. Ein Lüderjan ist er!

So stellte sich Kegel die Abwicklung des Falles Andreas vor. Zunächst ging auch alles planmäßig. Kegel nahm seine Bereitschaftsstellung in der Leipziger Bahnhofshalle ein, hinter der linken Treppenwange. Andreas kam. In einem vorsichtig bemessenen Abstand ging Kegel hinter ihm her: „Jetzt bin ich neugierig." Teufel, was lief der Kerl! Dabei rannte er zum Erstaunen Kegels in immer feinere Stadtbezirke: „In so 'ner anständigen Gegend verübt der seine Untaten?" Vollends verblüfft stand der Verfolger da, als er Andreas in ein vornehmes, mit Säulen und Figuren prachtvoll verziertes Gebäude eintreten sah. Museum stand dran, zwanzig Pfennig Eintritt kostete es. Behutsam folgte er, lugte ihm nach über Treppen und Gänge. Endlich stand Andreas still in einem Saale, der voller Geigen hing. Eine gute Weile wartete Kegel auf dem Flur und behielt den Eingang im Auge. Andreas rührte sich nicht von der Stelle: „Aber bis morgen früh kann der Kerl ja nicht stehenbleiben." Gähnend besah Kegel in einem Nebenraum alte Notenhandschriften, von Zeit zu Zeit in den Saal spähend: da stand er immer noch an derselben Stelle. Wie lange soll das dauern, bis der Mann rum ist in diesem großen Museum? Kegels Trost war: mit Beginn der Dunkelheit wird hier zugemacht. So stand auf einer Tafel unten am Eingang zu lesen. Und mit Beginn der Dunkelheit beginnen ja wohl auch erst die Abwege solcher Leute. Da hieß es eben warten.

Kegel betrachtete die Ölbildnisse großer Meister. Schließlich fesselte der Raum mit dem Schlagzeug seine Aufmerksamkeit. Hier gab es endlich Geräte zu sehen, die in Kegels Fach schlugen. Aufmerksam musterte er die Bekken. Ob die ein musikalischer Friseur in die Musik eingeführt hat? Dazu klangen sie eigentlich wieder zu unfein. Kegel geriet ins Nachdenken: war überhaupt die Barbierkunst eher in der Welt oder die Tonkunst? Oder war die Sehnsucht nach dem Schönen in der gleichen Morgenstunde der Kultur erwacht? Mein Gott, durchfuhr es den versonnenen Kegel plötzlich – der Lüderjan! Im Geigensaal stand er nicht mehr. Kegel lief durch alle Räume, kam atemlos wieder in den Saal der Streichinstrumente zurück – Andreas war verschwunden!

Der Aufseher Schurch wunderte sich über diesen aufgeregten Liebhaber historischer Musikinstrumente: „Sucht der Herr was Bestimmtes?"

„Einen Herrn" – Kegel beschrieb ihn.

„Ach der", Schurch nickte, „der is vor 'ner Viertelstunde gegangen."

„Allmächtiger – wohin denn?!"

„Wenn die Besucher wieder raus sind, werden sie nicht mehr von uns beaufsichtigt, mein Herr."

Dieser Grundsatz leuchtete Kegel so langsam ein, daß die beiden Männer in ein Gespräch gerieten. Sie fanden Gefallen aneinander: „Kegel, Thedor Kegel, Friseur."

„Schurch."

Nachdem sie sich mit Namen anreden konnten, kamen sie auf ihre näheren Lebensumstände zu sprechen. Schurch verstand etwas von Musik, und Kegeln drückte die Sorge, daß diese Fahrt völlig im Sande verlaufen

könne: „Haben Sie, Verzeihung, eine Tochter, Herr Schurch?"
Der Aufseher begriff nicht sofort den inneren Zusammenhang und antwortete verwundert: „Viere, Herr Kegel."
„Wie alt?"
„Zwanzig, einundzwanzig, zweiundzwanzig, dreiundzwanzig."
Kegel legte seine Hand vertraulich auf Schurchs Uniformärmel: „Dann können Sie mir raten."
„Haben Sie auch mehrere in dem Alter?"
„Eine."
Schurch sah ihn ein bißchen von oben an.
„Aber", fuhr Kegel fort, „eine musikalische."
Jetzt ruhte Schurchs Auge mit einer gewissen Teilnahme auf dem Museumsbesucher: „Hm hm hm hm hm", antwortete er.
Kegel fühlte sich angezogen von soviel Menschlichkeit: „Herr Schurch, Sie haben doch beruflich mit nichts als Musikalien zu tun. Ich bin ja auch musikalisch. Ich habe Gehör. Aber den Blick für die Musikalien, den haben Sie besser – Herr Schurch, was halten Sie zum Beispiel von einem Geigenlehrer – etwa Mitte Dreißig – wenn die Tochter zwanzig is?"
Schurch wiegte bedenklich den Kopf: „Is sie hübsch?"
„Sehr."
„Herr Kegel", antwortete Schurch mitleidig, „zwanzig un Musik un Geigenlehrer: da tut sich was, oder ich will nich Schurch heißen. Insgeheim läuft das so: erst sieht man sich. Na ja, woanders sieht sich das junge Volk ja auch. Aber, erstens, man sieht sich allein; ich meine: zu zweit; was besagen will: ohne Zuschauer" – Kegel wurde

unruhig – „Zweitens", fuhr Schurch unerbittlich fort, „zweitens: man sieht sich aus technischen Gründen immer in der Nähe, gewissermaßen handgreiflich –"
Kegel schnüffelte aufgeregt und unterbrach zu seiner eigenen Beruhigung den Sachkenner: „Hinwiederum aber: man hört im Laden unten genau, ob sie oben geigen oder nich."
„Das denkt der Nichtfachmann", sprach Schurch überlegen, „unsereiner weiß das besser, Herr Kegel. Ich komme jetzt zu Drittens. Drittens also: das junge Paar macht Musik. Was aber is Musik, Herr Kegel? Musik is 'n inniges melodisches Empfinden, welches in den Teilnehmern gleichermaßen um sich greift. Un warum is Musik 'n staatliches Wertobjekt, Herr Kegel? Weil die musikalische Melodik dienlich is zur Erweckung un Ausbreitung von Liebe un damit wieder den Kindersegen der Einwohnerschaft befördert. Wenn man auf mich hörte – ich bin 'n Aufseher un habe mehr Zeit als andre Leute, meine eignen Gedanken zu haben – wenn man mich um Rat fragte, dann sagte ich: mehr Musik zum Behuf der Liebe. Viel mehr Musik! Un immer so 'ne sanfte, milde Musik – dann aber, mein Bester, dann könn' Sie was erleben! Dann verlobt sich's um Sie rum un verheirat' sich un kriegt Kinder –"
Das war ja alles höchst beunruhigend für Thedor Kegel. Er zog an seinem Schlips, zupfte an den Ärmeln. Aber Schurch hatte früher, ehe ihn der Rheumatismus in den Gelenken plagte, in mehreren Tanzorchestern die Baßgeige gespielt und verstand die Sache wirklich. Er rückte jetzt auch noch die technischen Einzelheiten des Violinunterrichts ins rechte Licht: „Nu passen Sie auf. Da

heißt's: 'n linken Ellbogen mehr unter die Geige – er rückt ihr'n zurechte. 's Kinn nich krampfhaft auf die Geige drücken – er lockert's ihr. 's Handgelenk durchbiegen – er biegt's ihr. Un wenn nu das Kinn hübsch rund is und der Ellbogen schön glatt un 's Handgelenk niedlich – nee, nee, Herr Kegel."

Von dem Gesichtspunkt aus hatte der Vater der schönen Agnes die Sache noch gar nicht betrachtet. Auch in seinem Fach – natürlich, man weiß ja, was da manchmal bei Damenfriseuren infolge unmittelbarer Berührung mit der Kundschaft herauskam! Er stellte nun in seiner Angst kurzerhand die Frage: „Herr Schurch, wo kriegt man in einer so großen Stadt wie Leipzig am sichersten einen Musikanten zu fassen, der erst am nächsten Morgen wieder in Kranichstedt ankommt, aber trotzdem kein Geld fürs Hotel gehabt haben kann?"

„Da schlägt jede Berechnung fehl, Herr Kegel. Nach meiner Erfahrung als langjähriger Aufseher von Musikinstrumenten, als Platzanweiser im Gewandhaus un als stellvertretender Logenschließer auf 'm dritten Rang im Neuen Theater kann ich nur sagen: bei Musikanten stimmt selten was, un bei Geigern stimmt überhaupt nischt nich."

Schurch sah Kegels wachsende Besorgnis. Mitfühlend bot er ihm eine Prise an. Aber Kegel war es gar nicht nach Niesen und „Wohl bekomm's!" zumute. Er lief eilends aus dem Haus, bestieg die elektrische Straßenbahn und fuhr nach Lindenau, wo sich in der Nähe des Marktes der Herren- und Damensalon seines alten Freundes Lüdicke eines guten Rufes in Fach- wie Kundenkreisen erfreute.

„Thedor!!" – Lüdicke umarmte den unerwarteten Besuch vor aller Augen – „wo kommst du her?!"
Die beiden erzählten, was sich vor fremden Ohren sagen läßt. Das ist meistens nicht viel. Als aber der Laden eine Weile leer war, setzten sich Kegel und Lüdicke ins Hinterstübchen. Lüdicke schenkte dem Besuch eine Tasse Kaffee aus der Thermosflasche ein, und der untröstliche Reisende konnte sich nun endlich seiner Sorgen entledigen. Zunächst entwarf er ein naturgetreues Bild von Andreas. Das gelang ihm gut. Lüdicke sah Andreas deutlich wie einen Barbierkunden vor sich: Frisur, Kragen, Schlips, Rock, Hosen, Stiefel – alles Wesentliche eines Menschen wurde genau beschrieben. Aber leider mußte im Falle Andreas all dies Wesentliche als mangelhaft bis ungenügend bezeichnet werden – Frisur und Hut fehlten überhaupt. Dann umriß Kegel in knappen Linien die berufs- und einkommenlose Existenz eines unbekannten Zweiten Geigers, und nachdem ihm auch dies gelungen war, erzeugte Kegel in Lüdicke das beklemmende Gefühl: um einen solchen Menschen und die seinen Unterricht genießende unglückliche Agnes droht eben in dieser Zeit die Liebe ihre weißen Arme zu schlagen – wenn nicht Kegel rasch und entschlossen die Liebe beiseiteschiebt und sich selbst mit guten Argumenten zwischen den Taugenichts und das arme Kind stellt – „Hilf mir, Lüdicke!"
Aufmerksam war der Fachgenosse Thedors Darlegungen gefolgt. Solche Geschichten behagten ihm. Er war in seiner Jugend auf etwas anderen Pfaden gewandelt als der besinnliche Kegel, dem von seinem Vater eingeschärft worden war: „Thedor, vergiß nie in deinem Leben – du

hast eine Verantwortung auf dir als Friseur. In Hinsicht der kurzen Haare: welcher Berufsstand außer unsrer Zunft bedient sich so scharf geschliffener Messer in solcher Nähe der menschlichen Gurgel? Un in Betrachtung der langen Haare: Thedor, komm da nich mang. Sieh dir 'n Kamm an – der verliert die Zähne davon; un die Bürste – die läßt die Borsten; un du? Sack und Seele läßt du im Damensalon, Thedor." Diesen Gesellenspruch hatte Kegel nicht vergessen. Er war ein solider Mann geblieben, ein Einwohner ohne Heimlichkeiten sein Leben lang. Lüdicke dagegen hatte immer etwas von einem Lebemann an sich gehabt. Thedor kam ihm wie gerufen. Sollte er etwa den alten Freund jetzt ohne Hilfe sitzenlassen in seiner Not? Nach einem raschen Blick in die Ladenkasse schickte er den Lehrjungen zu seiner Frau: er käme heute etwas später nach Hause, sie solle nicht warten mit dem Abendessen; es handle sich um etwas Geschäftliches. Und nun entwarf Lüdicke auf Grund seiner Sachkenntnisse ein umfassendes Nachtprogramm: „So was muß mit 'm bißchen Intelligenz gemacht werden" – er entfaltete den Stadtplan und zeigte die einzelnen Stützpunkte – „wir gehn von außen nach innen vor, verstehste? Außen rum liegen nich viel Lokale, die für uns in Betracht kommen. Die haben wir bald geschafft. Aber nach innen zu mehrt sich's, Thedor. Hier, da, in dem Gäßchen auch, eins am andern. Da heißt's durchhalten, Thedor. Am besten wär's überhaupt, wenn wir Bickerten mitnehmen, meinen Nachbar, 'n Photographen. Nachtaufnahmen macht der, sag ich dir – direkt ins Dunkle 'nein, un du siehst alles. Stell dir vor, wenn wir den Kerl bildlich festhalten, wie er da mit einer in der

Ecke sitzt, un du kommst nach Hause un kannst sagen: nu komm mal her, Agnes – da sitzt 'r, da hast'n, das is 'r –"

Kegel wehrte ängstlich ab: „Nee, nee, Lüdicke. So was nich. Das gibt vielleicht eine Prügelei, un sieh mal, ich bin als reputierlicher Mann in Kranichstedt bekannt, ich habe eine erwachsene Tochter, un wenn da 'n Polizeibericht käme – in Kranichstedt kommt nämlich immer alles gleich rum. Das is nich wie hier, wo keiner was merkt."

Die Uhr schlug sieben. Eilig schlossen die Meister den Laden zu und machten sich auf, um Andreas, den Zweiten Geiger von Kranichstedt, in den Gedärmen der großen Stadt zu suchen.

Gewiß war der Friseur Lüdicke ein Weltmann. Er kannte die Gaststätten, deren Türen die Besucher beim Eintreten rasch öffnen, rasch hinter sich schließen – gastliche Stätten, welche achtbare Besucher auch unauffällig wieder zu verlassen pflegen: das Unglück könnte ja doch zufällig einen Bekannten des Weges daherkommen lassen. Leider aber traf Lüdicke nicht die richtige Wahl unter den zur Verfügung stehenden Vergnügungsstätten. Thedors unfreundliche Schilderung der Andreasschen Persönlichkeit mußte einen Friseur wie Lüdicke völlig irreführen. Auf den Gedanken, einen solchen abgerissenen Habenichts in der immerhin kostspieligen Grotte zu suchen, konnte Lüdicke nicht kommen. Die beiden Meister hätten den Aufseher Schurch einladen sollen. Der würde in dieser langen Nacht vor mancher Türe gesagt haben: „Ach nee, meine Herren, hier nich. Da drinne geht's denn doch zu unmusikalisch her." Kegel war schuld, daß Lüdicke falsch

führte. Kegel erschwerte die Durchsuchung Leipzigs aber auch in anderer Hinsicht. Er hatte nie viel getrunken in seinem Leben und änderte sich in dieser Nacht nicht, blieb durchaus nüchtern, warf düstere Blicke um sich und litt unter einer bleiernen Müdigkeit. In der Blauen Fackel schlief er sogar ein. Lüdickes Fröhlichkeit aber wuchs von Stunde zu Stunde. Er weckte Kegel, ermahnte ihn: „Sitzen wir beide etwa zum Vergnügen hier? Wach auf, Thedor! Wegen deiner armen Tochter bist du hier tätig! Für die unglückliche Agnes tust du kein Auge zu!"
Emsig suchten die zwei Meister weiter, die ganze Nacht hindurch, und fanden den Lüderjan doch nicht, trotz aller Opfer an Geld und Kraft. Nun ging in einer halben Stunde der Frühzug nach Kranichstedt. Gewaltsam zog Kegel sich und seinen singenden Freund vom Sitz hoch, suchte gähnend nach der Türklinke, drehte sich schlaftrunken auf dem Bürgersteig nach Lüdicke um, der durchaus wieder zurückwollte in die Gaststätte. Kegel packte ihn am Rock, stieß dabei einen eilig daherrennenden Mann in die Seite – „Nanu!"
„Verzeihung."
„Bitte – – ja . . . aber, aber Herr Kegel!"
In Richtung Kranichstedt pflegen gegen vier Uhr morgens sehr wenig Reisende die Stadt Leipzig zu verlassen, insbesondere aus der Stadtgegend heraus, in welcher sich jetzt Thedor Kegel aufhielt – einer vielleicht, höchstens zwei: der andere Reisende war Andreas. Der Geiger wie der Friseur mußten nunmehr unter allen Umständen den Zug nach Kranichstedt erreichen. Andreas sah Kegel an . . . eine Erscheinung! Er konnte nicht glauben, daß dies Agnes' alter Vater war –

„Aber“, begann Andreas immer von neuem, „aber was machen Sie denn da drin?!“
Kegel schwieg – er vermochte seinerseits nicht zu fassen, daß ihn plötzlich Andreas, dieser selbe Andreas, den er an allerlei verdächtigen Orten eine lange Nacht hindurch gesucht hatte, daß der ihn zur Rede stellte und fragte, wie er sich in solchen Lokalen herumtreiben könne, früh um viere . . .
Weil Kegel die Sprache verloren hatte, antwortete Lü=dicke lallend: „Wir suchen jemand, mein Herr.“
„Das muß ein netter Bursche sein, den Sie da drin finden wollen“, murmelte Andreas kopfschüttelnd.

Diese Fahrt nach Kranichstedt vergaß Kegel sein Lebtag nicht. Er hatte also den Verdächtigen doch noch gefun=den. Im letzten Augenblick. Leider ohne das nötige Be=weismaterial, um deswillen er diese opfervolle Fahrt unternommen hatte. Dafür hatte der Gefundene sei=nen sorgenvoll nach ihm fahndenden Verfolger auf=gebracht, und zwar unter den allerverdächtigsten Um=ständen!
Kegel fühlte, wie ihn der Geiger ein paarmal von der Seite ansah. Aber Andreas schien auch todmüde zu sein. Wer weiß, was der hinter sich hat, dachte Kegel und ließ die eigenen Erlebnisse dieser Nacht mißtrauisch durch seine Gedanken gehen.
Andreas hatte sich in eine Ecke gedrückt, in seinen Man=tel gewickelt und mit schon geschlossenen Augen kopf=schüttelnd noch einmal vor sich hingelacht. Dann war der Mensch eingeschlafen.

Neidvoll sah der gerechte Kegel diesen Schlaf des Ungerechten. Thedor Kegel fand keine Ruhe, aber dieser Lüdrian da in der Ecke schlummerte so friedlich, daß sein Verfolger von Haltestelle zu Haltestelle grimmiger wurde und, etwa in der Gegend von Greiz, zu der Erkenntnis kam: „Lüdicke ist ein Rindvieh!"

„Wie?" – der aufgeschreckte Andreas rieb die Augen – „Was haben Sie gesagt?"

„Ach nein. Nichts. Ich meinte nur."

Kegel hätte seinen Mitreisenden lieber nicht wecken sollen. Vielleicht wäre der im Schlafe bis nach Eisenach gefahren und die heutige Geigenstunde im Barbierhaus ausgefallen. Agnes durfte nicht behelligt werden mit unnützen Worten. Immer unruhiger wurde Kegel. Die Türme von Kranichstedt tauchten auf. Länger war die notwendige kleine Aussprache nicht hinauszuschieben. Noch auf dem Trittbrett begann Kegel: „Was ich sagen wollte . . . ja, wissen Sie, auf Reisen trifft man einander manchmal, ohne sich dabei was zu denken. Darum ist es auch besser, hinterher nicht darüber zu reden, nicht wahr? Zu niemandem. Am besten zu überhaupt gar niemandem, wie?"

„Reden? Ich? Ich rede überhaupt nicht" – er reckte gähnend die Arme aus – „ahhh, diese wunderbare Morgenluft! Märzluft, Vater Kegel!"

Verwundert sahen sich die bereits im Dienst befindlichen Beamten und Angestellten nach den beiden Reisenden um, und der Mann an der Sperre nahm ihnen schmunzelnd die Fahrkarten ab: „Lassen Sie sich die Fuhre gut bekommen, meine Herren."

„Da haben Sie ja schon geredet", sagte Kegel zornig zu

seinem Gefährten, „der ganze Bahnhof dreht sich um nach uns.“

Agnes war in dieser Märznacht dreimal aufgestanden. Jetzt öffnete sie leise ihre Kammertüre und horchte in den dunklen Treppengang. Tiefe Stille. Der Mond stand hinter Wolken, schwarz wie ein Brunnenschacht ging es vor ihren Füßen in das Hausinnere hinunter. Furchtsam schloß sie die Tür wieder, trat ans Fenster. Eng umstanden den Hof die Mauern der Hinterhäuser. Die Schornsteine auf den Dächern hielten die offenen Mäuler in die Luft und ließen den Wärmedunst aus den Nestern in die Nacht entweichen. Kein Licht. Andreas' Fenster drüben war auch dunkel – spielte er? Nein, der Wind . . . Agnes kroch ins Bett, versuchte einzuschlafen. Die drückende Stille erregte das Mädchen. Zum ersten Male war sie ganz allein im nächtlichen Hause. Wo blieb ihr Vater? Die Sorge schraubte sich immer tiefer in ihre Gedanken. Im Laden unten schlug eine Uhr die dritte Morgenstunde. Agnes brannte den Leuchter an, ging auf den Zehen aus ihrer Kammer, leuchtete an den Flurwänden hin, leuchtete in ihres Vaters Schlafstube, leuchtete in jeden Raum, jeden Winkel, tappte vorsichtig die Treppe hinunter, trat in den Laden, hob das Licht – in den drei goldgerahmten Prachtspiegeln sah sie sich stehen, im Hemd, blaß: „Vater?“ fragte sie die Spiegelbilder. So still stand die Luft, daß sich kaum die Kerzenflamme auf dem Docht bewegte. Ob sie die alte Weißpfennigen weckte im Hinterhaus? Nein, eine Weile wollte Agnes noch warten. Sie schlich wieder in ihre Kammer. Langsam gingen die Viertelstunden hin. Es dämmerte grau. Da erschien auf der Gardine ein goldener Balken. Die Sonne kam hoch. In der Ferne polterte ein Wagen. Jetzt! Jetzt schloß es an der Haustür. „Vater!" schrie sie und stürzte ihm in die Arme – lieber Vater, wollte sie sagen, aber unter der Keuschheit ihres Herzens lagen Zuworte wie unter einer Schneedecke: „Vater!"

„Na aber, aber", murmelte Kegel und stellte seine Reise=tasche auf einen Stuhl..

„Ist dir was zugestoßen?"

„Ih wie sollte denn! 'n Zug hab ich verpaßt, Agnes" – er fühlte, wie das Kind in seinen Armen zitterte. Eine tiefe Wut stieg auf in ihm gegen den Menschen, der Schuld trug an ihrer Angst und der Schuld trug an dem un=geheuren Lügenfaden, den Thedor Kegel nun spinnen mußte. Oder sollte er dem armen Kind die Wahrheit sagen? Aus großen Augen, unwissend wie Tautropfen, sah sie ihn an – sollte er die gräßliche Nacht schildern, die er durchwatet hatte, zwei, drei, sechs Stunden zwi=schen bunten Papiergirlanden, angetrunkenen Männern, bemalten Weibern, Zigarettenstummeln, schlechten Wein=resten und heiserer Maschinenmusik? Nein! Thedor log. Er log, während Agnes Kaffee kochte, er log beim Kaffee=trinken, und als er den Rolladen aufzog, log er immer noch, mitten hinein in das helle klare Morgenlicht. Bis zu dem Augenblick behütete der alte Vater sein Kind mit Lügen vor der Welt, als er die Reisetasche wegtragen wollte. Agnes faßte den Griff: „Nicht. Das mach' ich." Erstaunt wog sie die Tasche in der Hand: „Die ist aber leicht!" Und sie öffnete die Tasche: „Aber Vater, da ist ja gar nichts drin!"

„Wie? Drin? Drin ist nichts. Natürlich nichts."
„Natürlich nichts, sagst du?"
„Ach, du meinst die Seife und das Haarwasser? Das wird doch geschickt. Mit der Post. Sollte ich mich etwa schleppen damit?"
„Aber weswegen dann die ganze Reise und das viele Geld und meine Angst, Vater!?"
„Angst?" – er nahm sie in seine Arme – „Ja, Angst. Um dich, Agnes." Sie lachte. Da hatte Thedor Kegel nun endlich mit der Wahrheit begonnen, und die brachte seine Tochter zum Lachen. Thedor kam auch nicht weit mit der Wahrheit. Es klopfte, und der andre Reisende erschien im Barbierhaus. Die Geigenstunde begann. Andreas gehörte nicht zu den Musikanten, die strebsame Schüler gute Lehrer nennen. Zuweilen konnten die Anfänger glauben, Andreas nähme Übungsarbeit gar nicht ernst. Mit einem halb verlegenen Lächeln bewegte er sich zwischen dem Röhrenwerk der Lernbarkeiten. Aber manchmal, wenn er dem Üben kaum zu folgen schien, brachte er plötzlich durch einen Seitenblick, eine Handbewegung, einen Ruck an der Geige, durch ein paar schlechtgesungene Töne das dunkel schreckende Gefühl auf für die nicht lernbaren Gewalten in der Musik. Das nie Übertragbare blickte zuweilen aus seiner Natur.
Heute war Andreas ganz in sich verfangen. Er lehnte am Schrank. Agnes stand dunkel gegen das Fensterlicht wie ein Bild und spielte. Er verbesserte wenig, und wenn er dies oder jenes sagte, blieb sein Auge unbeweglich auf dem Schattenbild ihres Kopfes haften. Verzagt sah sie ihn ein paarmal langsam den Kopf schütteln. Mache ich's so schlecht? dachte sie.

Agnes hielt endlich den Bogen still: „Was habe ich falsch gespielt?"

„Hm hmm ..." summte Andreas – ein paar ineinanderlaufende undeutliche Töne – er nahm ihr versonnen die Geige aus der Hand – staunend hörte sie ihn ein Stück spielen, das gar nicht auf dem Notenpapier stand. Er lehnte am Schrank, geigte, sah sie unverwandt an – ein maßlos schweres Stück spielte der Mann: auf düster wirrem Grund glänzte zuweilen ein liedhafter Gang, wie die Keuschheit leuchtet über der Lumpengasse auf Erden –

„Was spielen Sie denn?"

„Dich."

Agnes sah ihn groß an.

Andreas schien nicht gewußt zu haben, was er sagte ... da glänzte wieder das Lied ...

Mitteninne riß es ab. Die Türklinke hatte geknackt. Der alte Kegel stand auf der Schwelle. Ebenso plötzlich hatte ihn Andreas vor ein paar Stunden erst auftauchen sehen – in der Lumpengasse. Jetzt hatte die Erinnerung an Schurchs schreckliche Erzählung vom Wesen des Geigenunterrichts den armen Vater die Treppe hinauf und in Agnes' Kammer getrieben. Gott sei Dank, das arme Kind stand weit entfernt von diesem Menschen am Fenster.

„Ach", sagte Kegel ein wenig verlegen, „du spielst noch, Agnes. Ich dachte, die Stunde wäre aus."

„Aus", nickte Andreas und legte die Geige weg, „Sie sind gerade in den letzten Ton getreten." Er gab Agnes die Hand: „Auf Wiedersehen, übermorgen um elf." Ganz unbefangen sprach er.

Agnes' Schrecken löste sich. Sie lächelte, als sie allein war. Vielleicht trug das Lied, das er gegeigt hatte, den

Namen „Dich"? Dich . . . Kann denn „Dich" eine Überschrift sein? . . .

„Dich", summte sie beim Zusammenlegen der Noten und suchte die Melodie in Gedanken. –

Der Geiger ging hinter Thedor Kegel die Treppe hinab: „Na? Ist's Ihnen gut bekommen, Herr Kegel?"

„Pst" – der Alte stieß ihn erschrocken an – „wir haben doch ausgemacht, daß nicht drüber geredet wird", flüsterte er.

Thedor Kegel hatte also unversehens Heimlichkeiten. Die notwendige Übung in der Behandlung solcher giftgefüllten Süßigkeiten fehlte ihm noch. Nicht acht Tage, und Frau Krumbiegel konnte dem entrüsteten Archivrat Mittenzwey ins Ohr sagen: „Der Andreas, der Geiger, der fährt ja gar nicht alleine nach Leipzig" – sie zwinkerte mit den Augen – „Kegels Thedor macht mit."

Mittenzwey begann sich in seiner ganzen Korpulenz vom Wachstuchsofa zu erheben. Frau Krumbiegel drückte ihn sanft in die kühlen Polster zurück. Der Rat mußte sitzend seinem Zorn Ausdruck geben: „Man wird dem Friseur Kegel bei nächster Gelegenheit bedeuten, daß er ein Jesuiter ist! Erst liegt er mir in den Ohren wegen dieses Geigers Andreas. Dann geht er mit ihm lumpen. In eine Großstadt! Wer es nicht weiß, ahnt nicht, was das heißt. Ich tue mich um nach einem vertrauenswürdigen Lehrer für seine Tochter, ich bemühe mich, ich finde auch diesen vortrefflichen Victor Müller aus Schmiedefeld –"

Hier unterbrach ihn Frau Krumbiegel: „Das weiß der Andreas auch schon. Zu Vollrath'n hat er gesagt: Du lieber Gott – Müllern! Den hat wohl die Krumbiegeln dem Archivrat in der Scherbelschänke angedreht? Hat 'r gesagt."

Mittenzwey stand nunmehr wirklich auf: „Angedreht? In der – wo?! Von wem – wie?“ Unruhig ging der Vorstand des Quartettvereins auf und ab. „Der Kerl spioniert. Der Kerl kritisiert“, murmelte er. „Man muß ihm heimleuchten. Man muß ihm schleunigst heimleuchten . . .“

Der vorletzte Quartettabend dieser Saison war herangekommen. Nur wenige Einwohner sahen das Wettergewölk über der Kranichstedter Musik brauen: außer Mittenzwey nur Frau Krumbiegel.

Der Saal im Lamm war gut gefüllt. Schon rückte der Diener Schratte die Notenpulte, die vier Stühle. Er sah Mittenzwey kommen, eilte herbei und öffnete dem Vorstand die Tür des Künstlerzimmers. Mittenzwey empfand es als seine Pflicht, die vier Herren vor dem Konzert in kurzen Worten zu begrüßen und ihnen einen vollen Erfolg zu wünschen. Aber der Vorstand fand vorläufig nur drei Herren vor, die er mit einem Händedruck stärken konnte in ihrem Dienst an Kultur und Kunst – Andreas fehlte noch. Die Uhr zeigte auf vier Minuten vor acht.

Mittenzwey wandte sich an Lichtermark: „Dieser Geiger wird sich gestern nacht wieder in Leipzig herumgetrieben haben. Mit dem Barbier aus der Nickelsgasse. Wie man hört, kommen die beiden erst früh mit aufgehender Sonne zurück von ihren Fahrten.“

„Nun nun“, antwortete Lichtermark begütigend.

Zu Vollrath sprach Mittenzwey: „Die gehen nämlich zusammen lumpen, diese zwei“ – Vollrath rieb seinen Bogen am Kolophonium und schmunzelte. Aschenbrenner sagte:

„So was kommt vor.“ Mittenzwey warf dem Cellisten einen forschenden Blick zu.

Aber der Uhrzeiger war nun auf Punkt acht gerückt.

„Schratte“, befahl Mittenzwey, „Sie laufen in die Seifengasse und holen diesen Herrn. Halt! Sie haben mich verstanden: Sie richten nicht eine Bestellung aus – Sie bringen den Geiger persönlich hierher.“

Lichtermark stand am Fenster und sah auf den dunklen Hof hinaus. Leere Bierfässer standen da. Lichtermark fing an, sie zu zählen. Mittenzwey hatte seine Uhr in der Hand. Vollrath stimmte leise die Geige. Sechs Minuten nach acht kam Schratte atemlos zurück: „Gleich! Er kommt gleich, Herr Archivrat!“

Mit diesen inhaltarmen Worten ließ sich der verantwortliche Vorstand des Quartettvereins nicht abspeisen. Die Wahrheit kam ans Licht. Schratte hatte den Unseligen schlafend auf dem Sofa gefunden.

„Auf dem Sofa! Jetzt also“ – Mittenzwey wies seine Uhr im Kreise herum – „jetzt werden wir vermutlich noch warten müssen, bis sich dieser Mann umgezogen hat –“

„Nu, die schwarzen Hosen hatte er schon an“, sagte Schratte beruhigend.

„Acht Uhr neun Minuten und nichts als die Hosen!“ – Mittenzweys Stimme zitterte, und Lichtermark hörte auf, Bierfässer zu zählen. Vollrath und Aschenbrenner hatten ihre Instrumente beiseitegelegt, auf den Holzstühlen Platz genommen und rieben ihre Knie. Mittenzwey ging in starken Schritten auf und ab. Die Uhr zeigte acht Uhr vierzehn. Der Vorstand befahl Schratte, den Armsessel in die Mitte des Künstlerzimmers zu rücken. Er setzte sich – Andreas mußte gleich erscheinen.

„Herr Rat", sagte Lichtermark, „reden Sie lieber erst nach dem Konzert mit ihm. Nicht jetzt. Damit keine Zeit mehr verlorengeht."

„Ach, Verzeihung!" – da stand Andreas! „Ich habe mich etwas verspätet –"

Schratte meldete: „Herr Wandler von der Ilmpost läßt fragen, was 'n los is", und Schratte setzte aus eigner Beobachtung hinzu: „Un 'n paar Leute sind aufgestanden, un 'n paar schimpfen auch schon."

In amtlichem Ton legte Mittenzwey dem Geiger die Frage vor: „Sie haben gehört, daß man im Publikum empört ist?"

„Ich fand nämlich meinen schwarzen Rock nicht gleich, und die Wirtin hatte vergessen –"

„Gedenken Sie etwa in der abgetragenen grauen Jacke da zu konzertieren?"

„Ich sitze hinter Herrn Vollrath. Da sieht mich keiner."

„Man sieht mehr als Sie denken! Und man weiß mehr, als Sie ahnen!"

Andreas schüttelte den Kopf: „Was denn schon."

„Man kommt wohl eben aus der Blauen Fackel, wie?!"

„Da bin ich nie drin gewesen."

„Aber es hat ausgefackelt!!"

„Ich sagte Ihnen doch eben –"

„Nichts haben Sie hier zu sagen! Man befindet sich hier nicht in einem Vergnügungslokal! Der Quartettverein ist ein Kunstinstitut!"

Andreas hatte seine Geige aus dem Kasten genommen: „Ich bin ja schon fertig."

„Fertig – wir sehn es!" Mittenzwey erhob sich, wandte sich ab von Andreas und richtete seine Worte an die an=

deren Mitglieder des Quartetts: „Wer seine Gaben in gewissen Nachtlokalen vergeudet, in großstädtischen Nachtlokalen, der kann wohl sagen, daß er fertig ist – wie, meine Herren? Nun, man wollte Geduld haben. Man kennt das Leben, meine Herren. Man ist ergraut in nutzbringender Tätigkeit. Man hat manchen jungen Lümmel einlenken sehen –"

„Herr Vorstand, ich verbitte mir –"

„– wer aber saufend, schwelgend –"

„– halten Sie Ihren Mund, Herr Mittenzwey!"

„– wie ein Zigeuner –"

Nur zu den anderen Herren des Quartetts sprach Mittenzwey, sah Andreas gar nicht an, aber jetzt drängte sich der Geiger zwischen den Vorstand und Vollrath; mit seiner Geige in der Faust stand er zitternd vor Mittenzwey: „Sie –"

„– wer solchermaßen seine Zeit hinbringt" – Mittenzwey wendete sich wieder ein wenig, sprach jetzt zu Aschenbrenner – „und dann noch wagt" – Mittenzweys Stimme wurde immer voller – „wagt! sage ich, an den Maßnahmen der verantwortlichen Träger des hiesigen Musiklebens hämische Kritik zu üben –"

„Das ist gelogen!" schrie Andreas – vergeblich. Mittenzwey wandte sich abermals und sagte das Folgende zu Lichtermark: „Wagt! sage ich, Persönlichkeiten, welche Großstädte kaum je auch nur betreten haben, hinterrücks mit verleumderischen Bemerkungen nahezutreten –"

„Aber meine Herren" – Lichtermark legte seine Linke auf Mittenzweys Arm, seine Rechte auf Andreas' Faust –

„– wagt! sage ich, übernächtig, verrissen – sehn Sie ihn an! – ohne jegliche Weihe zur Stunde der Musik zu erscheinen, meine Herren, ein solcher Mensch, bar allen Gefühls der Verantwortung vor Kunst und Publikum –"

Etwas Entsetzliches war geschehen, blitzartig: eine finstere Gewalt hatte des Andreas Arm hochgerissen – in der Faust hielt er die Geige – knack knerr, und die Geige schmetterte zerberstend auf Mittenzweys Kopf. Jemand schrie etwas, ein Stuhl kippte um, Lichtermark packte den seiner selbst nicht mehr bewußten Geiger an der Weste, Mittenzwey sackte in den Sessel, der Gott sei Dank zupaß stand ... inmitten des Künstlerzimmers saß der Vorstand des Quartettvereins reglos im Sessel ... starrte Andreas gänzlich verständnislos an ... öffnete den Mund langsam ... nichts sagte er ...

Schratte aber stemmte sich mit aller Kraft gegen die Türe, weil jemand herein wollte. Totenstille im Zimmer. Nur das laute Pochen an der Tür ... Ein Geigensplitter war Schratte unter die genagelten Stiefel geraten, er rutschte, die Tür flog auf. Herr Wandler, der Schriftleiter der Ilmpost, stand auf der Schwelle – eine Sekunde kaum, er tat jäh einen Satz ins Zimmer: Andreas hatte im Hinausstürzen dem Pressevertreter einen Stoß vor den Leib versetzt ...

Schratte kratzte sich hinter den Ohren, ganz laut, unaufhörlich. Nichts als dieses Kratzen war zu hören.

Hat sich, dachte Wandler, hat sich um Gottes willen das Quartett geprügelt? Er besah die Splitter der Geige am Boden, die verworrenen Saiten, die sich um den abgespaltenen Wirbelkasten ringelten. Schratte las die Gedanken auf Wandlers Gesicht: „Nee nee", sagte er beruhigend, „die Geige is bloß hingefalln, un der Herr Vorstand is aus Versehn 'neingetreten."

„In – wie bitte? In die Geige??“ Wandler starrte den Anwesenden der Reihe nach ins Gesicht.
„Ja“, sagte jetzt Lichtermark langsam, „ein Unglück. Ein großes Unglück. Hier ist soeben eine Geige zugrunde gegangen, wenn ich mich nicht irre.“
„Sie irren nicht“, murmelte Wandler und hob einen Splitter auf, „ganz offenbar nicht, Herr Professor“.
Eine Geige, stofflich betrachtet, ist ein zartgebautes Ding, wenig mehr als etwas zusammengeleimter Holzspan. Nur der Balken unter der Resonanzdecke hat einigen materiellen Gehalt. Aber auch dessen Schlagkraft wird einesteils von der Unterdecke der Geige, andernteils von der Kopfbedeckung des Betroffenen gemildert. Thedor Kegel hatte stets in schmeichelhaften Worten von dem vollen Haarwuchs des Archivrates gesprochen. Mittenzwey war unverletzt geblieben. Gewiß hatte ihn der Schlag gut getroffen und auf einen edlen Körperteil – Schaden gelitten hatte nur die Geige. Der Vorstand erhob sich langsam vom Sessel ... er stand ... sah sich um im Künstlerzimmer ... ringsum ... o, man war nicht unter sich. Sein Blick blieb auf Wandler haften. Dieser Mann mußte eine Antwort bekommen, irgendeine. Immer noch starrte Wandler offenen Mundes in Mittenzweys Gesicht.
„Seit ich denken kann“, sprach der vor der Öffentlichkeit verantwortliche Vorstand des Quartettvereins, „seit wir alle zu denken vermögen, ist ein solcher Unfall nicht bekanntgeworden –“
„Nein“, sagte Wandler tonlos.
„Herr Vorstand!“ rief Schratte dazwischen, „was soll ich 'n machen? 's kommt 'n Haufen Leute! Soll'n die hier reingelassen werden?“

„Drücken Sie", sagte Mittenzwey mit etwas bebenden Händen, aber würdevoll gemessen zu Lichtermark, „drük=ken Sie bitte dem Publikum mein und unser aller leb=haftes Bedauern aus. Erklären Sie ihm, ich sei vom Schreck noch etwas angegriffen, und infolge höherer Gewalt – nein, infolge Unbrauchbarwerdens einer Geige könnten wir nicht umhin, das Konzert zu verschieben. Die mor=gige Nummer der Ilmpost bringt das Nähere." Er wandte sich wieder zu Wandler: „Man wird Sie morgen mit allem nötigen Material ausstatten, verehrter Herr Wandler."
Der alte Lichtermark beruhigte mit seiner Großvater=stimme das erregte Publikum sehr rasch. Wandler stand im Torweg des Lammes, rieb sein Kinn: „Der Vorstand war sehr höflich. Hm. Man wird also nicht viel Wahres hören." Er sann über eine wirkungsvolle Schlagzeile nach. Vollrath und Aschenbrenner saßen zigarrendampfend in der überfüllten Gaststube, tranken Bier aus großen Glä=sern und antworteten auf Fragen nur so ungefähr. Die Geige des Andreas sei zerbrochen, ja. Aber sie habe wenig getaugt. Der Andreas habe nicht an ihr gehangen. Wie das Unglück geschehen sei? Es wäre so schnell ge=gangen – die beiden Musikanten schüttelten die Köpfe, zuckten die Schultern. Niemand erfuhr Genaueres. Ge=wiß war nur, daß die beiden Herren selten so oft Prost zueinander gesagt hatten, selten so geschmunzelt, sich mit hochgezogenen Augenbrauen angeguckt und dabei erst lautlos, dann vernehmlicher gelacht hatten und zu=letzt in ein gemeinsames und wahrhaft donnerndes Ge=lächter ausgebrochen waren. Nun war Kranichstedt aufs äußerste gespannt. An einem solchen Gelächter wünschte die gesamte Einwohnerschaft teilzunehmen. Wandler

konnte dem Verlag der Ilmpost ruhigen Gewissens den Rat geben, die nächsten zwei, drei Nummern in doppelter Auflagenhöhe herauszugeben, selbst wenn er wider Erwarten nichts Näheres über die Vorgänge am Quartettabend zu bringen vermöge.

Lichtermark ging langsam ins Künstlerzimmer zurück, blieb oft stehen unterwegs, schüttelte den Kopf. Schwer drückte er die Klinke nieder und trat ein. Er fand nur noch Schratte vor, sah nachdenklich zu, wie der die Splitter der Geige mit einem Besen zusammenkehrte und wie endlich die Geige als ein Häufchen Holz in der Mitte der Stube lag – ein kaltes Scheiterhäuflein, aus dem der Geist entwichen ist.

Ein Holzstückchen hatte Schrattes Besen nicht erwischt. Ein rundes, halbfingerlanges Stäbchen rollte Lichtermark vor die Füße. Er hob es auf: „Sieh da, der Stimmstock ..." Der Alte seufzte und sagte zu dem Holz: „Eigentlich lebst du im Verborgenen" – im Innern des Geigenkörpers nämlich sitzt dieses Stäbchen und verbindet die Resonanzdecke mit der Unterdecke. ‚Stimmstock' heißt es, ‚Stimme' nennen es andre, und manche geben ihm den Namen ‚Seele', weil es die Schwingungen der Saiten in das Instrument überträgt und den ganzen Klangkörper der Geige beseelt.

„Dieses verwaiste Seelchen", murmelte Lichtermark, „das soll man sich denn wohl aufheben zum dauernden Angedenken."

Er legte es in die Federschale auf seinem Schreibtisch. Dieses Stäbchen aus Ahornholz kam nie mehr von diesem Tisch, solange der Alte noch lebte. Er sah es an, jeden Tag, traurig erst, eines Tages bis ins Herz erschrokken, aber zuletzt lächelnd: „Ja ja, was wirklich eine Seele hat, das kann gar nicht zugrunde gehen, und wenn den Klangkörper eines Künstlertums die Summa der Dummheit in Splitter zersplittert und zernagt."

Nach solcher Betrachtung und Herzbewegung ging er an seinen Flügel und spielte andächtig Mozarts Rondo in a-moll, das leise, wieder, immer wieder vor sich hinsagt: Ich muß doch ein Rondo sein und muß mich drehn und möchte doch eigentlich weinen . . . Ein süßes Körperchen, seelenallein im Leeren, mit feuchten Augen lächelnd, lieblich und trotzdem allwissend – Kind: darum eben der letzten Weisheit habhaft, wie auch nur einer so mit sich hat reden können, seit die Erde gemacht ist und das Meer und der Himmel: Wolfgang Amadeus Mozart – dieses und vieles andre noch brummte Lichtermark vor sich hin beim Spielen.

Andreas aber lief jetzt – wohin? Wo in der Welt konnte er noch hinlaufen? Zu wem? Zu Lichtermark – nein, zu dem auch nicht, der war doch eben dabeigewesen. Fort aus diesem Nest!

Wo, wo war denn ein Mensch, ein Amt, eine Stelle – irgendein Ohr, in das er sagen konnte: Ich bin ein großer Geiger, aber ich habe eben meinem Vorstand die Geige auf den Kopf geschlagen. Ich habe nun keine Geige mehr, und ich habe keinen Vorgesetzten und kein Notenpult mehr im Quartett – wo fände Andreas einen grünbezogenen Tisch, hinter dem ein lebender Mensch sitzt, vor Gott verantwortlich für das bißchen Kunst im Unkraut eines Menschenalters, einen Mann, der im Schein des Unrechts die Flamme Recht erspäht wie du, geliebter Leser, der du jetzt den Kopf schüttelst und murmelst: warum schlug dieser Andreas einem solchen Vorstand nicht das Cello auf den Kopf? Ach, lieber Leser – da sitzst du, hier sitze ich, und wir sehn uns an: es sitzen immer nur wenige im Unkraut und merken, daß Kleist sich erschießen muß, Mozart an Geldsorgen zugrunde geht, Mörike vierhundertsechsundachtzig Mark Ruhegehalt im Jahr bezieht, Hölderlin im Wahnsinn lebt, Dürer lächerliche Aufträge bekommt und Kunst und Künstler im übrigen mit Pauken und Trompeten ihres Weges ziehn.

In fiebernd-fliegenden Gedanken hetzte Andreas jetzt die Orte durch im großen Deutschen Reich, wo ein Geiger, der seinem Vorgesetzten die Geige auf dem Kopf zerhieb, nun noch unterkommen könnte . . . keinen fand er . . . ach, einen doch! Grotte genannt! Dort steht ein schlechtes Klavier, und wenn er's drischt, kellt Schmalfuß Fleischsuppe auf, schenkt ihm Wein ins Glas, und Hasel stiehlt, was noch fehlt. Aber Grotten-Nächte gehn zu Ende – und wenn es zu tagen beginnt?

Morgengrauen . . . soll es noch einmal grauen, wieder grauen, brav weitergrauen nach dem alten schönen Verse: Unser Leben graut siebenzig Jahre, und wenn es hoch kommt, graut es achtzig Jahre – Andreas hob die Schultern, fröstelnd summte er: Die Pleiße hat ein schlammigt Bett... aber weich, weich, gut drin zu liegen. Meine Mutter würde sich wundern, wenn sie mich in dem Steckbett sähe. Und mein Vater erst . . . Der hätte die Musik dazu machen können. Tot. Alle tot. Wen habe ich noch in Leipzig, bei dem sich's unterkriechen läßt, wenn's graut? Hasel. Hasel! Sechshunderttausend Einwohner gegen eine Kellnerin!

Wie Andreas ging und stand, war er in den Zug gestiegen – ohne Mantel und Hut, aber mit einem Geigenkasten unter dem Arm. Er wußte nicht, daß er den Geigenkasten unterm Arm hielt, einen leeren Behälter – nein, ganz leer nicht; ein Bogen war drin, ein Stück Geigenharz, der Dämpfer und ein paar Saitenringel: sein Besitztum. Das Kapital war in Splitter gegangen.

Hasel sah den Geigenkasten: „Spielst du heute?"

Andreas knurrte.

„Wo ist dein Hut?"

„Im Geigenkasten."

„Und dein Mantel?"

„Im Geigenkasten."

„Andreas, fehlt dir was?"

Er schlug auf den Kasten: „Das Herz da drin!" schrie er.

„Du –"

Eratmend ließ er sich küssen: „Du bist warm, Hasel. Und wie weich du bist. Hasel, ich glaube, du bist ein Mensch. Daß es noch Menschen gibt –"

„Sei doch still."

Am nächsten Tage erschien Andreas später als sonst in Schurchs Machtbereich, am späten Nachmittag erst, als der Aufsichtsbeamte schon mit dem Schlüsselbund klapperte. Andreas stellte seinen leeren Geigenkasten neben den Schirmhalter an der Garderobe und eilte in den Saal der Streichinstrumente. Er geigte diesmal nicht die leere Luft vor der Stradivari. Er starrte die Stradivari nur an aus rot entzündeten Augen. Schurch ging die große Klingel holen. Für heute war wieder einmal Schluß mit der

Arbeit. Schurch befand sich in angenehmer Stimmung. Ein schöner Tag, ein ruhiger Tag war vergangen. Keine Besucher hatten ihn in seinen Betrachtungen gestört, nur am Morgen war ein Ausländer im Museum gewesen, und jetzt erschien noch der Geiger. Aber den wird Schurch gleich verscheucht haben.

Als er mit der Klingel kam, war auch dieser Besucher schon fort. Zufrieden faßte Schurch die Klingel am Klöppel, ging in sein Kämmerchen, zog seinen Zivilrock an, schritt dann hallend durch die leeren Säle und gab den Schlüsselbund dem Pförtner.

„Warte auf mich, Schurch", gähnte der Türhüter, „ich bin gleich fertig."

Nach einer Weile rasselte der Schlüssel außen im Schloß des Portals. Die Wächter schritten die Freitreppe hinab. Das Haus war wohlversorgt.

Eine Stunde, zwei, lag das Innere des Museums in der vorschriftsmäßigen tiefen Ruhe. Aber dieses Haus barg in dieser Nacht nicht nur Tausende von Musikinstrumenten, sondern auch einen Musikanten. Musikinstrumente halten still, Musiker halten selten still.

Andreas nämlich hatte heute keine innere Erhebung im Anschauen der Stradivari gefunden. Ihr Anblick schuf ihm bittere Schmerzen. Er wollte gehen, schritt lässig, müde durch den Nebenraum mit den Bildern der großen Meister. Er sah nicht auf nach den goldenen Rahmen mit den lorbeerumwundenen Namensschildern, ließ den Kopf noch tiefer hängen: Denen folgen ihre Werke nach, denen war viel zu tun vergönnt, ehe sie das Leben verlassen und in ihre goldenen Rahmen steigen mußten – was habe ich vollbracht?

Die großen Meister mochte er heute nicht betrachten, aber den gewaltigen Barocksessel, der da als ein stilvolles Museumsstück in der Ecke stand, den sah Andreas sehnsüchtig an. Welch eine üppig gepolsterte, geräumige Sitzstatt! In solchen Sesseln sitzen dürfen! Was sind Goldrahmen gegen Polster wie diese, was Lorbeer gegen Roßhaar und Daunen wie solche, für einen Menschen – Andreas tastete zaghaft an den Kissen – der in durchgelaufenen Schuhen todmüde davorsteht und gleich wieder auf die Straße hinaus muß oder in die Grotte! Lorbeer und Goldrahmen und pergamentne Dankadressen sind nichts für arme Leute, solange sie noch leben müssen. Denen stellt eine gesicherte Sitzstatt hin, dachte Andreas, quält sie nicht und bringt sie nicht vorzeiten unter die Erde mit eurer Dummheit.

Ausruhen. Nur ein paar Minuten ausruhen. Er ließ sich in den Sessel sinken. Kaum lag sein Kopf an dem samtenen Wangenpolster, so fielen ihm die Augen zu. Die großen Meister sahen schweigend auf den schlafenden Mann. Ohne Rechtsanspruch hatte er Zuflucht gesucht in ihrem Gehege, aber sie ließen Andreas wunderbar tief schlafen.

In der Nacht fuhr Andreas hoch. Er riß die Augen auf... Mondlicht! Die hohen Fenster! Hoch der Raum wie ein Thronsaal. Ich sitze in einem Thronsessel . . . wie grünlich das Gold an der Wand blitzt, wo's ein Strahl streift! Wer steht da eigentlich um mich . . . der da, der sieht fast aus wie Beethoven aussah! Beim allmächtigen Gott – der dort den Kopf von der Arbeit hebt und durch sein goldenes Fenster nach mir hersieht, ist Mozart . . . ich bin im Himmel . . . da sind sie ja alle – das schwere unkenntliche

Haupt: Bach! Und Schubert, Brahms – ich bin im Himmel! Tot bin ich – Andreas sprang auf: „Es graut niemals wieder!!" jauchzte er –

Da graute es: dieses Hausinnere, Kasten an Kasten gesetzt aus Beton, warf den Schrei verwirrt zurück. Dieses silberne Licht fiel durch Fenster aus zerbrechlichem Glas. Die Meister waren bestrichene Leinewand. Andreas wandte sich – über der Lehne seines Thronsessels standen die Worte: Nicht berühren. Er ließ die Schultern hängen. Auf Erden stand er wieder, wo bezahlt wird, was der Mensch braucht, und Ware, die niemand bestellt hat, wenig gilt. Andreas sah niedergeschlagen den Barockstuhl an: die Reise in den Himmel geht nicht in einem Polstersessel vor sich. Auch nicht barfuß im malerischen Bettlermantel, nicht tragisch zu Haut und Knochen verhungert in einer Gosse – nein, ganz unbemerkt inmitten der Wichtigkeiten des lauten Tages. Den großgebärdigen Theatertod sterben nur Schauspieler einem Publikum vor, das getrosten Mutes auf dem Nachhauseweg sagen will: Wie ging das damals zu in der Welt.

Andreas trat ans Fenster: „Ich will nun auch" – fast hätte er gesagt: ‚nach Hause'; von seinen Kindheitstagen her hat der Mensch es an sich, ‚nach Hause gehn' zu sagen – „Ich will nun auch auf die Straße", sprach Andreas, „die vielen Leute, die da unten über den Platz gehen . . . aus dem Theater kommen die vielleicht. Haben eben einen Menschen mit Trauermarsch und Fanfaren in die Grube fahren sehen . . ." Andreas tastete nach dem Fensterwirbel. Diese Fenster hatten keine Griffe. Die konnte nur Schurch mit einem besonderen Schlüssel öffnen. „He!!" schrie Andreas den Leuten unten durch das doppelte Fensterglas zu, „das ist nicht wahr!“ Schauerlich hallten die Worte durch das nächtliche Riesenhaus. „In den Himmel kommen ist viel schwerer, als es im Theater heißt! Wir reiten auf der Rechtsverbindlichkeit zum lieben Gott! Zwischen Stammtischbrüdern!“ Erschöpft schwieg Andreas still. Seine Stimme vertrug das Schreien nicht. Er murmelte heiser seinen Satz zu Ende – es verstand ihn ja doch keiner auf dem Platz da unten: „Die sind viele. Wir sind immer nur drei oder zwei oder einer. Und wenn eine Zeitlang gar keiner da ist, herrschen die geordneten Verhältnisse in der Welt – wie in dem Museum hier.“ Er sah sich um. Wie kam er heraus aus diesem unheimlich stillen Haus?

Vorsichtig tastete sich Andreas nach der Haupttreppe. Kalkweißes Mondlicht wechselte mit schwarzer Finsternis. Vorsichtig mußte er gehen, bis er das Portal fand. Unsinn, an der Klinke erst zu rütteln. Andreas war fest und sicher eingeschlossen. Seinen leeren Geigenkasten sah er vergessen hinter dem Schirmhalter lehnen. Seufzend nahm er ihn am Griff. Er setzte sich auf die Marmorstufen: Was wird Schurch sagen, morgen früh, wenn er aufschließt, und ich begrüße ihn im Namen der Geister dieses Hauses?

Oh, und was denkt Hasel jetzt? Sie hat Angst. Gestern schon hatte sie Angst und mich ein paarmal von der Seite angesehen . . . Hast du was ausgefressen? hat sie gefragt. Schadet nichts, geh bloß nicht ins Wasser wegen irgendeinem Pack. Ich bin Kellnerin, kenne die Leute besser als du. Die sind's nicht wert.

Ich soll so blaß ausgesehen haben . . . Andreas lächelte. Angst hat jemand um mich. Was will ich mehr? Hasel sitzt jetzt vielleicht in ihrem Bett und sucht in ihrem Traumbuch, wo ich bin. Geborgen, steht in dem Traumbuch. Geborgen – wo denn? Geborgen im Bett, über mir grün hinwallendes Wasser, und über das Wasser hängt vom Ufer ein Zweig. Voller spitzer brauner Osterknospen ...

Sieht Wasser grün aus, wenn ich von unten durch nach der Sonne sehe? Jäh stand Andreas auf von der Marmorstufe. Ins Freie! Da läuft lebendiges Wasser über den Schlamm. Rings um ihn Marmor und Beton. Nirgends ein Schlupfloch offen. Er tappte, seinen Geigenkasten an sich gedrückt wie einen Gefährten in der Not, die Treppe hinauf und suchte ein Fenster, aus dem ihn ein Sprung ins Freie bringen könnte. Von Raum zu Raum ging er. Den Saal der Streichinstrumente kreuzten mächtige Lichtbündel, auf dem Glaskasten der Stradivari blitzte das Mondlicht kristallfunkelnd. Silbern schwebte die Geige in der umgebenden Nacht. Und kein Schurch, kein drohender Fachmann in der Nähe, nur der Mond und die Geige. Andreas stand lächelnd still. Jetzt konnte er zum Schluß, als ein Geiger-Amen, aus eigner Machtvollkommenheit vollbringen, was Andreas längst ersehnte: die Stradivari von allen Seiten betrachten. Er faßte den Glaskasten, hob ihn, setzte ihn sorgsam auf den Fußboden, wollte die Geige auf die Zargen stellen, daß die Unterdecke sichtbar wurde, aber in dem Augenblick, da er das Holz berührte, schlug eine elektrisch zuckende Kraft durch seine Finger, seine Hand, durch seinen ganzen Leib. Körperlich spürte er die Wellen, die vor zweihundert Jahren in Stradivaris Werkstatt zu schwingen begonnen hatten. Andreas griff die Geige nicht nur mit den Fingerspitzen an, er schmiegte seine flachen Hände an das zarte Holz. Mit geschlossenen Augen tastete er die Geige ab. Ein Blinder, schuf er die Form dieser Geige, jede Hebung und Senkung des gewölbten Holzes aufnehmend, in sich noch einmal, nahm sie auf in sich. Er legte den Geigenkörper unter sein Kinn. Wie gut sie lag — Fleisch und Bein und Holzblatt und Saite: *ein* Körper. Auf den Zehen trat er heraus aus dem Lichtgeviert des Mondes, tappte lautlos zu seinem Geigenkasten. Ohne die Geige vom Kinn zu nehmen, klaubte er mit der Rechten die Schlösser auf, hob den Deckel. Der Nachtwandler hatte den Geigenbogen in der Hand, stimmte die halb entspannten Saiten. Andreas spielte die Stradivari.

Er hörte sich geigen. Vor dem Glaskasten hatte er die Stradivari im Geist gehört. Den Geist des Klanges hatte er vernommen. Jetzt geigte er sie wirklich, und sogleich webte er wieder am alten Rätsel des Geigens: nicht ein springender Hammer schlägt die Saiten an, nicht ein Luftstrom weht über Lippen, Zungen – die Haare des Bogens streichen wischend auf den Saiten, und dieses ewige Wischen, Streichen saust erregend unter dem Klang der Saiten den unheimlichen Windhauch sterblichen Wesens. Die Stradivari klang – und der Mensch da lebte, ja, die Geige verschwand in seinem Wesen, und Andreas blieb übrig. Die Geige war heraus aus dem Kristall, heraus aus dem Bernstein.

Andreas vernahm seine Existenz irdisch im Ewigen.

Weiter zu schreiten ist dem Menschen diesseits des Grabes verwehrt. Andreas betrat in dieser Nacht den äußersten Kreis. Nur der wohltätige Wahn von der Dauer des geschaffenen Werkes hielt den jungen Menschen in sei=

nem vertragenen Rock und schlechtgeflickten Stiefeln glücklich zurück von dem Vorhaben, nun das Wasser grün über sich hinwallen zu sehen und, ein Nu später, auch das Wasser nicht mehr zu sehen und den überhängenden Zweig mit den Osterknospen nicht. Jener Jugendwahn vor allem, dazu die Süßigkeit so vollendeter Schönheit, daß sie, den Kreis vollendend, wieder wie Schmerz gefühlt wird, die hielten ihn jetzt noch fest in seinem Betteldasein: die Stradivari durchstrahlte tief und schön wie ein Sommertag diese nächtlichen Räume.

Plötzlich hielt er den Bogen reglos über den Saiten – da ist jemand . . . lautlose Stille. Nein . . . vielleicht flog draußen ein Nachtvogel durch den Lichtstreifen. Da ist der Schatten wieder! In panischem Schrecken drückte sich Andreas hinter den Barockstuhl. Da wieder! . . . Er legte die Geige in den Kasten, drückte den Deckel zu. Plötzlich gurgelte dicht hinter ihm das Wasser der Heizung in der Wand. Polternd rückte er den Stuhl aus der Ecke. Wenn der Geige ein Unglück zustößt – er tastete an der Wand . . . eine Klinke, sie gab nach.. Eine Tür öffnete sich – fort aus dieser gurgelnden Ecke. Er fühlte mit den Schuhen: eine eiserne Treppe. Andreas drückte den Geigenkasten an sich, Stufe für Stufe ging er hinab. Eine Wendeltreppe . . . endlos . . . dieser Schneckengang muß doch einmal unten ankommen! Stufe für Stufe . . . schon wollte er wieder hinauf, da hatte er das Ende des Eisengeländers in der Hand. Auf den Zehen schlich er ebenen Bodens weiter. Wo geht das hin? Nach frischem Holz riecht das hier. Er stieß mit dem Kopf an ein Rohr, duckte sich – mit gepreßtem Atem hatte er sich in der Pechschwärze vorwärtsgefühlt ohne einen Laut von sich zu geben –

aber jetzt schrie er auf, die Angst löste sich endlich: dort saß ein Tier und starrte ihn an aus zwei glühenden Augen . . . unbeweglich kauerte er, den Geigenkasten an sich gepreßt – unbeweglich starrten ihn die zwei Augen an. Ganz allmählich bekam die Dunkelheit Formen, verwischte Klumpenformen, aber Andreas unterschied Rohre, Bunker, mannshohe Zylinder. Er atmete auf. In die Heizung war er geraten. Feuer sah ihn an aus den Schürlöchern des Ofens. Gutes Feuer. Wie warm das hier ist, gliederlösend warm. Mit dem Handrücken wischte er den Schweiß von der Stirne, aus den Augen. Eine Schwäche überkam ihn. Er fühlte mit der Hand auf den Boden. Das waren wohl Säcke. Seufzend rückte er sich in dem Sackbündel zurecht – ah, warm und weich. Wie menschlich ist die Welt . . . Andreas schloß die Augen. Das Feuertier tat ihm nichts zuleid. Das wärmte ihn. Andreas schlief zum zweiten Male ein in dieser Nacht. Und diesmal gönnte ihm die durchwärmte Dunkelheit ungestörten Schlaf. Das Wasser gluckerte zuweilen in den Leitungen. Totenstille sonst. Andreas schlief, bis fahles, graues Licht durch das Kellerfenster wischte, heller wurde und sein Gesicht traf in der Ecke zwischen dem Röhrenwerk hinter dem Kohlenbunker.

Das Geräusch schlurfender Schritte weckte ihn völlig. Er stand vorsichtig auf von seinen Kohlensäcken, lugte durch den Türspalt: weiträumige niedrige Gewölbe, Beton, alles grauer Beton. Und weit dahinten ging ein Mann, Eimer und Besen in den Händen. Noch drehte ihm der Mann den Rücken zu. Andreas drückte seinen Geigenkasten an sich, schlüpfte in den Gang – da tat sich der Beton vor ihm auf: die Kellertür stand weit offen! Mit ein paar

Sätzen stand Andreas auf der Ziegelsteintreppe, atmete frische Morgenluft. Er betrat einen Steinhof, glatt=freie Flächen, kein Mensch zu sehen. Die Morgensonne rötete eben erst den Mauerkranz hoch oben auf der fernen Fabrikesse über den Bäumen drüben. Nur noch zehn Schritte, nur noch bis zu der eisernen Gartenpforte brauchte Andreas zu gehen. Einen Schritt, den zweiten Schritt – kein Uniformärmel scheuchte Andreas in den Beton hinunter – der dritte, vierte – – Andreas stand auf der Straße! Auf den Granitplatten des Bürgersteigs. Wie ein Bürger, der Steuern zahlt und auf solchen Granit=platten stehn und gehn darf nach seinem Belieben, nach rechts oder links. Herrliches Gefühl: ich werde nach links gehen, dachte Andreas, lüftete seine Jacke, fuhr sich durch die Haare mit den Fingern – aber warum links? Rechts gehn kann ich auch, wenn ich will. Andreas ging nach rechts. Er erprobte die Freiheit. Gradeaus, dahin, dorthin – niemandem war er Rechenschaft schuldig. Wie schön es sich so dahinging! Bis Andreas plötzlich vor einer Tür stand, über der in erloschenen Lichtbuchstaben die Worte prangten ‚Zur Grotte'. Der Tag beschien die blinden Glasröhren . . . zur Grotte war der Eingang ver=schlossen.

Andreas sah sich um. Die vielen Eingangstüren in der Straße! Alle verschlossen. Ja, gehn konnte er, wohin er wollte. Diese Freiheit hatte er. Nur kam er überall vor verschlossene Türen . . . ist das Freiheit?

Fern über Dächern, am Ende eines schmalen Straßen=spaltes, sah er die Wipfel von mächtigen Bäumen. Nacht=vögel, Wild und was sonst frei ist – ein stellenloser Geiger zum Beispiel – das sucht tagsüber seinen Unterschlupf im Halbdunkel des Waldes. Andreas ging durch den Häuserspalt auf die Bäume zu. In Wald kam er nicht, Andreas kam nur in einen Park, in das wohlgepflegte Rosental. Die nackten Zweige der Bäume trugen spitze braune Blattknospen. Licht und kalter Frühjahrswind brachen von allen Seiten in das Säulenhaus. Aber keine Türen mit Sicherheitsschlössern verrammelten das luftige Gehäuse. Andreas trat ein, suchte sich eine tannengeschützte Bank, setzte sich fröstelnd, rieb die Hände. Wenn er etwas Heißes zu trinken hätte! Oder seinen Mantel, seinen Hut wenigstens. Wo hast du deinen Hut, Andreas, hatte Hasel gefragt. Da drin! In diesem verdammten Kasten – gedankenlos schnappte er an den Schlössern des Geigenkastens, spielte klappend mit dem Deckel . . . ein Geiger ohne Geige müßte eigentlich seinen Geigenkasten in den Wald stellen, da, zwischen die Anemonen, an den Rand der einsamen Lichtung drüben, und er müßte hineinkriechen in den Kasten, den Deckel zuklappen. Das äsende Wild geht vorbei, Brombeerranken wachsen drüber. Das wäre ein Armengrab! Andreas seufzte: da hätte ich eher sterben müssen. Jetzt bin ich für das Kindersärglein viel zu groß geworden . . . wehmütig sah er den schwarzen Kasten an, klappte ihn auf – – reglos, offenen Mundes, starrte er in den Kasten: da . . . da lag . . . da lag eine Geige drin! Tief golden rot, streng geformt, zart gewölbt – da lag die Stradivari drin!!

Andreas warf die Arme auf die Banklehne, preßte den Kopf in die Arme hinein. Nach einer Weile lugte er ängstlich aus den Ärmelfalten hervor: ja, da lag sie – – sie, seine Geliebte, nackt und keusch, kein Traumbild in einem nächtlichen Gefängnis aus Beton, in dessen

Wänden es gluckert und gurgelt. Kein Zauberwerk in spiegelndem Kristall – sie selbst!
Wie erschreckend körperlich greift ein wirkliches Kunstwerk ohne Glasschicht, ohne Aufmachung zwischen der Werkwirklichkeit und unseren Sinnen, die Seele an! Andreas streckte die Hand aus, tastete: Holz. Der zarte Holzkörper.
Zwischen den leeren Zweigen der Bäume stieg die Sonne hoch. Vögel schwatzten, zwitscherten. Auf dem Teich blendete rotgelbes Licht. „Du bist bei mir", flüsterte Andreas. Er kniete an der Bank nieder, neigte den Kopf langsam, küßte die Geige. Sachte berührten seine Lippen das Holz. Mit seinen beiden Armen umfaßte er sie – da sah er, daß eine Träne auf die Geige gefallen war. Andreas leckte sie sorgsam auf. Ein Taschentuch hatte er nicht. Er streichelte die Feuchtigkeit weg.
Nach links sah er den Weg entlang, nach rechts – wenn jetzt einer käme! Wenn ein Schutzmann die Geige in die Hand nähme, mit weißen Lederhandschuhen anfaßte, nach der Geigennummer suchte – Geigen sind doch nicht numeriert, Herr Wachtmeister! Und meine eigne Nummer, die ist gestern gelöscht worden in Kranichstedt. Aber ich bin ein Geiger geblieben! Ich bin ein großer Geiger, Herr Wachtmeister! Mozart kennt mich! Er hat die Nacht an seinem Fenster gesessen, als ich spielte – Andres wickelte die Stradivari in das seidne Tuch, das ihm Agnes geschenkt hatte. Hastig wickelte, bettete er. Im Traum war der Mann, verwirrt vom Unglück, irr, aber Zweifel an der Rechtsgültigkeit eines Zeugen namens Mozart dämmerten doch in diesem stellenlosen Geiger.
Drohend stand über den Baumwipfeln des Rosentals der

Rathausturm mit seinem geblähten Kopf, ein ernstes Zeichen der Ordnung und Wohlfahrt . . . in zwei Stunden wird das Museum aufgemacht. Dann kommt der Aufseher Schurch, nach ihm der Kustos Lindemann, dann der Direktor Becker, und dann komme ich: Entschuldigen Sie gütigst, meine Herren, hier bringe ich die Stradivari wieder. Ich habe sie aus Versehen mitgenommen. Nur aus Versehen! Weiß gar nicht wie!

Was werden Direktor Becker, Kustos Lindemann und Aufseher Schurch diesem etwas verrissen gekleideten jungen Menschen antworten? Mit Recht antworten müssen? Antworten zu müssen verpflichtet sein?

Wie ihre Rede auch laute – Amt und Lebensnotdurft abdingen können sie ihm nicht: das hat er sich schon selber besorgt. Gestern abend, im Künstlerzimmer des Lamms, kurz vor halb neun Uhr.

Der stellenlose Geiger sagte sich: „Ich bin schon so gut wie tot. Morgen höre ich die Strafrede noch zeitig genug. Ich werde vorher einen Tag und eine Nacht die Stradivari geigen. In Kranichstedt. In meiner Stube. Dann bring ich sie zurück. Nein, zwei Tage will ich geigen. In zwei Tagen erst soll das Unglück kommen.“ Andreas sah vor sich hin: „Ich bin wahrhaftig ein Mann, der zum Unglück sagen kann: Warte noch, komm übermorgen erst! . . . nein, in drei Tagen besser . . . drei ist eine gute Zahl. Drei Tage steht der Glaskasten leer. Drei Tage geige ich. Und drei Nächte. Und dann kriechen wir beide, die Geige und ich, in den Kristall – du in deinen, und ich . . . ich suche mir einen –“

Wie ein Kranker, der wieder gehen lernt, schritt Andreas über den Bahnhofsplatz in Kranichstedt – acht auf den Weg geben! Der Verantwortung vor der ungeheuren Last, die er unterm Arme trug, war er sich wohl bewußt. Wenn jemand ruchlos genug wäre, den Ort Kranichstedt zu stehlen, Haus für Haus, samt Rathaus und Kirche – das könnte alles wiedergebaut werden, sogar die Marienkirche, von den Sarkophagen unten in der Gruft bis zum Turmhahn hinauf: die Pläne sind niedergelegt in der Landesaufnahme der Kunstdenkmäler. Aber wenn jetzt dem Andreas die Stradivari abhanden käme – trotz der haargenauen Beschreibungen und Maßangaben im Archiv des Museums würde sie keiner nachbauen können. Manche Dinge in der menschlichen Welt hat sich Gott vorbehalten. Andreas, ein armer Mann ohne Namen und Auftrag, ohne die Hilfe und Sicherung von Amt und Gesetz, vermochte solch ein Vorbehaltsgut nicht drei Tage und drei Nächte widerrechtlich zu verwalten. Noch fühlte er die Gefahr nur verworren, denn der *Geiger* Andreas war ja einer Stradivari gewachsen – nur dem kleinen unbekannten Kranichstedter Einwohner Andreas, dem war sie viel zu schwer! Diese ungeheuerliche Last drückte ihn, der schon seit dem unseligen Abend im Künstlerzimmer des Lamms keinen rechten Weg durchs Leben mehr erkennen konnte, nun vollends nah und näher an den schattigen Ausweg aus dem Leben in den Tod. Es schritt jetzt also über den Bahnhofsplatz zu Kranichstedt ein Mann, der unterm rechten Arme die Stradivari trug und linken Armes eingehenkelt ging mit dem Tod. Drei Tage, drei Nächte wollte er geigen, dann lag die Stradivari wieder in ihrem Kristall, und er hatte erlebt, was einem Geiger

vor seinem Ende beschieden sein kann. In Hinsicht seines abgetragenen Rockes und seiner leeren Taschen befand sich Andreas in gefährlich vornehmer Gesellschaft. Mit dem Tod Arm in Arm – dieses Bündnis hat schon manchem armen Mann Haltung gegeben weit über seine Verhältnisse und Jahre hinaus – jene Positur nämlich, die wie Freiheit aussieht, aber nur ihre Spiegelung im Unglück ist.
Mit dem Betreten des Bahnhofsplatzes begann des Andreas dreitägiger Urlaub vom Tod. Drei Tage sind im Leben meist nicht viel, im Handel mit dem Tod aber eine ungeheure Sekundenzahl. Rings umgeben von herrlichem Leben, muß sich Sekunde für Sekunde der Vertrag neu bewähren. Die Helle des freien Platzes umgab Andreas. Er legte den Kopf in den Nacken. Der Osterwind wühlte ihm in den Haaren – sein Hut hing noch im Künstlerzimmer des Lamms. Wegen der paar Tage holte er ihn nicht erst. Erhobenen Hauptes schritt Andreas über den Platz, mitten durch ein so emsiges Gelaufe und Gefahre, daß es ihm hätte auffallen müssen. Aber er sah nicht um sich. Luft waren die Einwohner Kranichstedts für Andreas. Es gab für Andreas nichts zu gucken hier und keinen guten Tag zu wünschen. Zu geigen hatte Andreas, nur zu geigen noch. Seiner Kammer in der Seifengasse strebte er zu, gedachte die Marktstraße längs, die Ratsgasse und dann die Nickelsgasse zu wandeln, den Herrn des Lebens zutraulich eingehenkelt: Andreas hatte den Tod eingehenkelt, nicht der Tod ihn – das ist der Unterschied. Wen Freund Hein führt, der braucht nicht zu sorgen ums Abhandenkommen seines Genossen, der läßt nicht los, wen er einmal untergehakt hat. Wer aber verwegenerweise seinerseits den Tod zu führen glaubt, muß wohl achtgeben, daß

der sich nicht so sachte beihin verkrümelt unterwegs. Andreas gab acht auf ihn, scherte sich nicht um die Kranichstedter und ihre törichten Unternehmungen. Er rechnete mit Ewigkeitswerten. Leider erfüllte aber den sonst stillen Ort gerade heute ein geräuschvoll lebendiger Umtrieb. Im Menschengedränge verzieht Ewigkeitsgefühl wie Rauch im Wind. Wer aller nasenlang angerempelt wird, muß schließlich die Augen aufs Leben richten. Er kann wie Andreas voll Verachtung die gebügelten Hosen seines Vordermannes betrachten – die Tatsache drängt sich dabei doch in die schwebendsten Gedanken, daß dieser Vordermann vielleicht Herr Dielebein ist und die Schloßkonditorei betreibt. Wir leben ein schweres Leben – Gestirne verbleichen vor einer Straßenlaterne für unsre Sehnerven. – Et lux perpetua, summte Andreas vor sich hin, gewalttätig nach Sammlung suchend. Kranichstedt spielte die Blockflöte dazu, Kranichstedt polterte, lachte, bumste. Und diese Wagen! Andreas mußte gut zusehen, daß sein Urlaub vom Tod nicht auf der Stelle und auf dem Fahrdamm endete samt der Stradivari. „Eintagsfliegen", hatte er gemurrt im Fußgängerschwarm. Aber diese Eintägler bewegten sich auch rädernd fort. Er sprang hier zur Seite, da rückwärts – so viel Wagen gab es doch gar nicht in diesem Nest! Nein, nicht halb so viel: von auswärts kamen sie bunt beladen mit Topfwerk, geschmückt mit Tannengirlanden und Fahnen.

An der Ratsgassenecke stand eine Plakatsäule, die den Fußgängerstrom teilte wie ein Brückenpfeiler die Flut. Andreas fand einen Fußbreit Raum zum Ruhigstehen. Er holte Atem. Hinsehen auf die bunten Anschläge wollte er nicht. Was konnte schon draufstehen? Die letzten Neuig=

keiten der Ilmpost, vielleicht: ... Archivrat Mittenzwey ins Johannishospital überführt, Schädelbruch, die Ärzte hoffen noch ... Aber Andreas sah doch hin beim Atemholen. Fettgedruckte Buchstaben sind auf der Straße stärker als tiefe Gedanken. Andreas sah bald nicht nur hin: er las mit Begierde. Das las sich ja ganz friedlich und gut! Quartettabend auf den Dreiundzwanzigsten verlegt, las Andreas. Und der Vorstand Mittenzwey wird diesen besonders genußreichen Abend, an dem der bekannte Geiger Victor Müller aus Schmiedefeld zum ersten Male in Kranichstedt auftritt, mit einem Vortrag im kleinen Lamm-Saal einleiten ... Teufel, dachte Andreas, Mittenzwey redet schon wieder? Hier – an dieser Stelle mußte es gewesen sein, hier mußte ihm sein großer Freund, der Tod, unversehens abhanden gekommen sein. Plakatsäulen sind rund und interessant – man liest, eine Wendung, der Begleiter ist im Gewühl verschwunden, und man steht allein und verlassen da. Einen Augenblick nur mochte sich Andreas vergessen haben über dem Lesen der neuesten Nachricht. Daß unbekannte Kräfte diesen stillen Ort heute in Aufregung versetzten, erlebte er – jetzt las Andreas des Rätsels Lösung von der Säule ab. Der Topfmarkt beginnt! In der furchtbaren Nacht war ihm dieses nahende Ereignis ebenso aus dem Gedächtnis entschwunden wie die weiteren Feste, denen die Einwohner entgegengingen: das tausendjährige Bestehen der Stadt Kranichstedt galt es in wenigen Wochen zu feiern. Topfmarkt – verächtlich las er drüber hin. Das Verhältnis zwischen Topfware und soviel Lärm leuchtete ihm nicht ein. Aber Tausendjahrfeier – auch ein in Ewigkeitswerten rechnender Geiger kann tausend Jahre nicht für einen Tag nehmen –

„Tausend Jahre", sann Andreas . . .
„He!" – er wurde am Rockärmel gezupft. Erschrocken sah sich Andreas um. Meister Pröhle lachte ihn an mit dicken Backen und fächelte die Holzkohlen unter seinem Bratwurstrost – „Wo haben Sie denn gesteckt?"
„Ich?" fragte Andreas verlegen.
„Die alte Weißpfennigen hat heute früh Gehacktes gekauft zum Sonntag, und da hat sie gesagt, Sie wärn weg. Un Ihre Wirtin muß es doch wissen, hähä."
„Da bin ich ja", sagte Andreas – leichtsinnig genug, denn er sagte das nicht zu seinem Freund, dem Tod, sondern zu Meister Pröhle, der so laut sprach, daß es der ganze Rathausplatz hören konnte. Rasch trat Andreas dicht heran an den Rost. Der Rauch beizte ihm die Augen. Sie tränten. Andreas wischt. „Da bin ich doch."
Pröhle lachte: „Das tät 'ch dem Fräulein Agnes sagen, wenn ich Sie wäre. Die hat doch Stunde bei Ihnen heute früh. Weg is 'r, hat die Weißpfennigen zu ihr gesagt."
Nahe am Rost stand Andreas, damit Pröhle nicht mehr so laut redete, ganz nahe am Rost: „Wie gut riechen Bratwürste, wenn man so lange nichts gegessen hat", seufzte er. Acht Stück lagen da nebeneinander . . . wenn der Tod seinen Freund Andreas nicht schon an der Plakatsäule im Stich gelassen hätte: bei diesem Blick des Geigers auf die acht lebenerhaltenden Würste wäre er bestimmt seiner Wege gegangen und hätte sich nach zuverlässigerer Kundschaft umgeschaut! Aber Meister Pröhle sah den Blick des Geigers und ließ den hungrigen Mann nicht im Stich: „Eine gefällig?"
Andreas tastete an der Westentasche. Sie war leer. Er schluckte. Schon hielt ihm Pröhle die Wurst hin. Auf kei=

nem Topfmarkt hat je eine Wurst so lieblich geduftet – – leider, hätte Thedor Kegel gesagt, nur wie Eau de la rêve, wie Traumwasser zu deutsch. Andreas sog den Traumduft der Wurst ein: „Zufällig habe ich grade kein Geld bei mir, Meister."

„Ach was. Nu mal los. Sie sehn je aus wie eine wandelnde Hungersnot, verdammig."

Andreas biß hinein. Meister Pröhle sah ihn beißen. Er nickte sachkundig: „Ihnen schmeckt's!"

„Ich habe Hunger."

Pröhle nickte abermals sachkundig: „Das macht die Ausarbeitung. Geigen is eine gelinde körperliche Bewegung. Aber so was wie im Lamm" – der Meister hob das Schüreisen und schlug es dem Holzkohlensack auf den Kopf, daß Andreas erschrocken beiseitetrat – „sich 'nmal so ordentlich ausprügeln für 'ne Woche, das zehrt."

Fast hätte Andreas die Traumwurst fallen lassen vor Schreck: Prügelei im Lamm? Pröhle ergänzte die Wurstreihe auf dem Rost und sprach gelassen: „Tut gut, so wupp druff. Wut is Gift. Gift frißt 's Innere. Raus damit."

„Reden die Leute darüber, Meister? Ich meine über die Sache da im Künstlerzimmer?"

„'s spricht sich rum."

„Aber es ist doch gar nichts weiter passiert. Herr Mittenzwey hält doch eine Rede am Dreiundzwanzigsten –"

„Wegen Mittenzweyn spricht sich das nich rum. Wegen Ihnen. Das hat Ihnen mannig einer nich zugetraut. In meiner Brangsche, da is einer leichter bei der Hand. Aber in Ihrer – nee nee, allen Respekt."

Als ein Geächteter glaubte Andreas einzuziehen in Kranichstedt, Arm in Arm mit dem Tod. Und nun war er gar nicht geächtet . . .

Meister Pröhle hielt ihm die zweite Wurst hin: „Langen Sie ruhig zu. Die Ware is gut. Toppmarktwurscht. Prima."

„Aber nein, danke –"

„Zugefaßt!"

Andreas machte wieder die ergebnislose Bewegung nach der leeren Westentasche. Pröhle schüttelte den dicken Kopf und sah ihn schlau an: „Zahl'n Sie nich in bar. Zahl'n Sie mit Musike."

Rasch biß Andreas in die Wurst, und Pröhle fuhr fort: „Passen Sie auf. Heute abend, wenn der Toppmarkt in Gang is, spielen Sie hier einen auf. Das lockt Kundschaft an, un Sie kriegen Wurscht, bis Sie nicht mehr können."

Der Meister rechnete gar nicht schlecht. Das Unglück mit der Geige im Künstlerzimmer des Lamms hatte den Andreas aus dem höheren Musikleben der Stadt herausbefördert, aber damit anscheinend nicht aus der Welt überhaupt, sondern nur bis ins Volk. Vielen Einwohnern, nicht nur dem Meister Pröhle, war das Dasein des Geigers nunmehr wesentlich verständlicher geworden. Andreas hatte über Nacht mit Hilfe einer zerschmetterten Geige gewonnen, was ein junger und unbekannter Künstler mit einer heilen Geige schwerlich so rasch erreicht. Er sah es an dem vertraulichen Zunicken manches Vorübergehenden. Freilich gehörte dieses Publikum nicht einem Kunst-, Lese- oder Quartettverein an, überhaupt nicht den zarteren Berufsständen, sondern den mehr gewalttätigen Zünften. „Der da", sagte Pröhle mit achtungsvoll gesenkter Stimme, „der is Schmiedegeselle. In der Talschmiede.

Letzthin hat der einen durch die zugemachte Tür durchgeschmissen.“ Andreas entsetzte sich vor diesem seinem neuen Publikum, aber Pröhle rechnete im stillen: Wenn der Geiger heute abend an meinem Stand ein bißchen Musik macht, sind die paar Würschte, die er essen kann, bald wieder raus mit Zins- und Zinseswürschten.

Und Andreas dachte seufzend: Ich habe Hunger. Und heute abend werde ich wieder Hunger haben. „Warum nicht, Meister? Ein paar Lieder. Oder Tänze.“

„Tänze. Dann kommen die Mächens. Un wo die sin, is 's Geschäft.“ Pröhle klopfte bei diesen Worten mit der großen Holzgabel an den Geigenkasten. Dieses Klopfen aber klang dem eben auf der Rückkehr ins Leben befindlichen Geiger wie ferner Donner – der Kasten barg nicht seine eigne Geige! Seine Geige hatte ihm zwar die Popularität eingetragen, sie war jedoch in Trümmer gegangen dabei. Jetzt hielt ihn Meister Pröhle für einen ordentlichen jungen Menschen, der was auf sich hält – aber dieser Mensch hatte eine Stradivari in seinem Geigenkasten, die er vor seinem Tode noch, in drei Tagen, zum Museum zurückbringen mußte: „Halt, Meister. Keine Wurst mehr. Danke. Mir fällt eben ein, das mit der Musik heute abend, das geht nicht. So im Gedränge, wenn der Geige was zustößt“ – der brave Fleischermeister sollte jetzt ahnen, daß die Geige in dem Kasten mehr wert war als sämtliche städtischen Großschlachthöfe im Reiche zusammengenommen!

Pröhle ahnte nichts. Er schmunzelte nur: „Ja ja, so 'ne Geige. 'n zerbrechliches Ding. Jemandem 'n bißchen aufn Kopp, hin is se. Aber da bin ich ja auch noch da.“ Er richtete sich auf. Andreas mußte zugeben: wenn dieser vierschrötige Meister eine Zerbrechlichkeit schützte, war sie geschützt. Unschlüssig fragte er: „Das hat wohl dieser Kerl, der Schratte, in der Stadt rumerzählt?"

„Wer was erzählt, läßt sich nicht sagen, wenn was erzählt wird, was nich weitererzählt werden soll. Aber sehn Sie mal her. Ich rücke meinen Rost die Ecke da weiter. Vors Rathaus." Pröhle ging hin, zeigte die Stelle genau. „Grade unter die Nische da stelle ich mich. Sie setzen sich hinein in die Nische. Da sind Sie geschützt vorm Gedränge. Hier unten drunter stehe ich un brate. Sie sitzen oben drüber un machen Musike."

„Nein, danke wirklich", sagte Andreas und starrte gebannt die dritte Bratwurst an, die ihm Pröhle hinhielt.

„Da essen Sie die Wurscht zu Hause." Der Meister wikkelte sie in eine Zeitung, gab sie Andreas: „Also heute abend, so um achte, halb neune rum!"

Noch im Stehen, den Geigenkasten unterm Arm wickelte Andreas in seiner Kammer die Wurst aus und aß. Pröhles dritte Wurst schenkte dem ausgehungerten Mann nun doch allmählich das beruhigende Gefühl des Sattseins. Kauend setzte er sich auf den Bettrand, stellte den Geigenkasten zu seinen Füßen und begann Pröhles Zeitungspapier zu lesen. Zerknittert, fettig war es, aber Andreas las sich fest. Wie auf durchscheinendem trübem Wasser schwammen die Buchstaben auf dem fettgetränkten Papier. Der Schriftsatz der Gegenseite schimmerte durch. Die gedruckten Worte schienen losgelöst zu sein vom Papierstoff, der sie trug. Mühsam entzifferte Andreas, was da stand wie in trübes Wasser geschrieben:

„Sankt Ildewig, die Kranichstedter Heilige“ – eine Heilige? In Kranichstedt? Andreas schüttelte den Kopf, las: „Jeder Einwohner kennt das uralte Bildwerk über dem Südportal der Marienkirche. Zu sehen ist nicht mehr viel. Vor vielen hundert Jahren ist das Relief hergestellt worden aus unserem heimischen Töpferton. Das grünglasierte Gewand der heiligen Ildewig kann der Beschauer noch erkennen. Ihr Kopf fehlt leider. Bei dem großen Kirchenbrand wurde das berühmte Werk schwer beschädigt. Erfreulicherweise ist jedoch der Galgen rechts von der Heiligen unversehrt erhalten und links von ihr das Bruchstück einer männlichen Figur. Mancher Einwohner mag von der Geschichte, die hier dargestellt ist, wenig mehr wissen. In katholischen Zeiten war die Sankt Ildewig eine hierorts hochverehrte Heilige, mit der es eine Bewandtnis hat. Wie bekannt, wird dieses alte Wahrzeichen unserer Stadt bei der Tausendjahrfeier wieder zu Ehren gebracht. In alten Zeiten glaubten die Einwohner fest an die Wundertaten der heiligen Ildewig. Nachmals verwischte sich dies. Aber sie soll vielen Armen und Notleidenden geholfen haben. In den neueren Zeiten, seit der Mensch sich immer mehr selbst zu helfen gelernt hat, kam die Verehrung der Ildewig allmählich ab. In Kranichstedt aber soll sie ein besonderes, man möchte sagen: ein Kranichstedter Wunder getan haben. Ein fremder Spielmann nämlich flehte eines Tages die Sankt Ildewig um eine milde Gabe an. Wir sind versucht, darüber zu lächeln. Aber man möge bedenken, daß es eben in jenen alten Zeiten, als noch nicht für die Kunst gesorgt wurde, bettelnde Spielleute gab, arme Tröpfe, die es zu nichts Rechtem gebracht hatten im Leben und nun ihr Brot von

Tür zu Türe erfiedeln mußten. Ein solcher Spielmann stellte sich vor das Südportal und rief die Sankt Ildewig an, sie möge ihm gnädig sein – nur einen Tag lang solle sie ihn speisen, ihn einmal im Leben satt sein lassen. Dann wolle er gerne sterben – oder, wenn es der Heiligen gefalle, möge sie ihn zwei Tage speisen, ja, wenn sie's vermöge, drei Tage ihm die Lebensnotdurft und was darüber ist, gewähren. Er wolle dafür die Geige unters Kinn heben und die Herzen der Menschen erquicken mit Musik – Musik zu Ehren der Heiligen werde er machen, daß die Vögel zu singen, die Wäscherinen zu schwatzen aufhörten, die Rollwagen stillestanden auf den Straßen, alles Geschäft aussetzte, der Henker sogar dem Verurteilten auf der Leiter Gnade gäbe bis zur Schlußkadenz! Seht, liebe Einwohner, da geschah das Kranichstedter Wunder. Die Heilige über dem Südportal unserer Marienkirche drehte bei des Spielmanns hochtönenden Versprechungen den Kopf, sah ihn an, sie hob den grünglasierten Rock, schwenkte das zierliche Bein, und ehe der Spielmann wußte wie ihm geschah, fiel klirrend ihr goldener Pantoffel zu seinen Füßen. Erschrocken blickte der Mann auf, starrte die Heilige an. Aber die stand, den Kopf wie früher gradaus gerichtet, unbeweglich als ein glasiertes Bildwerk da, und ihr Rock bedeckte wieder, wie es einer Heiligen wohl ansteht, die Füße bis – nun, den linken Fuß bis zur Pantoffelspitze, den rechten jedoch bis zur nackten kleinen Zehe: der rechte Pantoffel war verschwunden aus dem Bildwerk. Der Spielmann aber hob ihn auf vom Pflaster, wog ihn in den Händen – er war mächtig schwer, der Spielmann pries die heilige Ildewig über die Maßen und verschwor sich, in Kranichstedt eine

Musik zu machen, von der man noch reden solle in späten Tagen. Dies, liebe Einwohner, ist tatsächlich eingetroffen: die heutige Nummer der Ilmpost spricht noch von jener alten Musik, obgleich wir doch eine ganz andre gewohnt sind! Leider hatte der Spielmann, wie so mancher seinesgleichen, nicht den bedachten Sinn des ordentlichen Einwohners, der sich in einem außergewöhnlichen Fall vor den Amtsschösser begibt und ihn um Rat und Hilfe bittet. Der Spielmann war eben von Jugend auf ungeregelte Umstände gewohnt und sagte sich: das erste, was der Amtsschösser tut, ist dies – er nimmt mir den goldenen Pantoffel weg. Bei dieser Überlegung verbarg er den Pantoffel der Sankt Ildewig in der hinteren Tasche seiner Lederhose. Nun hätte er sich wenigstens an seine in festem Brot und Ansehn zu Kranichstedt stehenden Berufsbrüder wenden sollen, an den Stadtpfeifer, an den Obersten der Zinkenisten oder an den Orgelspieler wenigstens. Aber das konnte er auch nicht, denn er war unlängst der Pfeiferschaft zu nahe getreten mit ungehörigen Worten. Von der Stadtmusik am Marienfest hatte er gesagt: Bei solch bombastischem Rasaunen könne ein Mensch mit Ohren am Kopf seinen Wein nicht die Gurgel hinunterkriegen, viel weniger ein Sprüchlein heraufwärts für die liebe Mutter Gottes. So geschah es denn, daß der Spielmann, ein Loblied singend, in die Schänke ging und unterwegs alle mitgehn hieß, die er für dankbare Gäste hielt: Bettler, Habenichtse, lustige Dirnen, für deren Gesittung kein Kranichstedter Bürger die Hand ins Feuer gelegt hätte, dazu großmäulige junge Burschen und erfahrene Weiber. Im Nu waren im Saal der Schänke die Tische zu einer großen Tafel gerückt, und es begann ein gewaltiges Gelage. Da man in der Stadt meinte, es sei ein großer Herr angekommen, der aus mildem Herzen die Armen und Niedrigen des Ortes tränken und speisen wollte, vielleicht auch um eines Gelöbnisses willen solches tun mußte, ließ der Oberste der Stadtpfeifer höflich anfragen, ob dem Herrn vielleicht eine Tafelmusik genehm sei, auf krummen Zinken etwa oder auf Sackpfeifen. Auch mit Schnabelflöten und Baßbombart könne man dienen, auf Blockflöten besonders viele Stunden hindurch ohne Pause die Festfreude erhöhen. Der fremde Spielmann ließ die Pfeiferschaft kommen, gab dem Wirt den goldenen Pantoffel und hieß ihm nicht nur die Zeche von dem Gold abziehen, sondern auch den Musikanten ihren Lohn gleich beim Eintreten auszahlen. Fröhlich setzten sich die Stadtpfeifer zum Werke nieder. Viel Lärm erfüllte die Schänke, denn die Gäste soffen ganz unmäßig. Aber die Musikanten drangen kräftig durch, so daß dem Wirt bange wurde vor dem Tosen. Er öffnete die Fenster, damit der Schall einen Ausweg finde aus dem Gemäuer, und vor der Schänke sammelte sich die Einwohnerschaft, um auch etwas zu hören. Allmählich jedoch klang eine Pfeife nach der andern gelinder. Auf der Straße draußen war die Musik kaum noch zu vernehmen. Der Spielmann nämlich saß in der Mitte der langen Tafel, hielt den Kopf in die Faust gestützt, und sein Zeigefinger malte Noten mit rotem Weine auf den Eichentisch. Reglos saß er, die Lippen leidvoll vorgeschoben, vom Beginn der Pfeifermusik her aber noch den erstarrten Zug des Hohnes um den Mund . . . eine Flöte nach der andern schwieg. Die Stadtpfeifer starrten den Gastgeber an – sie erkannten ihn: der fremde Spielmann war das! Auch die Bettelgäste merkten auf. Noch waren die Musikanten unschlüssig, aber gleich mußte ein Sturm losbrechen, eine Schlägerei, aus welcher der Wirt kein Stuhlbein retten konnte. Da erhob sich der Spielmann langsam von seinem Schemel. Er hatte ein erschreckendes Aussehn, ein bleiches, zerfurchtes Antlitz, graue Haarsträhnen um die Schläfen. Unwillkürlich faßten die Stadtpfeifer nach Stuhl und Glas, um sich zu wehren. Aber der Spielmann sah sie nur traurig an ... ‚Ihr könnt nichts dafür', sagte er, bedeutete ihnen, herunterzusteigen vom Podium, in die Tischrunde einzurücken, und nun begann er, Musik zu machen, auf seiner Geige – die ganze Nacht. Soviel die Bettelgäste gegessen, getrunken hatten – sie schrien nicht mehr, wurden still und hörten offenen Mundes diesen Menschen geigen. Der Wirt sah zur Tür herein, er meinte durchs Portal in die Kirche zu schauen, so dunkel und still und feierlich war es ...

Gegen Morgen lag völlige Stille über dem Saal. Die Gäste schliefen. Nur der Spielmann saß einsam auf seinem Podium, riß leise hin und wieder eine Saite an, trank ab und zu. Beinahe getraute sich der Wirt nicht, dem Mann die Rechnung zu reichen. Der nahm sie auch nicht. ‚Gib her, was übrig ist', sagte er, und sah abwesend vor sich hin, zupfte einen Saitenton, noch einen, summte zuweilen ...

‚Das war ein guter Tag', murmelte der Wirt. Als er aber den goldenen Pantoffel einwechseln wollte beim Goldschmied, wandelte sich der gute Handel. Das sei Feingold, sagte der reiche Schmied, und so viel Scheidemünzen, um das einzuwechseln, besitze er nicht. So viel besitze die ganze Stadt nicht, meinte er mißtrauisch. Kaum eine

Stunde später hatte sich denn der Handel in eine Gerichtssitzung umgewandelt. Von allen Seiten besahen die weltlichen und geistlichen Herren Kranichstedts den unbezahlbaren Pantoffel, besahen auch den Spielmann, der abwesenden Geistes unter ihnen stand, kaum hörte, was sie redeten. Den fremden Menschen kannte keiner, aber plötzlich erkannte der Kaplan den Pantoffel: ‚Der gehört der heiligen Ildewig!' Die Herren redeten erschrocken durcheinander, dann liefen sie zum Portal der Marienkirche, rannten fast um die Wette, der Kaplan weit voran dem Schwarm der würdigen alten Herren. Hier sprachen sie noch lauter, sahen sich entsetzt in die erhitzten Angesichter: ‚Seht her! Sankt Ildewig steht nun mit einem Beine barfuß da!'

Den rechten Pantoffel der Heiligen – der Kaplan hielt ihn, Gott zum Zeugen dieser Raubtat eines fremden Vagabunden anrufend, zitternd in seiner Hand. Die weltlichen Herren ließen ihn Gott nicht vergebens anrufen, fackelten nicht lange und befahlen der Scharwache, den Spielmann zu ergreifen. Wo er herkäme? ‚Aus Deutschland', sagte der Mann. Aus dem Land käm er nicht, da wäre er mitten drin! schrie ihn der oberste Ratsherr an, und alle weltlichen und geistlichen Herren schrien es mit.

Der Spielmann sah sich um im Kreise: ‚Weiß nit', sagte er.

Der Zorn des Gerichtes kannte keine Grenze mehr. Ob er ehrlich geboren sei! brüllte ihm der Kaplan ins Gesicht.

Seine Mutter habe ihn mit Schmerzen zur Welt gebracht – der Spielmann sah bei diesen Worten vor sich hin.

Aber diese Frau Mutter kenne wohl seinen Herrn Vater nicht? fragte der Obermeister der Schneiderzunft nahe vor dem Spielmann; denn der war an beiden Händen gefesselt.

Des Spielmanns Blick ruhte auf der blitzenden Goldkette, die überschwer des Schneiders schmalen Brustlatz verzierte: ‚Pan‘, sagte er, ‚Pan hieß mein Vater, trug keine Kette wie du, aber wenn die Erde widerklang vom Herrn, war er der Klang – ich trage ihn nur weiter‘.

Der Kaplan schlug mit dem goldenen Pantoffel auf den Gerichtstisch: ‚Nun ist die Gotteslästerung am Tage!‘ ächzte er.

Der Spielmann sah den Kaplan bittend an, indem er auf den Pantoffel der heiligen Ildewig zeigte: ‚Bring ihn an einen Ort, der dir gut dünkt, frommer Mann. Zuunterst in deinen Domschatz meinetwegen – aber zieh ihn der Ildewig nicht wieder an, sie steht so menschlich da mit einem zärtlich nackten Fuß.‘

Was gab es nach diesen Frevelworten noch zu verhandeln? Der Spielmann wurde verurteilt, mit einem Strick um den Hals gehenkt zu werden. Schwungvoll setzte der Gerichtsherr seine Unterschrift auf das Pergament. Die Scharwache löste die Fessel des Verurteilten, um ihn an eine Kette zu legen und durch die Stadt zu führen auf den Richtplatz – als eben die eine Kettenschelle sein linkes Handgelenk umklammerte, die Rechte aber noch frei war, griff der Spielmann nach der Gänsefeder des Gerichtsherrn, zog sie ihm durch die Finger, drehte das Pergament um, malte in einem Husch Notenlinien auf die Rückseite und schrieb mit geschlossenen Augen Noten hinein.

Im Angesicht des Todes mußte sich eine selige Melodie auf ihn gesenkt haben. Mit geschlossenen Augen schrieb er, lächelte, und sein zerfurchtes Antlitz sah jung aus und glänzend wie ein heidnisches Götterbild.

Erschrocken waren die Herren des Gerichts zurückgewichen vor dem entfesselten Menschen. Aber schon schlug er seine Augen auf, sah wieder alt und kummervoll aus und hielt der Scharwache sein freies Handgelenk zum Fesseln hin. Die Herren betrachteten die Notenschrift. Durcheinander, übereinander standen die verwirrten Zeichen. Der Schreiber schüttelte Sand drauf: ‚Wir lassen's stehn, das kann doch keiner lesen.'

Sie sparten ein neues Pergament. Der Vagabund war's nicht wert. Unterm Läuten der Armesünderglocke ordnete sich der Gerichtszug.

Voran schritt die Scharwache, hinter dem Spielmann, dem Henker und des Henkers Gesellen ging die Geistlichkeit, dann folgte die Pfeiferschaft, welche Bußlieder blies, danach kamen die weltlichen Herren und zuletzt die Einwohnerschaft als Ganzes. Als der Zug am Portal der Marienkirche mit dem Bilde der Sankt Ildewig vorbeikam, ruckte der Spielmann an der Kette und blieb stehen. Falten konnte er die Hände wegen der Kette nicht.

Er blickte die Heilige dankbar an: ‚Die Zeit wird knapp', sprach er zu ihr, ‚ich muß mich nun verklären'.

Und da geschah das zweite Wunder: die Heilige wendete, neigte ihren Kopf, lächelte den Spielmann holdselig an, hob den grünglasierten Rock ein wenig hoch, schwenkte das zierliche Bein – ein Goldblitz über den Köpfen! Und zu Füßen des Spielmanns lag der linke Pantoffel! Vor aller Augen geschah dies. Der Bürgermeister sah's, der

Kaplan, der Ratsschreiber und die ganze Stadt! Der Ka=
plan faltete die Hände vor dem Bauch, der Bürgermeister
befahl, die Ketten zu lösen, der Henker barg das Hanf=
seil wieder in seinem Werkzeugetui, die Einwohner jubel=
ten, und das Armesünderglöckchen schwieg. Statt auf den
Richtplatz lenkten die geistlichen und weltlichen Herren
samt Spielmann und Pfeiferschaft ihre Schritte zur Schänke,
und es begann auf Kosten des Rates ein großes Freuden=
fest. Nach dem ersten Wohlbekomm's wollte der Bürger=
meister den Spielmann fragen, wie er nun eigentlich hieß,
denn Kranichstedt gedachte ihn zum Ehrenbürger zu er=
nennen. Aber der Spielmann war verschwunden, und
kein Einwohner hat ihn je wiedergesehen. So nannte
man denn zu seinem Gedächtnis die frühere Krautgasse
von jetzt an die Große Panstraße, nach des Spielmanns
Vater. In neuerer Zeit ist die Straße wieder umbenannt
worden, weil sich unter dem Großen Pan wenig denken
läßt. Nur das Bildwerk der Sankt Ildewig zeugte noch
lange von diesen merkwürdigen Geschehnissen. Die Hei=
lige aber behielt ihren Kopf nach links unten gewendet,
wo einst der Spielmann gestanden hatte. Auch das lieb=
liche Lächeln war auf ihrem Antlitz stehengeblieben.

Hunderte von Jahren hat die heilige Ildewig gelächelt, und
gewaltige Musik ist in Deutschland gemacht worden.
Dann kam der Tag des großen Brandes. Das lächelnde
Haupt und fast der ganze Spielmann gingen im Brand=
schutt verloren. In wenigen Tagen jedoch, liebe Einwoh=
ner, wird nun die heilige Ildewig, das Wahrzeichen Kra=
nichstedts, neuerstehen, in anderer Gestalt, aber aus
dauerhafterem Material.

Ob in späteren Jahren der Spielmann unerkannt doch

wieder in Kranichstedt gewesen ist? Niemand kann es sagen. Wir wissen nur, daß alle großen Musikanten unseres Vaterlandes nach Kranichstedt gekommen sind, um das Pergament zu sehen und die geheimnisvollen Noten zu entziffern. Kranichstedt, könnte man sagen, ist ein inwendiger Kreuzweg der Musik geworden, obgleich bisher kein Fachmusiker die gleich einem Rätsel durcheinandergeschriebenen Noten des Ildewigpergamentes ins jeweilig Zeitgenössische übersetzt hat. Bekanntlich ist seinerzeit Johann Sebastian Bach von Arnstadt herüber zu Fuß in Kranichstedt gewesen. Er soll lange auf das Pergament geschaut haben und dann wortlos gegangen sein. Man habe ihn jedoch auf der Rathaustreppe wohl eine halbe Stunde noch in Gedanken versunken stehen sehen, aber nie hat er zu jemand irgendein Wort später darüber verlauten lassen. Den Musikfreunden unserer lieben Vaterstadt ist auch bekannt, daß eines Tages in einem vierspännigen Reisewagen Händel unangemeldet am Rathaus vorgefahren ist, und als Haydn nach dem Studium der Ildewignoten mit Tränen in den Augen den Saal verlassen wollte, hat er unter der Tür Mozart getroffen. Von allen Meistern verweilte Mozart, der damals schon sehr kränklich gewesen ist, die kürzeste Zeit über dem Pergament. Kaum hatten seine Augen die Hieroglyphen überflogen, hat er das Blatt aus der Hand fallen lassen, zum Fenster hinaus nach den Wäldern über den Dächern geschaut und wie ein junger, strahlender Mann gelächelt. Erst beim Einsteigen in den Wagen soll er wieder in sich zusammengesunken sein, weil da ein fremder Bote gestanden und ihn am Ärmel gezupft habe: ‚Das Requiem, Maestro, ist es fertig? Mein Herr läßt sagen, die Zeit wird knapp.' Dem Besuch Beethovens aber verdankt unsere Stadt die allen Lesern wohlbekannte Reliquie: den hellgrauen Sommermantel des Unsterblichen. Nach dem Lesen hat er nämlich, weit vornübergebeugt und mit der Hand in der Luft schreibend, das Rathaus verlassen, den Ratsdiener aber, der ihm den Mantel umhängen wollte, nur verständnislos angeblickt und vor sich hinmurmelnd rasch den Reisewagen bestiegen. Daß Schubert hier war, verlautet nur. Dieser Genius war damals zu jung und zu unbekannt, auch zu arm, um weiter bemerkt zu werden. Zudem ist er bald danach verstorben."

Andächtig hatte Andreas diese Geschichte gelesen von dem Musikanten, dem in der Not und dann in höchster Not abermals eine liebliche Heilige geholfen hatte. Andreas seufzte tief. Dergleichen glaubte er nie erfahren zu haben. So ist der Mensch – da hält er eine Stradivari auf der Bank im Rosental in der Hand, sagt rechtens vor Gott und sich: Weiß gar nicht wie – und merkt das Wunder nicht, weiß nur, daß es in drei Tagen vorbei ist mit der Stradivari und mit ihm, weil er aus dem Wunder Wirklichkeit zu machen gewagt hat. Denn in der Wirklichkeit münden alle Wunder in den Tod.
Ein schlauer Lebenskenner meidet das Wunderhafte, überläßt es lieber denen, die selber als Wunder für eine kleine Weile ins wirkliche Weltwesen gestellt sind. Mittenzwey hatte nie etwas anderes von der Ildewig gesehen als ihren grünglasierten Rock. Darum konnte er bei der Ausarbeitung seiner Rede, die er auf dem Empfang des

Quartettvereins zu halten hatte, ruhig von der heiligen Ildewig ausgehen. Mittenzweys Rede drehte sich auch nicht um ein Wunder, sondern um ein Denkmal, das an Stelle des alten Bildwerks der Marienkirche in wenigen Tagen bei der Tausendjahrfeier in der Nische der Rathauswand eingeweiht werden sollte.

Eine ausgleichende Rede war auch dringend notwendig. Denkmäler werden von Künstlern geschaffen, und Künstler leben nicht überall in der Eintracht, die das Setzen von Monumenten zum Genuß für die Behörden macht. Zwei Künstler hatten ihre Fähigkeiten zur Verfügung gestellt: der Meister Umschlag, ein Kunsttöpfer, und Meister Hauke, ein Metallkünstler. Hauke war Kranichstedter Einwohner. Das sprach für ihn. Umschlag wohnte nur im nahen Bürgel, aber er konnte auf das zerstörte Ildewigbild weisen und sprechen: „Dieses Werk ist aus glasiertem Ton geschaffen worden vor vielen hundert Jahren – warum? Weil der edle Töpferton ein Bestandteil unserer heimischen Erde ist. Aus gebranntem Ton muß unsre neue Ildewig gemacht werden!" Hauke jedoch wies erst recht auf das zerstörte Bildwerk und sprach: „Dieses Werk aus glasiertem Tone ist zerstört – warum? Weil gebrannter Ton eine zerbrechliche Ware ist. Aus Metall muß unsere neue Ildewig hergestellt werden!" – „Metall?" rief Meister Umschlag, „Bronze hat andre Aufgaben, als in Form von Heiligen in Wandnischen herumzustehen!" – „Bronze?" fragte Meister Hauke erzürnt, „wer redet von Bronze? Das fast wie Silber glänzende Aluminium ist das Metall unserer Zeit. Das tausendjährige Kranichstedt hat hier die Gelegenheit, vorbildlich zu wirken für alle Städte rings im Lande, die nach ihm das tausendjährige Bestehen feiern werden!“ Umschlag schil=derte dagegen wieder in lockenden Worten die bunten Glasurfarben seines Werkstoffes und bemerkte zum Schluß, daß er um gut ein Viertel billiger wäre mit Arbeit aus gebranntem Ton. „Für mein Viertel mehr kann man einer Aluminiumheiligen auch nicht den Kopf abschla=gen!“ rief Hauke und bemerkte seinerseits zum Schluß, daß er dem Bildwerk einen ganz besonderen Reiz ver=leihen könnte, nämlich die Pantoffeln der Heiligen echt vergolden!

Dieser sinnige Einfall schlug durch. Meister Hauke er=hielt den Preis. Die Arbeit war eilig. Unverdrossen ar=beitete er Tag und Nacht. Aber Hauke arbeitete im Ver=borgenen. Er wußte aus Erfahrung, daß ein abgeschlos=senes Werk die Einwohner immer erfreut, es sei, wie es sei. Unfertiges dagegen beunruhigt. Entwürfe wie Scher=ben verlocken zum Rätselraten, und wenn die Kranich=stedter raten, kommt als Lösung immer Kranichstedt raus. Im Falle dieses Ildewigdenkmals mußte das ver=mieden werden. Der engere Denkmalsrat hatte nämlich eine Verschiebung des geistigen Schwerpunktes beschlos=sen. Im Mittelpunkt des alten Bildwerkes war der grün=glasierte Rock der Heiligen zu sehen. Das neue Denkmal sollte den Spielmann in der Mitte zeigen. Diese Anregung war Mittenzwey zu verdanken. Er hatte gesagt: „Man wolle bedenken, nicht auf eine ehemalige Heilige, auf den Spielmann hat das Bildwerk unsern Blick zu lenken. In meiner Eigenschaft als Vorstand des Quartettvereins beobachte ich täglich, wie jede Gelegenheit ergriffen wer=den muß, um die der Musik noch Fernstehenden dem Konzertsaal zu gewinnen. Der Quartettverein zählt heute hundertzehn ordentliche und sechzig außerordentliche Mitglieder. Dazu kommen fünf Ehrenmitglieder. Wieviel mehr Einwohner müßten doch, auch im Hinblick auf das Wahrzeichen unserer Stadt, die ordentliche Mitgliedschaft längst erworben haben! Man komponiere den Spielmann augenfällig als Blickfang in die Mitte. Die ehemalige Heilige möge ihren Platz links von ihm finden. Der Galgen, sofern er überhaupt den künstlerischen Intentionen Haukes entspricht, könnte rechter Hand angedeutet werden. Dann hat Kranichstedt an seinem tausendsten Geburtstag symbolisch dargetan, daß sein Tun und Denken dem Leben gilt, dem praktischen Dienst an der Kunst. Rücken wir das Ehemalige auf die Seite. Es flankiere das Lebendige nur, meine Verehrten!"

„Dich", hatte Andreas gesagt und das Papier mit der Geschichte der heiligen Ildewig längst glattgestrichen in tiefen Gedanken. Er hatte die Stradivari gestimmt, aber nur einen verschollenen Ton hin und wieder in der Höhe oder in der Tiefe angezupft. Dabei lehnte er an der Wand und starrte das Fenster an. Ganz groß wurde das Fenster in seinem Gesicht, als ein ungeheures Lichtviereck überblendete es seine Kammer. Cis summte er . . . fis . . . unverbunden tauchten aus dem ungreifbar hinwallenden Gedankenstrom immer neue Toninseln hoch, gewagt entfernt, unüberbrückbar zu Melodie . . . aus einem Strom: aus den unzähligen Tropfen, deren jeder einen Regenbogen wert war, aber deren keiner rund für sich bestand, alle fluteten aufgeschlossen entformt in dem hinwallenden lebendigen Wasserbalken des Stroms . . . Andreas

hob die Geige, begann zu spielen. Und wie er spielte, er=
schien in dem blendenden Lichtviereck ein Weib. Sankt
Ildewig stand da! Im grünglasierten Rock. Nie hatte
Andreas ihr Haupt gesehn, lange vor seiner Zeit war die
Kirche verbrannt . . . so sieht sie aus? Er geigte – ‚Was
spielst du denn?' fragte Ildewig verwundert. ‚Dich', mur=
melte Andreas und setzt jäh die Geige ab – „Agnes!" rief
er. Niemand war da. Nur Andreas und die Stradivari.
Andreas lächelte. Die Ildewig war Agnes gewesen. Er
geigte wieder, geigte so wunderbar, daß Ildewig den
grünglasierten Rock ein wenig hob, mit dem Fuß ruckte
– da steht sie mit dem rechten Beine barfuß in seiner
Kammer, und Andreas ist ein reicher Mann geworden,
und Ildewig erfüllt die Kammer mit ihrem Glanz, wie
nur eine Stradivari die Seele eines großen Geigers erfül=
len kann mit Geheimnis. –

Die wirkliche Agnes stand nicht barfuß, sondern ordent=
lich angezogen vor ihrem Kleiderschrank, hob die Bügel
mit den bunten Fähnchen von der Stange, schüttelte sie,
strich mit der Hand hin über den Staat, seufzte, hing die
Sachen unschlüssig wieder hin. Sie trat an ihr Nähtisch=
chen, klapperte mit den Garnrollen, ordnete sie, die gel=
ben, die blauen, roten, weißen für sich. Und als der alte
Thedor Kegel erschien, einen Stoß zerlesener Bilder=
zeitungen aus dem Laden herauf zum Ordnen brachte,
machte sie sich sogleich an diesen Zeitverderb.

Ihr Vater redete von dem viel zu frühen warmen Wetter.
Die Geschäftigkeit seiner Tochter kam ihm zupaß. Nicht
immer waltete Agnes so tüchtig in den kleinen Tages=
arbeiten, seit ein paar Tagen war sie gar nicht bei der
Sache. Aber jetzt fand Thedor die gute Gelegenheit.

„Dieser Andreas, hast du's schon gehört, Agnes? Was da passiert ist im Künstlerzimmer im Lamm? Sieh mal, du bist doch so ein tüchtiges Mädchen –"
Jetzt oder nie wurde Kegel den Geiger los aus seinem Haus – tüchtig nannte der Alte seine Tochter, tüchtig und gut. Für schön, für gut und schön wie die Ildewig und für musikalisch anschmiegsam dazu hielt sie Andreas. Kegel war in seinem Fach ein Mann von Gewicht. Auch Andreas fühlte sich ganz deutlich, wußte genau, wer er war. Aber eben das begründete Bewußtsein der eigenen Bedeutung versperrte den Männern den Blick ins Frauen=eigentliche. Der kundige Friseur ahnte nicht den Grund dieser töricht=fleißigen Unrast der Agnes, und der in seine Musik geschlossene Andreas hätte erst recht nichts ge=ahnt. Eine Unruhe von irgend etwas, das sich näherte und das sie nicht mit Alltagsworten benennen konnte, trieb Agnes um. Für Krankheit, für Freundschaft, für Liebe sogar, haben wir rasch die fruchtbare Verwendung gefunden. Daß aber Menschen begabt sein können mit Ahnungsvermögen für nahend Ungeschehenes wie andre mit Sinn für Zahlen, für Wetter, für Quellen, das will heute niemand gern wahrhaben; denn das Ahnungsver=mögen ist wohl ein ungeheuer tiefer, aber nur Frauen eigner verborgener Sinn. Dichter sollen auch das noch Ungeschehene zu ahnen und zu gestalten vermögen, aber sie kommen zu selten vor im Leben, als daß sie für eine ständige Erscheinung genommen werden könnten, auch ist ihre Existenz im heutigen Tageslicht nur wenigen wahrnehmbar. Frauen dagegen sind den Männern stets als andersartig organisierte Lebewesen aufgefallen, und in alten Zeiten, als die Männer noch nicht abgestumpft

waren durch die Technik, erschien ihnen ratsam, unberührte Mädchen auf goldne Dreifüße zu setzen und ihnen weise das Kommende abzuhorchen. Ungefähr seit Erfindung der Dampfmaschine ist das Ahnungsvermögen des Weibes unwirksamer geworden von Jahr zu Jahr im Leben der Menschen, und Leute, die etwa in den Sonnenflecken das Nahen der großen seelischen Katastrophen ablesen wollen, verlesen sich: im Menschen selber vergrößert sich langsam der blinde Augenfleck, weil das Wesen des Weiblichen seit achtzehnhundertzweiunddreißig zu wenig Lebenden offenbar ist. Der in sein Tagewerk verklammerte Mann entsetzt sich, wenn ihm eine Frau ins Ohr sagen kann, was kommt, weil Gut und Böse ihre reine Wirklichkeit nicht zu betäuben vermögen. Ein böser Brief nur mag im Andringen sein auf ihren Lebenskreis: das sinnbegabte Weib fühlt ihn herankommen . . . blaue, gelbe, rote, weiße Seidenröllchen ordnete Agnes . . . es kommt etwas . . . den Stoß Zeitungen dahin, die bunten Blätter auf den Haufen . . . etwas zieht hoch . . .

„Agnes", sagte der alte Thedor, „hast du's gehört, meine Tochter? Dein Geigenlehrer hat den Herrn Archivrat überfallen –"

„Dummes Zeug, Vater."

„Doch, Agnes. Schratte hat's erzählt. Dieser gewalttätige Mensch hat die Geige genommen –"

Ganz dunkel zieht's hoch . . . Die Geschichte im Lamm? Törichtes Gerede . . . etwas viel Dunkleres . . . „Ach Vater", sagte sie ungeduldig, „dann hätte doch Herr Mittenzwey den Schratte nicht zum Schwatzen in deinen Barbierladen geschickt. Auf die Polizei wär' er gerannt."

„Agnes, 's gibt manchmal Sachen, die uns recht geben, die der Mensch aber besser für sich behält", wandte der erfahrene Mann ein. „Und wo ist denn der Geigenlehrer? Stunde hast du gehabt, aber er war nicht da. Die Weißpfennigen hat gesagt –"

Thedor schwieg. Geigenmusik . . .

„Das ist er", flüsterte Agnes.

Der Alte hielt den Kopf schief, horchte . . . „Wie geigt'n der heute?" Er sah seine Tochter am Fenster stehn und reglos lauschen. Thedor strich seinen weißen Barbierkittel glatt: „Wie kann denn der überhaupt geigen? Schratte hat doch gesagt, die Geige hätte der Wüterich zerschlagen bei dem Überfall –"

„Da siehst du, wie sie lügen, Vater!" Sie hatte sich vielleicht umsonst gesorgt? Dumme Gedanken . . . so schön hatte sie Andreas nie geigen hören!

Plötzlich brach die Musik ab.

„Schade", sagte Agnes. –

„Schade", sagte auch Andreas. Die Haustür des Hinterhauses hatte mit ihrem Schlagbolzen die große Klingel in Gang gebracht, die an einer Spirale hing und Sturm läutete, wenn jemand kam. Andreas hörte Schritte auf der Treppe, die Schritte näherten sich seiner Tür. Rasch legte er die Stradivari in den Kasten und schob ihn unters Bett.

„Herein!" rief er, als es klopfte.

„Also ist es richtig. Er ist wieder da" – Lichtermark stand auf der Schwelle und sah Andreas an. Dabei nickte er langsam mit dem Kopfe.

„Aber bitte", sagte Andreas mit einer verlegen einladenden Handbewegung. Sein Blick blieb an dem Geigenkasten hängen, den der Alte unterm Arm trug.

Lichtermark stand immer noch auf der Schwelle, schwieg eine ganze Weile, dann seufzte er tief auf und begann von neuem: „Sagen Sie mal, Andreas, schämen Sie sich eigentlich nicht?"
Bei dieser Frage erinnerte sich Andreas endlich wieder seines großen Freundes, des Todes, den er seit der Plakatsäule aus den Augen verloren hatte. Er richtete sich auf: „Wenn sich die Kranichstedter nicht schämen –"
„– brauchen Sie's auch nicht. Ach. Nun sehn Sie mal" – Lichtermark trat endlich ins Zimmer – „haben Sie eben gegeigt?"
„Ich?"
„Na ja. Mir war's so auf der Straße. Aber in dem Lärm heute." Plötzlich in anderem Ton sprach er weiter: „Denn wie sollten Sie denn geigen, wie?! Dazu gehört doch eine Geige, ja?! Geräuschvoll stellte er seinen Geigenkasten auf den Tisch. „Und da habe ich mir gedacht: du bringst dem Kerl deine eigne Geige. Leihweise. Damit er wenigstens sein Brot verdienen kann" – jetzt erst nahm Lichtermark seinen Hut ab und klatschte ihn aufs Bett – „aber als Mordinstrument will ich sie Ihnen nicht hergebracht haben! Zum Prügeln ist sie mir zu gut!"
„Herzlichen Dank, Herr Professor", stotterte Andreas. Angesichts dieser Guttat stand sein großer Freund riesengroß vor ihm auf, aber nicht als der gute Weggenosse. Grauglitschig hob er sich hoch, als ob er aufgestanden wäre aus Pleißenschlamm.
„Nur zum Geigen", fuhr Lichtermark fort, „nur zum Geigen ist die Geige da! Verstehn Sie mich, Sie heilloser Mensch, Sie?"
„Die paar Tage, die ich noch lebe, geschieht Ihrer Geige

nichts" – begann Andreas, aber weiter kam er nicht, Lichtermark donnerte ihn an: „Das könnte Ihnen so passen! Glauben Sie, der liebe Gott hat Ihnen Ihre Kunst gegeben, damit Sie sie ihm verlottern?! Denken Sie ja nicht, daß sich der alte Lichtermark Ihretwegen durch den Trubel da unten auf den Weg gemacht hat zu Ihnen! Wegen der Musik bin ich gekommen, die Ihnen mitgegeben ist auf die Welt! Wollen Sie die vielleicht auch in 'n paar Tagen unter die Erde bringen?!

Jedes Wort nahm Andreas zu sich: so hatte ihn sein Vater auch vorgekriegt, als er noch lebte ... das tat so wohl. „Aber nein doch, Herr Professor –"

„Nein doch, nein doch – immer nein doch! Andreas, das sage ich: Ihnen wächst die Geigerhand aus dem Grabe, wenn Sie nicht gelebt haben, bis Ihnen der letzte Hauch zu Musik geworden ist" – er musterte Andreas von oben bis unten – „so einer trägt nun mit sich 'rum, was man nur in Büchern nachlesen kann" – jetzt brüllte ihn der Alte an: „Und tut, als wenn er zu seinem Vergnügen auf der Welt wäre!!" Lichtermark wühlte in dem Notenstoß, warf ein Stück hin, schlug's auf: „Das spielen Sie jetzt durch! Heute abend kommen Sie zu mir! Ich will hören, wie meine Geige klingt!"

„Sehr gern, aber "

„Schon wieder aber?"

„Ich habe schon eine – eine Verabredung."

„Den möchte ich kennen in Kranichstedt, der sich mit Ihnen noch verabredet. Damit er bei Gelegenheit eine Geige auf den Kopf geschlagen kriegt!"

„Ich –"

„Ach was! Nach Leipzig fahren, wie?! Punkt acht Uhr

sind Sie bei mir. Zum Essen. Dann Musik. Und spielen Sie's gut durch vorher. Sehn Sie mal, wo's in d=moll geht" – Lichtermark vergaß, daß er zum Schimpfen ge=kommen war – „schwer, Andreas. Bin neugierig, ob wir's rauskriegen. Ich hab' es mal, ist lange her, im Gewand=haus gehört, Andreas, dieses Decrescendo." Plötzlich fiel dem Alten ein, daß er nicht um Musik sondern um eines völlig törichten Menschen hierher gekommen war, den er in Grund und Boden donnern wollte. „Verflucht, die=ses Dasein", den Ton rasch wieder wendend, grollte er Andreas an, als ob der den menschlichen Irrgarten er=funden hätte. Lichtermark murmelte noch eine Reihe Grobheiten, suchte überall seinen Hut –
„Bitte, Herr Professor" – Andreas hielt ihm höflich den Hut hin.
„Ach was", knurrte Lichtermark, drückte sich den Hut auf den Kopf, ging und knallte die Türe hinter sich zu, um den falschen Ton in seiner Strafrede wiedergutzu=machen. Am liebsten wäre ihm Andreas nachgelaufen und hätte ihn umarmt. Aber bald vergaß er über dem Notenlesen den Alten und sich selber: „Wie mag das auf der Stradivari klingen?"
Agnes hatte ihn spielen hören bis in die Dunkelheit. Dann war die Musik drüben plötzlich wieder abgeris=sen.
„Vielleicht ist er auf den Markt gegangen?" dachte sie und zog ihren Mantel über.
Gegangen eigentlich nicht: geholt worden ist Andreas auf den Topfmarkt. Der Lehrjunge aus Pröhles Fleischer=laden rief laut in die Musik, daß ihn der ganz versun=kene Geiger auch verstand: „Der Meister wart't doch

schon! Er steht vorm Rathaus! Warum Sie denn noch nich dawärn!"

„Ach so", seufzte Andreas erwachend, legte die Geige in den Kasten, klemmte ihn sorgsam unter den Arm und lief hinter dem Schlachterjungen her, um die bereits gegessenen Bratwürste rasch mit etwas Musik zu bezahlen.

Pröhle hatte seinen Stand gut gewählt, genau vor der leeren Nische in der Rathauswand. Gewaltig wölkte der Dampf hoch von seinem Rost.

„Nur eine halbe Stunde, Meister", sagte Andreas.

„Abwarten!" lachte Pröhle dröhnend, half Andreas auf die Holzkohlenkiste steigen, mit einem Schwung in die Nische hinaufspringen und reichte ihm dann die Geige hinauf.

Überrascht sah Andreas das bunte Nachtbild vor sich, unter sich. Der Ratsmarkt war einer jener kleinen viereckigen Plätze, wie sie in alten Kleinstädten noch zu finden sind. Der Mensch steht hier in solchem Verhältnis zum Raume, zu dem auf ihn bemessenen Hohlwürfel, zwischen den vier Seitenwänden und zwischen Pflaster und Dachfirsten, daß er sich sogleich zu Hause und sorglich umschlossen fühlt. Wer mit gewöhnlicher Stimme auf einem solchen Platz Guten Abend sagt, hat vernehmlich dem ganzen Platz einen Guten Abend gewünscht, und wenn er lacht, lacht der Markt. Eigentlich blickte Andreas aus seiner Nische in einen schwach erhellten Saal hinein, der mit lebendigem Abendhimmel überspannt war. Eben zogen die ersten Sterne auf.

Wie beisammen und gehäusig, dachte Andreas.

„Musik!" rief ihm ein junger Bursche zu, der sein Mädchen am Arm hatte.

Andreas lachte. Er stimmte die Saiten.
Und Andreas begann zu geigen. –
Seit vielen Jahren verteilen sich die Besucher des Topfmarktes nach Alter und Berufen auf die verschiedenen Brennpunkte des Festes. Jenseits des Flusses, auf dem Neuen Markt, stehen die Kauf= und Trinkbuden. Hier treibt sich die laute Jugend so lange herum, bis sie sich paarweise zueinandergefunden hat und stillere Bezirke aufsucht. Auf dem Ratsmarkt ergingen sich im Kreise die älteren Leute, bis sie den Liebespaaren den Platz ganz überließen. Sonst spielte hier die Stadtkapelle. In diesem Jahr konzertierte sie aber im Lamm=Saal, weil wegen der nahenden Tausendjahrfeier kein Podium vor dem Rathaus errichtet werden konnte. Im Ratskeller tranken zu dieser Stunde noch die gesetzteren Einwohner ihre gemessenen Schoppen. Später änderte sich das Bild, weil dann mehr jüngere Leute erschienen, paarweise meist und die stillen Ecken bevorzugend. Von dieser Art Gästen bediente der Ratswirt jetzt bereits den Metallbildhauer Hauke, der mit einem Fräulein Minchen Espe ein gar nicht billiges Abendessen einnahm. Die älteren Herren sahen genau hin, was der Wirt anschaffte. Dann sahen sie sich an.
„Der Meister Hauke mag nicht schlecht verdient haben an der Spielmannsfigur. Jaja, so 'n öffentlicher Auftrag!" sprach der Konditor Dielebein.
„Für *zwei* Personen warmes Abendessen", fügte derBöttchermeister Flademann hinzu.
„Immer 'n Mädchen unterm Arm", murmelte Vollrath.
Herr Steinert war beim Amt. Steinert schüttelte den Kopf: „Nein, meine Herren, das ist eine reelle Sache. Die suchen schon eine Dreizimmerwohnung."

„Ach so", sprachen Dielebein, Flademann und Vollrath. Sie wandten sich wieder ihrem eigentlichen Gesprächsstoff zu, der Außenpolitik Boliviens – sie wußten ja nun: bald wird Hauke bei ihnen sitzen in geordneten Umständen und auch über die Außenpolitik Boliviens reden. –
In der Scherbelschänke am Windmühlenberg tagten und nächtigten die Töpfermeister und Töpfermeisterinnen des Landes. Umschlag saß schlechtgelaunt am Mitteltisch und sprach mit rauher Stimme: „Auf die Figur von dem Kerl, dem Hauke, bin ich nicht neugierig. Wer in seinem Leben einen Aluminiumtopf in der Hand gehabt hat, weiß, was dem künstlerisch zugemutet werden kann. Auch wenn die Henkel vergoldet sind. Aber wenn das wahr ist, daß der Fiedelmann in die Mitte gerückt ist und die Ildewig auf die Seite, dann gibt es ein Unglück. Das ist meine Meinung, verdammig."
Töpfermeister Kutter nickte zu diesen Worten: „Du sagst's, Umschlag. Prost! So is es."
„Na na", begann sein Nachbar Pietzsch. Er kam aber nicht weit. Umschlag blies dem schmächtigen, etwas verkrümmten Mann Tabakrauch auf den Kopf und knurrte: „Auge Gottes, sei still! Du bist nicht vom Fach. Du verstehst 'n Dreck von Kunst."
Wenn auch nicht in dieser groben Töpferform – im Kern hatte Umschlag nicht unrecht mit seinen Worten. Herr Pietzsch betrieb in Igelshieb auf dem Walde oben eines jener halb wissenschaftlichen, halb künstlerischen Feingewerbe, die nicht auf den Topfmarkt gehörten. Pietzsch fabrizierte Glasaugen. Leider hatte er das Unglück, selbst auf einem Auge blind zu sein. Freilich merkten das die Leute kaum, nur dem schärfer Zusehenden fiel auf, daß

ihn Pietzsch ein wenig schief anblickte. Da er nun, vielleicht aus Geschäftsrücksichten, hartnäckig schwieg, wenn ihn jemand fragte, ob er ein Glasauge trüge, nannten ihn die unbefriedigten Ausfrager das Auge Gottes. Das sprach sich herum. Schließlich hieß sein kleiner, aber wohlgeleiteter Betrieb bis zu den Augenkliniken Berlins hin, die seine Fabrikate bezogen und schätzten, das Auge Gottes.
Den Topfmarkt in Kranichstedt besuchte Pietzsch nur als Einkäufer, weil in diesen Tagen die Vertreter der Fabriken anwesend waren, die feuerfeste Farben anzubieten hatten. Pietzsch mußte sich dabei manche schnöde Bemerkung von den Hausbedarf= wie Kunsttöpfern gefallen lassen: „Pietzsch braucht nur Blau un Braun un Schwarz – du mußt 'nmal modefarbene Augen malen!"
„Red nicht so gottlos, Umschlag", sagte Pietzsch, „sei froh, daß du meine Fabrikate nicht brauchst."
„Un wer braucht *unsre* Fabrikate noch?!" donnerte Umschlag los. Die Insassen der Scherbelschänke drehten sich bei diesem Wort auf ihren Stühlen nach dem Obermeister um und gaben seinem Ausruf mit starken Worten Nachdruck.
So dürr Pietzsch hinterm Tische hockte, so zähe war sein Sinn: „Du hast doch 'n Auftrag von der Stadt bekommen zur Tausendjahrfeier, Umschlag. Wenn mich die Ratsherrn von Kranichstedt nur beauftragt hätten, ihnen naturgetreue Glasaugen zu fabrizieren, mit denen sie nischt sehen können, dann ginge mir's gut, Umschlag."
„Erstens siehst du bloß aus, als ob dir's dreck'g ging. Dir geht's besser, als uns all'n zusammen. Un zweitens: den Hauptauftrag hat nich das bodenständige Töpfereigewerbe. Den hat's Aluminium! Hauke macht die Figur am

Rathaus. Un ich? Ich mache 'n Wandbelag für 'n Rathaussaal. Außen is Aluminium. Un die Töpferkunst? Wo is die? Drinne is die. Hinter verschloßnen Türen. Wer sieht sie? Der Gemeindediener sieht sie! Beim Staubwischen. Aller acht Tage, verdammig."
Der Groll der uralt heimischen Töpferkunst saß tief. Aber die Meister vom königlichen Handwerk – wie das Formen gebrannten Tons mit Recht genannt wird – kamen eben nicht weg über die Tatsache, daß die heilige Ildewig ohne Kopf dastand, weil jeder dumme Bengel, dem es einfiel mit Steinen zu werfen, das schönste glasierte Denkmal in Scherben schlagen konnte. Umschlags großer Trumpf hatte die Bedenken der Ratsherrn nur verstärkt – Umschlag hatte nämlich in gerechtem Zorn gerufen: „Scherben! Wer versteht hier was von Scherben – ich!! Denn was sind Scherben, meine Herren vom Rat? Scherben sind das einzige, was übrig bleibt in der Welt und Dauer hat! Alles geht hin – Gold wird umgeschmolzen und Silber und Kupfer und alles andre: Häuser und Städte und Festungen und Paläste und Papier, beschriebnes und bedrucktes – alles geht aus 'm Leim und ist hin eines Tages. Nur das bleibt übrig auf der Erde: gebrannter Ton. Tonscherben. Weil die keiner mehr verwenden kann. Wenn die Tonscherben nicht wärn, wüßten die Gelehrten überhaupt nicht, was für Leute ganz früher gelebt haben. Meine Herrn vom Rat, ich kann nur sagen: wenn ihr wollt, daß von euch was auf die Nachwelt kommt, setzt Tondenkmäler, lernt 's Schreiben auf Tonplatten wieder und brennt die Platten. Dann laßt ihr Scherben sprechen für euch dermaleinst –"
„Dermaleinst?!" rief Mittenzwey, „dermaleinst ist eine

nichtssagende Zeitangabe! Und wenn dermaleinst nur
Scherben von unserem Tun und Denken zeugen sollten,
dann wäre es besser, nicht verewigt zu sein, Meister Um=
schlag! Denn dann sind nichts als Mißverständnisse von
uns übrig. Man denke, die Scherben, auf denen etwa das
Wort Mittenzwey steht, werden falsch zusammengesetzt,
man verwechselt mich dermaleinst vielleicht mit einem
anderen Mittenzwey, der nichts von Musik verstand –
was sollte man dann denken von dem unter meinem Vor=
sitz stehenden Kranichstedter Quartettverein, sofern auch
von diesem etwa Scherben auf die Nachwelt gekommen
sein sollten? Oder welchen Gefahren wären erst Sie, ver=
ehrter Herr Bürgermeister Müller ausgesetzt, wenn Sie
bedenken, daß jener Mordbrenner, der seinerzeit in Kra=
nichstedt gewütet hat, auch Müller hieß?! Man komme
uns nicht mit einer unbestimmten Zeitangabe namens
Ewigkeit! Wir sind keine Töpfer, meine Herren. Unser
Tun und Wirken zielt nicht auf Scherben. Nicht in Scher=
benzeitaltern denken wir, sondern betreiben unsere Ar=
beit für eine Dauer, unter der wir uns etwas vorstellen
können."

In jener Stunde, da Mittenzwey diese Worte sprach, ver=
sank Meister Umschlags letzte Hoffnung. Grimmig hatte
sich Umschlag an die Ausführung des Trostauftrages ge=
macht, den ihm die Ratsherren zu geben gütig genug ge=
wesen waren: er hatte den Wandbelag für den Ratssaal
geformt und gebrannt. Unendlicher Ärger war ihm mit
dieser Arbeit in seine Töpferei gekommen! Sein ihm an=
handgegebener Mitarbeiter war nämlich nicht ein Fach=
mann, sondern ein gewisser Herr Zeißing, ein Schriftstel=
ler, ein Heimatdichter aus der Umgebung Kranichstedts,

der die Sprüche für die Wandplatten erfinden und reimen sollte. Diesem Zeißing ging jede Fähigkeit ab, zu begreifen, daß eine Wandplatte ein gewisses Maß hat, dann kommt eben der Rand. Dann ist sie alle. Die Größe der Wandplatte richtet sich nach Umschlags Ofenloch, aber nicht nach Zeißings Gedanken. Gedanken kann man bekanntlich ändern, ausweiten oder auch verengen – ein Ofenloch nicht! Ein Brennofen steht da, wie er ist, und auf seinem Dasein sind die Kosten kalkuliert. Daß Zeißings verfluchte Reime in Meisters Umschlags Tonvierecke hineinpassen mußten, ging diesem Schriftsteller nicht ein. Umschlag konnte dann eben nichts dafür, wenn an unpassenden Stellen die Tafel zu Ende war. Dort kam nun eine Fuge hin, und mochte zehnmal die vorletzte Zeile des Gedichtes heißen: ‚So wächst aus unsrer lieben Stadt' – Fuge, erste Zeile der neuen Platte: ‚Was sie nichtsahnend in sich hat.'

„Die Fuge muß weg!" schrie der Heimatdichter.

„Die Zeile ist zuviel!" schrie der Töpfermeister – es waren bittere Arbeitswochen gewesen. Aber jetzt stand die wohlbeladene Fuhre – jede Wandplatte zwischen Stroh verpackt – draußen auf dem Hof der Scherbelschänke. Morgen schon sollte die Verkleidung der Wände im Ratssaal beginnen.

Kenner des Ortes Kranichstedt fühlten wohl, wie diese Kämpfe und Nöte um den diesjährigen Topfmarkt spukten. Die Festfreude äußerte sich denn auch verschieden in den einzelnen Topfmarktbezirken. Ganz geheuer aber war es nirgends in Kranichstedt dieses Jahr. In der Scherbelschänke ging es bedrohlich laut her. Auf dem auch nicht sehr stillen Neuen Markt mieden sich die jüngeren

Töpfer und die jüngeren Metallarbeiter vorläufig noch. Im Ratskeller tranken die älteren Herren still für sich und führten, soweit sie zum Rat gehörten oder ihm nahestanden, nicht ganz sorgenfreie Gespräche.

Auf dem Ratsmarkt aber begab sich ein in Kranichstedt nie erlebtes Schauspiel.

Eine halbe Stunde hatte Andreas geigen wollen. In das Halbrund der Nische gelehnt, hatte er ein Lied angefangen. Nur so gradhin begann er – aber nach den ersten Geigenstrichen ruckte er sich zusammen: das klang ja! „Dem unbekannten Baumeister, der vor tausend Jahren diesen Ratsmarkt geformt hat“, murmelte Andreas erschrocken, „dem sollten die Kranichstedter in diese Nische ein Denkmal setzen!“ Klar lagen die Töne im Raum, folgten einander unverwirrt und schnitten doch nicht ab im Leeren. Sie blieben im Raum. Andreas fühlte körperlich, wie die Töne in das Steinviereck des still werdenden Platzes hinausschwebten, wie sie in den samtenen, mit Menschen bestellten Grund dieses steinernen Gefäßes einsanken und lebendig verwandelt aus den Herzen wieder aufstiegen in die schwarzblaue Sternendecke über dem Saal. Andreas spielte ein Abendlied – es wurde ganz still auf dem Platz. Andreas lehnte nicht mehr im Nischenrund. Aufrecht stand er vorn am Rand, gestrafft ... wie still die Leute dastehn – das ist Kirche. „Ich will euch jetzt in Gang bringen, Freunde!“ Er glitt in ein langsames Tanzlied. Die Menschen faßten sich an, begannen sich zu drehn. Ganz langsam spielte Andreas, langsam drehte sich's auf dem Boden der Steinschale. Frischer griff sein Bogen die Saiten an, rascher tanzten sie. Jetzt kreiste schwebend der Menschengrund nach einer alten Tanz=

melodie um den steinernen Marktbrunnen herum wie Wasser um seine Quelle. Andreas stand umwölkt vom Dampf, den Meister Pröhle hochtrieb zu seinen Füßen. Der Rost glühte, aber der Meister vergaß zu braten. Er fächelte nur, fächelte im Rhythmus der Musik die Kohlenglut. Zuweilen war Andreas gar nicht zu erkennen im weißen Rauch. Zwischen den Tänzern still stand Agnes auf dem Markt, sah den drehenden, wälzenden Rauch, aus dem Musik klang: geigte Andreas in der Wolke? Ein Windhauch, Andreas erschien in der Rathauswand, verschwand, jetzt sah sie seinen Kopf in den Nebeln. Um Agnes herum drehten sich die Menschen im Tanz. Der Mond stieg silbern über das Rathausdach. Andreas geigte ... zarte, niemals gehörte Tänze, nie geübte ...

Ein Ratskellerfenster tat sich auf. Vollrath steckte den Kopf heraus, verrenkte sich fast den Hals – wo geigte das? Das buntglasige Kellerfenster daneben wurde aufgestoßen, noch eins. Offnen Mundes starrten die Gäste nach oben. Nur ein Stück Sternendecke sahen sie, und vor sich den dicken Meister Pröhle, der nicht briet, der mit seinem Flederwisch den Takt fächelte, fächelte ... Jetzt ging drüben im Giebelhaus, auf dem klarsilbern das Mondlicht lag, ein Fenster auf, ein andres, immer mehr ... die Leute starrten in den Rauch, in dem es geigte. Ein langsamer, ganz langsamer Tanz hallte klar aus dem klingenden Dampf, so langsam und gesättigt ruhvollen Tones, daß die Paare sich küssen konnten unterm Drehn – die Sternbilder drehten mit, langsam mit –

„Du!" rief Agnes, hilflos verzaubert.

„Dich!" rief Andreas, legte langsam beim Geigen den Kopf in den Nacken, glücklich lachend, und seine Melodie

glitt in ihre Tonart. Das Lied namens „Dich" war freilich kein Tanz mehr. Das Drehn auf dem Marktgrund ver= ebbte. Der Menschengrund lag wieder unbewegt in der steinernen Schale ... der fächelnde Meister sah auf nach der Nische, unversehens stieß sein Flederwisch den Was= sertopf um, weiß zischte gewaltig der Dampf hoch – als er sich verzog, war die Nische leer.
Tief aufseufzend senkte Agnes den Kopf. Neben ihr stand Lichtermark. Er war unterwegs nach der Seifengasse ge= wesen, um sich diesen Mann selber zu holen. Das Treiben auf dem kleinen Platz, das seltsame Klingen lockte ihn ab vom graden Wege. Und nun mußte er die Verzauberung des Ratsmarktes erleben! Nun sah er diesen Andreas da oben in einer Dampfwolke in der Rathauswand stehen! Nachdenklich saugte er an seiner Zigarre. „Mmm mm" – er suchte die Melodie des Liedes, die er eben gehört hatte. Agnes blickte auf, wer das Lied summte, das ihr gehörte. Lichtermark holte tief Atem, nickte ihr zu: „Das ist eine Geige ..." sagte er kopfnickend.
„Wem die gehören mag?"
Lichtermark strich langsam über sein Kinn: „Mir, Fräu= lein Agnes", sagte er stolz, „jaja, man muß sie nur zu spielen verstehen". Er sah sich um im Kreise. Noch war= teten die Leute, ob der Geiger wiederkäme.
„Ist das zu denken", murmelte der Alte, „im Quartett verliert er den Verstand, daß er da nie wieder auftreten kann. Und da tritt der Mensch auf dem Ratsmarkt auf und spielt die ganze Stadt um ihr bißchen Verstand." –
In langen Schritten lief Andreas am Fluß hin. Er hatte Lichtermark auf dem Platz stehen sehen. Sein schlechtes Gewissen trieb ihn über die Riethbrücke. Gerade über

dem Wald vor ihm stand der Mond. Auf den Mond lief Andreas zu. Er mußte von der Straße abbiegen, kam in einen schlechten Feldweg. Und wenn der Weg noch schlimmer würde: der Mond hing so friedvoll im Him=mel. Der Mond stellte Andreas nicht zur Rede. Der Mond wollte nichts von ihm. Aber der Mond ist ein gefährliches Wanderziel. Dieser weiße Stern zwang den Geiger, in einen moosigen Waldweg einzulenken. Der Pfad stieg an. Zweige klappten an seinen Geigenkasten. Die Zweige öffneten sich, ein Erlenbusch noch, und ein Grasweg öffnete sich vor Andreas, feierlich breit. Links und rechts standen schwarzgrüne Tannen unbewegt hohe Parade. In der Wegmitte ging Andreas gradaus auf den Mond zu, bis er an den Waldrand kam. Ein breitbrüstig gewölbtes Feld, tief aufgepflügt, dehnte sich bis an den Nebelrand ganz fern hinter den Hügelketten, über denen der Mond schwebte. Andreas blieb stehen. Unbewegte Ruhe in Weite und Breite und Höhe – Höhe unendlich wie die Tiefe unter Andreas' Füßen. Durch die Erdkrume hin=durch fühlte er die Ruhe der Tiefe, durch den Fels, der unter der Erdkrume starrte, durch die Mitte des Erd=sterns hindurch, wieder durch Steinrinde und Krume in die jenseitige Tiefe des Raumes fühlte er sich – aber noch stand Andreas diesseits! Noch konnte er geigen. Sachte stellte er den Geigenkasten ins Gras: „In diesem Saal sind wir noch nicht aufgetreten. Durchlauchtige", sagte Andreas zu Sternen, „Erlaucht", zum Mond, „hochwür=dige Vereinsmitglieder" zu den Bäumen, Büschen, zu Dorn und Gras und zu dem lautlos gleitenden Wasser=faden im Feldgraben, in dem ein Mondblitz aufleuchtete hier und da – erschrecktes Waldgevögel regte sich in

einem Kiefernwipfel – „Still das Gefieder!“ – Andreas hob den Bogen . . .
In der Tiefe des Waldes lag unter Tanngebüsch ein Reh im Wachschlaf, witterte, bewegte die Ohren, stand auf. Mit schiefgehaltenem Kopf lauschte es – *den* Vogel hat es noch nie vernommen im Walde . . .
Am Waldrand unten, nahe dem Bach, schwarzüberdacht von undurchdringlichem Zweiggeflecht, wuchs erstes zar= tes Waldgras auf engem Geviert.
Eine Stimme flüsterte: „Hörst du's?“
Die andre Stimme: „Das rauscht in den Bäumen.“
„Nein . . . jetzt wieder!“
„Da singt jemand.“
„So klingt doch Singen nicht.“
„Nichts mehr – 's war vielleicht nur so.“
„Horch . . . wieder . . .“
Zu dicht selbst dem Mondstrahl überdachte wucherndes Geflecht knospender Zweige das duftende Gehäuse. Zu dicht fast dem Hauch Musik, der jetzt durch den Wald schwebte . . . höher schwebte . . .
„Wer mag zur Nacht Geige spielen im Walde?“
„Laß die Musik. In drei Tagen machen wir Hochzeit. Du – wie nennen wir unseren Jungen?“
„Das erste Kind wird immer ein Mädchen, sagt meine Mutter.“
„Ein Mädchen . . . Ildewig nennen wir's.“
„Das ist doch kein Name.“
„Irgendwer hat ihn gesagt dieser Tage. Klingt er nicht?“
„Ildewig . . .“

So ging die erste Stradivarinacht hin.
Andreas hatte sich auf Holzklaftern mit Moos und Buchenlaub ein Lager bereitet. Er schlummerte, seinen Kopf auf den Geigenkasten gelegt. Der Förster ging heute die Abseite des Waldes entlang, fand den schlafenden Musikanten nicht, der ihm die Klafter auseinandergeräumt hatte. Sonst würde er dem Vagabunden Beine gemacht haben: „'s gibt eben immer noch gesunde Fäuste, die dem lieben Gott den Tag stehlen und die Nacht dazu und anderen Leuten Arbeit machen."
In der kühlen Frühjahrsnacht kauerte sich Andreas fröstelnd beim Liegen zusammen, und im Schauer der Nacht verging ihm der Schwung, den dieser Saal dem Geiger eingehaucht hatte am warmen Abend: der Mond, die Sterne und Baum und Kraut – diese Wesen alle ruhten, jedes für sich, gesichert in ihrer Welt. Nur Andreas war seiner Welt entglitten, lag fremd hier herum, bis er, unruhig träumend, zu Häupten auf dem obersten Buchenscheit seinen großen Freund wieder sitzen sah, den Tod. „Der wacht" – diese Gewißheit ließ ihn endlich traumlos schlafen.
So hatte der Geiger Andreas den ersten Teil seines Abendkonzertes auf dem Ratsmarkt und nach der Pause den zweiten Teil am Waldrande des Hopfgärtner Holzes gegeben – beides nicht gewöhnliche Orte für Stradivarigeiger.
Ein sehr namhafter Amtsbruder des Andreas jedoch, der berühmte Geiger Schlitterwang, Professor am Konservatorium, gab am gleichen Tage ein Konzert an einem noch ungewöhnlicheren Orte: im Zollabfertigungsschuppen Vier nämlich, rechts von der Gepäckaufgabe des Haupt=

bahnhofs Aachen. Der weltbekannte Mann war empört. Die Zollbeamten schienen ihn im Verdacht der Devisenschiebung zu haben! Sie wurden überhaupt nicht fertig mit der Betrachtung seiner Geige. Dabei reiste Schlitterwang nicht zum Vergnügen. Auf einer Konzertreise ins Ausland befand er sich. Heute wollte er in Brüssel ein Konzert geben, morgen mußte er auf der internationalen Musikwoche in Antwerpen eine Rede halten, übermorgen jedoch – einem Donnerstag – im Gewandhaus zu Leipzig spielen. Beethoven! Er versuchte den Beamten verständlich zu machen, daß dieses ganze Reiseprogramm in sich zusammenbreche, wenn er noch länger aufgehalten würde und den Schnellzug nach Brüssel nicht mehr erreiche.

Die Beamten nickten gelassen, sprachen mit gedämpfter Stimme unter sich und verglichen die Angaben eines Polizeifunkspruches mit Schlitterwangs Geige.

„Wir dürfen", sagte ein Beamter in Zivil leise zu einem Zollwächter, „dieses Instrument nicht über die Grenze lassen, ehe wir sicher sind, daß es nicht die gestohlene Geige ist."

Schlitterwang sprach nicht mit gedämpfter Stimme, sondern sehr laut. Trotzdem schienen die Grenzbeamten die äußerst verwickelten und wichtigen Aufgaben des berühmten Mannes nicht zu begreifen. Noch weniger rührte sie seine Drohung, er werde sein Konzert in Brüssel wie auch seine Rede in Antwerpen um je einen Tag verschieben und dann natürlich sein Konzert im Gewandhaus notgedrungen einfach absagen: „Denn die Rede muß gehalten werden!" rief er, „das Unglück einer Absage ans Gewandhaus mögen Sie dann verantworten, meine Herren! Das Gewandhauskonzert steht auf einem festen Tag und kann nicht verschoben werden!"

„Gewiß", sagte der Beamte mit kühler Höflichkeit, wandte sich an seine Amtsgenossen und sprach mit leiser Stimme: „Der Mann ist so aufgeregt, daß die Sache unbedingt verdächtig ist. Wir wollen jedenfalls das Museum in Leipzig anrufen, ehe wir die Geige hinauslassen."

Die Zollbeamten studierten inzwischen Schlitterwangs Instrument wie ein nie gesehenes gefährliches Tier ruhig weiter. Mit der Taschenlampe leuchteten sie durch die F-Löcher ins Geigeninnere, lasen sich gegenseitig den eingeklebten vergilbten Werkstattzettel vor mit lauter Stimme: „Gabriel Lemböß, Wien, 1840", sagten mehrmals „Hm" und stellten schließlich dem Professor die unerhörte Frage, ob dieser Zettel echt oder etwa von ihm selbst erst kürzlich hineingeklebt worden sei. Der unbescholtene Mann verfiel in seinem Grimm fast in Beamtenbeleidigung. Als aber einer der Zollwächter meinte, vor allem müsse festgestellt werden, ob der im Paß als ein gewisser Schlitterwang Bezeichnete überhaupt ein Geiger sei, mit einer Geige also nicht nur über die Grenze gelangen wolle, sondern dieses Instrument auch spielen könne, da riß der Reisende dem Zollbeamten die Geige aus der Hand und spielte zornerfüllt – zwischen geöffneten Koffern, verärgerten Mitreisenden und mißtrauisch zuhörenden Beamten – eine kunstvolle Variation der Schubertschen Melodie: Das Wandern ist des Müllers Lust, das Wandern, das Wandern ... Erstaunt vernahmen die Zuhörer diesen herben Vortrag des wohlbekannten Liedes. Aber trotz seiner unentgeltlichen Darbietung versäumte der berühmte Professor Schlitterwang den Schnellzug

nach Brüssel, weil ihn die Beamtenschaft zu Aachen erst durch die Sperre ließ, als das Ferngespräch aus Leipzig verbunden und zu ihrer Befriedigung beendet war. Das Reiseprogramm des Meisters brach also zusammen. Die Gewandhausdirektion mußte durch die nun notwendig gewordene Absage Schlitterwangs in die peinlichste Verlegenheit geraten. „Sie werden noch hören von mir und erfahren, was es heißt, den Ausfall eines Schlitterwangschen Konzertes zu verschulden!" rief der Geiger.
Der Beamte in Zivil sagte höflich „Wir haben hier lediglich unseren Dienst zu tun."
Der ergrimmte Geiger mußte sein Diner statt im Palasthotel zu Brüssel im Wartesaal zu Aachen einnehmen, und zwar ziemlich unbehaglich im Kreise von verärgerten Mitreisenden, die wegen Schlitterwangs Verdächtigkeit ebenfalls ihre Anschlüsse verpaßt hatten.
Daß Schlitterwang mit seiner Geige überhaupt die Grenze überschreiten, zur internationalen Musikwoche nach Antwerpen kommen und seine Rede, wenn auch einen Tag später, noch halten konnte, verdankte er der Auskunft des Direktors Becker vom Musikalienmuseum. „Schlitterwang?" rief Becker durch den Draht, „den lasse man in Frieden ziehn mit seiner Geige. Der hat die Stradivari nicht gestohlen!"
Wo aber kann sie sein? In welchen vermessenen Händen ruht jetzt das unschätzbare Instrument? So fragten sich Becker und Kustos Lindemann gegenseitig immer von neuem, so fragten sie auch den Kriminalrat Klitz. Verschiedene widrige Umstände erschwerten die Ermittlungen des sonst sehr rasch arbeitenden tüchtigen Kriminalisten. Der Aufseher Schurch nämlich hatte bei seinem

ersten Morgenrundgang den Glaskasten am Fußboden stehen sehen und – von siebzehn Jahren regelmäßigen Dienst= und Zeitablaufs eingewiegt – zu sich selbst ge=sagt: Man hat die Geige ins Direktorzimmer genommen. Ein ungewöhnlicher Gedanke Schurchs war das keines=wegs. Nicht allzuselten entnahm Becker die Geige ihrem Glasbehälter, denn von Zeit zu Zeit wurde sie von be=rühmten Meistern gespielt. Schurch glaubte sich ein Son=derlob zu verdienen, wenn er die Gelegenheit nutzte zu einer gründlichen Reinigung des Glaskastens, des Sam=mets sowie des Sockels im ganzen. Der Kriminalrat Klitz konnte daher an Fingerabdrücken nur Schurchs Daumen und Mittelfinger feststellen. Auch die Türschlösser, Fen=ster und sämtlichen Sicherheitsmaßnahmen des Museums waren als völlig ungestört befunden worden. Kustos Lin=demann, dessen Nerven infolge Arbeitsüberladung leicht in Unruhe gerieten, verstand jetzt zum ersten Male in seinem Leben, daß fromme Katholiken der Schutzpatro=nin, der heiligen Cäcilie in diesem Fall, ein Opfer zu ver=sprechen pflegen für die Beibringung eines verschwunde=nen Gutes.

Angesichts dieser ungeklärten Lage schien den Beteilig=ten rätlich, von einer Mithilfe des breiten Publikums vor=läufig abzusehen. Die Morgenzeitungen brachten keine Nachricht über den rätselhaften Vorgang im Museum. Zur Zeit des ersten Frühstücks wußte die reiche Stadt Leipzig noch nicht, daß sie – bis auf weiteres wenigstens – um eine Geige ärmer war. Ein Menschenkind in dieser Stadt, wenn auch ein öffentlich nur geringfügiges Glied der Einwohnerschaft, begann jedoch zu begreifen, daß es um einen Geiger ärmer geworden war: Hasel sorgte sich in ratloser Angst. Andreas war nicht wiedergekommen. Seine Verzweiflung gestern nacht hatte sie nicht wegzuküssen vermocht. Er habe einen alten guten Freund getroffen, hatte Andreas zu ihr beim Weggehen gesagt. Schon von seinem Vater und seiner Mutter her kenne er ihn.

„Ist der auch Musikant, Andreas?"

Da hatte der Geiger mit dem Kopf genickt: „Harmonielehre betreibt der in der Welt, Hasel. Arm und reich, glücklich und elend, alt und jung bringt er auf einen Akkord. Nur gerecht und ungerecht nicht – die Musik zu diesem Text ist nämlich im Generalbaß geschrieben und begleitet nur das letzte große Solo am Jüngsten Gericht."

Hasel verstand diese Worte nicht, aber fühlte den Sinn, hatte nun den Andreas erst recht nicht fortlassen wollen, hielt ihn mit den Armen fest umschlungen, solange sie konnte. Nicht anders als ein Reh sich fürchtet – blind und panisch entsetzte sich Hasel vor dem Unglück und dem Tod.

So begann der zweite Stradivaritag: Agnes sagte vor sich hin: „Dich, dich, dich ..." Der Kriminalrat Klitz wirbelte nachdenklich an seinen Schnurrbartspitzen. Der Dirigent des Gewandhauses öffnete die dringende Depesche aus Brüssel: „Schlitterwang spielt morgen abend nicht!" sagte er erschrocken, „Schwierigkeiten an der Grenze wegen seiner Geige gibt er als Grund an. Wer soll das glauben?" Wie sollte sich nun in aller Eile ein Geiger finden, der dieser Aufgabe gewachsen war? Sorgenvoll erwog der

Kapellmeister eine Änderung des Programms ... Der evangelisch getaufte Kustos Lindemann ging mit dem Gedanken um, in die katholische Kirche überzutreten. Der Vorstand Mittenzwey suchte den Bildhauer Hauke auf: „Man wolle das Denkmal möglichst bald in der Nische der Rathauswand aufstellen, Meister. Am besten heute noch. Hohlräume verleiten zu Mißbrauch. Auch leere Nischen sind an unruhigen Tagen als Hohlräume anzusehen: wir haben es erlebt letzte Nacht. Ihr Spielmann aus Aluminium gereicht der Stadt zum Schmuck, irgendein Straßenmusikant ohne Gewerbeschein jedoch verdreht ihr den Verstand. Wir sind hier nicht in Hameln. Rattenfängermusik ist nicht am Platz in Kranichstedt." So sprach der Archivrat. Die sonstigen Beteiligten taten das Ihrige. Victor Müller übte sein Konzert. Lichtermark brummte, blätterte unentschlossen in Notenstößen, mochte nicht spielen. Das Reh äste auf der Morgenseite des Waldes – horchend: aber der fremde Vogel sang nicht mehr. Der niedergedrückte sanfte Bergrasen am Boden des duftenden Gehäuses unter dem wuchernden Geflecht knospender Zweige stand wieder auf, langsam, Hälmchen um Hälmchen.

Und Andreas stand auch auf. Ein Sonnenstrahl hatte sich, nahe an seinem Gesicht goldgeb aufblitzend, in dem Messingschloß des Geigenkastens gespiegelt. Seufzend rieb Andreas die vom harten Liegen zerschlagenen Glieder. Er tröstete sich, sah auf zu dem Zweiggewölbe: das Bett war wohl rauh, aber das Schlafgemach war gewaltig hoch, und die alte Weißpfennigen guckte auch nicht herum hier, der Bote vom Quartettverein klopfte nicht an einen Buchenstamm: Probe heute um elf! Und Mittenzwey konnte dem

Geiger nicht ins Gesicht sagen, er habe gelumpt diese Nacht.
Andreas sah den Weg entlang. Den Abhang hinunter ging ein Pfad nach Hopfgarten. Der Turm über den Bäu=men da unten mit einer Dachhaube, gedreht wie ein Schneckenhaus, gehörte zur Hopfgärtner Kirche. Rote Dächer, leuchteten durchs Gezweig der Bauerngärten. Das Brüllen der Kühe klang herauf, Hundegebell – der Morgenfrieden des Dorfes. Das hellgelbe Straßenband aber, jenseits des Dorfes am Bahndamm, führt in ein paar Stunden nach Kranichstedt – „Dorthin nicht!" rief An=dreas, „dort haben die Straßen Namen, die Häuser haben Nummern und die Menschen einen Leumund. Die Wagen sind gezählt, und an allem, was zu Verkauf liegt, hängt ein Zettel mit dem Preis dran – nur an den Liedern, den Melodien nicht, die Andreas geigen kann. Nicht Num=mer, nicht Zahl, nicht Wert – wie ist das in der mensch=lichen Welt? Wo geht der Schnitt durch und trennt zah=lengeschütztes Gut vom unbezahlbaren? Andreas stand da mit seinem Geigenkasten und mußte wieder fragen: Wo kann ich nun hin? Er sah den Dom des Waldes um sich, hörte Gottes Morgenwind rauschen – Andreas dachte an seine Kammer, an die Weißpfennigen, an all den Plack und pries mit lauter Stimme die Herrlichkeit des lebendig knospenden Gezweigs, das ihn verflochten hielt in ein frisch duftendes Haus, und Andreas bedachte nicht, daß jeder Baum im Walde gezählt ist, gebucht im Forst=register, gemessen nach Nutzwert und hinter seiner Num=mer versehen ist mit dem Datum seiner Fällung. Andreas vermochte seine eigene Welt noch nicht abzugrenzen in der wandelbaren Wirklichkeit. Aus dem Unrecht suchte

er den Weg ins Wunder, er wollte den Hunger stillen mit Durst.

„Nach Kranichstedt nicht!" rief er. Zwischen Schlehenbüschen zwängte sich Andreas den Abhang hinab, nahm einen guten Wanderschritt an, aber schon am Hopfgärtner Dorfeingang stand er lächelnd still. Auf dem Wegstein vorm Müllerhaus saß ein kleines Mädchen, ein wenig steif im frischgewaschnen weißen Kleid, einen gelben Blumenkranz im strohgelben Haar.

Ein Kinderengel aus dem Bilderbuch, dachte Andreas. „Heißt du Himmelschlüssel?"

Groß und fragend sah ihn das Kind an.

„Hast du dir die Schlüsselblumen selber geflochten?"

Stumm betrachtete das Kind den fremden Mann.

„Sonntagskind, heute ist ja gar nicht Sonntag", versuchte es Andreas von neuem.

Ernsthaft schüttelte das kleine Mädchen den Kopf: „Hochzeit haben wir doch!"

„Das habe ich freilich nicht wissen können."

Hochzeit . . . Andreas sah versonnen die gelben Blumen an. Das Kind hielt den Geiger für einen Gast: „Da geht's hinein, durch die Türe dort." „Hochzeit", murmelte Andreas seufzend, ließ den Kopf hängen und ging seines Wegs weiter und an der Türe vorbei. „Wie muß das sein", sagte er vor sich hin, „wenn jemand leben darf unter seinesgleichen? Wenn er klopfen darf an die Haustüre, hinter der ein Mädchen lebt, das er lieb hat, und wenn er sagen kann: Vater Kegel, gib mir deine Tochter? Und was geschieht dann, wenn der Alte sich herumdreht und die Treppe hinaufruft: Agnes, wenn du ihn haben willst, antworte mit einem lauten deutlichen Ja?!"

„Ja!!" rief Andreas.
„He, was?" fragte ein Mann, der auf einer Leiter stand und Tannengirlanden über die Kirchentür nagelte.
Erschrocken sah Andreas auf: „Spielt da jemand Orgel drin?"
„Das hörn Sie doch", knurrte der Mann ärgerlich und nagelte weiter.

Der Schullehrer übte sein Präludium für die Trauung. Gemächlich spielte er und sah durch den Orgelspiegel dem Küster zu, der Blumensträuße auf den Altar stellte. Das Hochzeitspräludium konnte der Schulmeister längst aus dem Kopfe. Hammerschläge hallten von der Kirchentüre her dazwischen. Jetzt kam die Küstersfrau mit dem Staubwedel. Und wer ist das? dachte der Orgelspieler. Ein fremder junger Mensch. An der Tür blieb er stehn, sah zur Empore hinauf. Jetzt ging er quer durchs Schiff. In den Vorsprung der Turmwand neben dem Chor war ein großes Gipsrelief eingelassen: Christus zeigt lächelnd auf ein Weib, das seine Knie umfaßt hält, und hat eben gefragt: Wer von euch wirft den ersten Stein? Dunkel stand der Fremde vor dem sonnebestrahlten weißen Bildwerk und warf quer drüber einen Schatten.
„Der hat ja eine Geige unterm Arm", murmelte der Orgelspieler. „Man sieht sie selten heutzutage, Geigenspieler über Land; wer Musik braucht, dem wird sie jetzt mit einer Maschinerie durch die Luft aufs Trommelfell geblasen ... vielleicht hat den der Müller zur Hochzeit herbestellt."
Der Musikant setzte seinen Geigenkasten auf den Tauf=

stein, nahm das Instrument heraus, den Bogen. Er be=
gann zu spielen. Der Kerl kennt das Präludium, dachte
der Kantor. Rasch ruckte er sich zusammen, guckte nicht
mehr durch den Spiegel auf Küster und Küstersfrau,
paßte scharf auf den Takt. Der Geiger hielt das Tempo,
saß dem Orgler auf den Fersen ...

Die Orgel war ein schlichtes Pfeifwerk, hätte längst unter
die nachbessernden Hände eines Orgelbauers gehört,
und der Schullehrer spielte schlecht und recht seinen
Musikdienst ab jeden Sonn= und Festtag: Bauern singen
langsam, und ein Dorfkantor hat seine liebe Not, die
schlepppende Gemeinde in frischen Gang zu halten mit
kräftigen Registern. Von Takt zu Takt stieß der Schul=
lehrer jetzt einen Stimmzug nach dem andern hinein. Die
Orgel brummelte nur noch – denn was da schwebte über
dem dumpfen, manchmal ein wenig polternden Orgel=
brummen, das war Engelsmusik. Der Küster ließ die Blu=
mensträuße, die Küstersfrau den Staub. Das Hämmern
hörte auf, der Girlandenmann stieg ein paar Leiterspros=
sen hinab, bückte sich, guckte unter dem Spitzbogen der
Tür in die Kirche hinein: nur noch wie fallende Erdschol=
len klang die alte Orgel, polterte leise, aber über dem ir=
dischen Wesen erhob die Stradivari ihren Gesang, erfüllte
schwellend den Kirchenraum und verhallte, daß der er=
schrockene Schulmeister lauschend die Hand ans Ohr
hielt – einen silbernen Klangstaub vom Gewölbe herab
glaubte er noch rieseln zu hören ...

Andreas wollte die Geige wieder in den Kasten legen, als
der Orgelspieler aufstand, an die Empore vortrat: „Wenn
Sie raufkommen wollen: Weiterspielen ein wenig?"

Einen Augenblick überlegte Andreas. Dann ging er hin=

auf. Die Morgenandacht hatte ihm das Herz geweitet. Er blätterte mit dem Schullehrer in den Noten. Sie fanden ein Stück, das sie gemeinsam spielen konnten bei der Trauung und wie sich's ein junger Mann nur wünschen kann, zu dem ein Mädchen Ja sagen will an diesem Tag.

Die Trauung nahm ihren gewohnten Anfang. Der Pastor predigte. Das junge Paar kniete am Altar. Andreas nickte dem Kantor zu – die Orgel setzte humpelnd ein, und der Geiger begann. Er sah die fremde Braut an und spielte, als wenn sie nicht die Müllerstochter Grete von Hopfgarten gewesen wäre, sondern die Agnes aus der Stadt des Ildewigpergamentes. Solche Begleitmusik zum Ringwechsel war in Hopfgarten noch nicht gehört worden. Der Pastor steckte dem jungen Bauern den Ring auf den Finger und ließ sich Zeit dabei, horchte nach der Empore hinauf. Adam wandte den Kopf zu Eva, sagte: „Ja", und Eva wandte den weißverschleierten Kopf, streifte Adam mit ihrem Blick, wandte den Kopf weiter, bis sie die Empore sehen konnte, lauschte dem Engelsklang lächelnd und sagte: „Ja."

„Die hat hinter sich gesehn", tuschelten die alten Weiber im Kirchenschiff.

„Da kommt 's erste Kind zu früh."

Manche alten Weiber sind jedoch nicht abergläubisch: „'s erste Kind kommt oft zu früh", sagte ruhig eine alte Mutter, leckte den Zeigefinger an und blätterte die Gesangbuchseite um.

Die Müllerbraut hatte gut getan, den Kopf nach der singenden Stradivari zu wenden: in Hopfgarten nicht wieder und in Jahrhunderten nicht noch einmal meilenweit um Hopfgarten herum wird eine Brautmusik erklingen wie diese, die mancher Fürstentochter nicht beschieden ist in ihrer letzten Mädchenstunde.

An der Kirchentür griff der Hochzeitsvater in die Westentasche und drückte dem fremden Musikus ein blankes Fünfmarkstück in die Hand.

„Danke“, sagte Andreas. Sorglich steckte er das Geldstück ein. Er hatte sein Herz erhoben, seine eigne Hochzeit geträumt und Traummusik gemacht dazu – und nun tasteten sein Daumen und Zeigefinger an einem silbernen Scheibchen, das kein Traumgeld war.

„Führt sich das wieder ein, so herumziehn und an Hochzeiten und Taufen Musik machen?“ fragte der Müller.

Andreas nickte: „Manche hören's gern.“

„Ist lange her, daß so was Sitte war“, sagte ein alter Bauer bedachtsam, „'s war gut, aber 's hat auch manchen Vagabunden auf die Dörfer gebracht“.

Andreas lachte: „Das Radio läßt freilich nur die Musik durch und verschluckt die Menschen, die sie machen.“

Die Geigenmusik mußte den Hopfengärtnern gefallen haben: „In Vieselbach ist heute nachmittag noch eine Gelegenheit“, sagte sie zu dem Geiger, „der alte Schulze wird begraben.“

„Erst kommt der Musikus zu uns ins Hochzeitshaus, ißt mit und spielt uns was!“ rief ein anderer.

„Warum auch nicht“, sprach der Müller.

„Ja“ – Andreas nickte – „warum nicht?“

Die Stunde vorm Festessen macht den Frauen viel Arbeit. Die Männer stecken sich eine Zigarre in den Mund, stehn in ihren ungewohnten Sonntagsröcken wortkarg beieinander, blasen eine Weile den Rauch von sich und warten, bis der Gastgeber die Türe zum Pferdestall aufmacht. Gelassen gehn die Bauern hinter ihm her, aber sehen scharf zu, wie's um die Pferde steht. Andreas sah die eisenbeschlagenen stampfenden Hufe und hielt sich mit seinem Geigenkasten vorsichtig im Hintergrund der Hochzeitsgesellschaft.

„Na komm!" rief ein Bauer, gab dem Braunen einen Patsch, drängte ihn an die andere Rampe, betrachtete und strich das linke Vorderbein des unruhigen Tieres: „'s is ja wieder gut."

Der Müller nickte befriedigt und erzählte die aufregende Geschichte noch einmal: „Der Hengst soll decken, will nich, schlägt aus –"

„Dunnerwetter, un da hat er deinen Braunen hier getroffen?"

„Nee nee. So schlimm is es nicht gekommen. 'n Hermann bloß", sagt der Müller beruhigend, „der Braune hat nur 'n Stipps abgekriegt. Aber den Hermann hat's anders. Der liegt noch."

Erschrocken sah Andreas seinen Nachbarn an, des Müllers Vetter, der Schreiber beim Amt war: „Hermann, ist das etwa –"

„Der Pferdehändler."

Jetzt starrte Andreas den Vetter ratlos an. Der lachte: „Das ist so auf dem Lande. So ein Pferd ist nämlich fünfzehnhundert bare Mark wert."

Der Müller drehte langsam den Kopf und sagte über den Rücken seines Braunen weg zu dem Vetter aus der Stadt: „Das is überall so. Was versteht 'n Schreiber davon" – er zeigte auf Andreas' Geigenkasten – „da weiß sogar der

Musikus besser, worauf 's ankommt. Der hat seinen Geigenkasten nich abgestellt drin bei den Stöcken und Schirmen" – er nickte Andreas zu – „ich hab's gleich gesehn. Er hat 'n bei sich unterm Arm behalten. Is recht. Was einem 's tägliche Brot gibt und Besitz is – da hängt mehr dran als 'n Sack mit fuffzehnhundert Mark –"
„Ich meinte ja bloß, der Hengst –"
„Du meinst. Is gut, Vetter Karl. Aber ich meine: was einem zu eigen gehört, das is nich irgendwas – das is 'n Stück von einem selber. Un wenn mir das genommen wird, dann is mir nich weggenommen, was ich mit Geld wiederkaufen kann: dann is aus mir selber 'n Stück rausgebissen. Und als der Braune hier krank war und ich nich wußte, ob ich 'n gesund wiederkriegte, da hab ich nich an's Geld von der Versicherung gedacht. Da war mir's, als ob der Hengst mein eignes Schienebein zerschmissen hätte."
Andreas starrte den Geigenkasten an, der ihm zu eigen gehörte und in dem eine Stradivari lag, die ihm nicht gehörte – die ein Stück vom Leben des Direktors Becker war . . . stand Becker jetzt in seinem Museum, in den weiten Räumen voller Instrumente, und war's dem zumute, als ob das Herz der Sammlung nun aus ihm selber herausgebissen wäre? . . .
Die Bauern waren in den Kuhstall gegangen. Andreas blieb auf dem Hofe stehen. Die Sonne schien warm. Aber der Geigenkasten brannte plötzlich in Andreas' Händen, als ob ein Schmelzfeuer darin glühte – gleich fraß die Flamme durchs Kastenholz, und Andreas verbrannte zu Asche auf dem Scheiterhaufen, den er nun schon den zweiten Tag mit sich herumtrug. Er hielt den schwarzen

Kasten von sich ab, ging verstört über den Hof, ohne zu wissen, daß er ging. „Besitz?" murmelte er. Andreas stand vor einer Brettertüre, durch deren Fugen das sonnbeschienene Gras des Obstgartens leuchtete. Er stieß die Türe auf. Eine angepflockte Ziege sah ihn neugierig an. Andreas bemerkte das Tier gar nicht. „Ein Stück anderes Leben?" murmelte er und schritt durch den Garten. Andreas hatte den ganzen langen Garten durchwandert in Gedanken, war durch die Lattentür in der Hecke auf den Fahrweg getreten, der hinter dem Dorf entlang zur Landstraße führte. „Dem Museum gehört die Stradivari. Nicht nur eine Geige – ein *Besitz* ist sie. Gilt jemandem mehr als Geldwert – hat der Bauer gesagt."

Drei Tage und drei Nächte lang sollte diese Katalognummer lebendig sein, dann mochte sie weiterschlafen in ihrem Kristall wie die Fliege im Bernstein – so hatte Andreas gedacht. Nur die Geige hatte der Geiger gesehen nach seinem Unglück in Kranichstedt. Lebendig machen wollte er sie: sie und sich selbst vorm Ende im Kristallschlaf – und jetzt sah er, daß die Geige lebendig *war:* ein Stück Leben eines Anderen!

Er lief mit dem fremden Stück Leben in seinen Händen den Fahrweg entlang, bis er auf der großen Landstraße nach Kranichstedt stand. Tief schöpfte er Atem. „Die Stradivari muß ins Museum! Jetzt gleich schreibe ich an Becker. Nein! Der Brief kommt zu spät. Viel zu spät! Ich schicke eine Depesche an Becker! Heute nacht noch weiß er, daß die Geige morgen kommt."

Andreas hatte ja fünf Mark verdient. Er konnte ein Telegramm bezahlen.

So brach der Abend des zweiten Stradivaritages an: Andreas sprach im Geiste nicht mehr mit dem Schöpfer dieser Geige, seinem verewigten Bruder Antonius Stradivarius, sondern mit dem Besitzer dieser Geige. Bauern haben eine Art, von Besitzen zu reden und mit Besitz umzugehen, daß selbst Geiger, die ihre Geige auf dem Kopfe eines Vorgesetzten zerschlagen haben, plötzlich die Welt erblicken, wie die Welt ist. Wenn ein Gendarm jetzt auf der Landstraße diesen stellenlosen Mann aufgriffe, hätte er nicht mehr den Meister ergriffen, der gestern nacht dem Monde, einem Reh, einem Liebespaar und Gott dem Herrn im Walde ein Konzert gab, sondern einen dringend verdächtigen gewissen Andreas, wohnhaft in der Seifengasse zu Kranichstedt. Mond und Seifengasse – hier ist eben wieder ein Unterschied. Nur kann die bessere Hälfte dieses Zweierlei hinieden leider nicht gelten. Sofern nämlich der Archivrat Mittenzwey dermaleinst den Erzbischof Colloredo, der den Wolfgang Amadeus Mozart zu Salzburg mißhandelt hat, in der ewigen Seligkeit antrifft und der Archivrat dem Erzbischof die Hand drückt, blicken sich zwei unbescholtene Männer in die Augen: sie haben *nicht* Musik gestohlen auf Erden, denn ungeborenes Werk ist noch kein Besitz. Aber die Apparatur der Kunst, die ist Besitz, und Künstler stoßen sich wund an ihr, wenn sie Unglück haben ... Sei nicht so empfindlich, sprach der Kochtopf zum Kristallglas, sieh mich an, ich muß mehr aushalten als du und bekomme doch keinen Sprung bei jedem kleinen Stoß. Liebe Kochtöpfe: Andreas hat des Müllers von Hopfgarten dankbar gedacht bis an sein Ende. Ja, in späteren Jahren, liebe Kochtöpfe, als des Andreas Name aller Welt bekannt war, verstieg er sich sogar zu der Behauptung, er verstehe etwas von – – Pferden.

Jetzt wischte Andreas den Schweiß von der Stirne. Er stand auf der Höhe des Windmühlenberges und sah hinab auf Kranichstedt ... Eintreffe mit Stradivari morgen vormittag – nein, Stradivari und ich – nein ... Die Abfassung eines Telegramms fiel Andreas schwer. Er vermochte seine Gedanken nicht zu sammeln. Wilde Bilder jagten die Depeschentexte vor sich her: Schurch sucht die Geige, Lindemann sucht sie, Becker sucht sie, der Oberbürgermeister, der Zweite Bürgermeister sucht, und jeder sagt: Wer hat sie gestohlen? Keiner fragt wie Andreas: Wer *geigt* sie? Dem Andreas war klargeworden, daß jegliche Sache – Geige, Spaten, Nähnadel – einmal ein Ding ist, welches sein dingliches Dasein erfüllt, daß es zum andern aber – und das erleichtert das Leben nur selten – ein *Besitz* ist. Andreas sah im Geiste den Direktor Becker schlaflos auf dem Bettrand sitzen und hörte ihn stammeln: Wer hat dich mir entwendet? Er sah ihn die Depesche aufreißen, die Maschinenschrift anstarren, nicht anders, als Andreas selber auf der Bank im Rosental die Geige angestarrt hatte, sie, seine Geliebte, selig – „Bettrand!" rief Andreas laut, „mein Gott, das Museum ist geschlossen, und ich weiß ja gar nicht, wo der Direktor Becker wohnt!"

Im Gasthof unten wird ein Adreßbuch zu finden sein – Andreas mußte die Privatwohnung Beckers ausfindig machen.

Die große Gaststube der Scherbelschänke lag öde und leer da – doch, da saß jemand am Fenster. Ein Geschäftsmann wohl, ein kleines krummes Männlein, das rechnete, gar nicht aufsah. Von der Wirtin Krumbiegel war nichts zu erblicken. Andreas stand eine Weile unschlüssig am

Bierausschank. Schließlich suchte er sich einen Fensterplatz hinter dem rechnenden Mann. Die Wirtin mußte ja kommen. Es wurde schon dämmerig. Andreas konnte in Ruhe den Text der schweren Depesche überlegen. Er grübelte, probierte eine Fassung nach der andern. Viel hatte er zu sagen, aber nur fünf Mark besaß er, und jedes Wort kostete fünfzehn Pfennige. Seine Gedanken schweiften ab – was tut der rechnende Mann eigentlich? Er hatte Gläser mit bunten Farbpulvern vor sich stehen. Pappschachteln, Zahlenbücher lagen herum auf seinem Tisch. Andreas stand ein wenig auf, um dem Geschäftsmann über die Achsel zu sehen, wie der die sauberen Apothekergläser mit Farben hin und her schob, in Kolonnen ordnete, mit Zetteln beklebte. Jetzt griff der Mann nach einem großen Pappkarton, klappte den Deckel hoch –

Andreas schrie auf: Hunderte von Augen starrten ihn plötzlich weitaufgerissen an! Dämmrig lag die einsame Stube da, das grelle Weiß der Augen glänzte, hundert schwarze Pupillen zielten in Andreas' Augen – der Geschäftsmann war aufgesprungen, hatte sich umgewandt: „Zum Teufel, Herr, erschrecken Sie die Leute nicht!"

„Ich?" stammelte Andreas. Er wies auf die grausig offenen Augen – „*mir* ist das Herz stehngeblieben".

„Dummes Zeug. Wer ein gutes Gewissen hat, junger Mann, der erschreckt nicht vor einer Partie Glasaugen."

„Wenn ich aber ein schlechtes habe?"

Jetzt legte der Geschäftsmann den Bleistift hin, drehte sich ganz herum und sah Andreas über die Brille an: „Das laß ich mir gefallen", sagte er und nickte, „dergleichen hört man nicht oft sagen."

Vom Schrecken her noch trotzig, beugte sich Andreas weit über den Tisch vor, faßte den Deckel des Musterkartons und klappte ihn zu: „So."

Wohlwollend musterte der Geschäftsmann den jungen Menschen. „Pietzsch, Igelshieb", sagte er, „Fabrikant Pietzsch."

Andreas nannte seinen Namen.

„Das mit dem schlechten Gewissen war gut gesagt. Wie von selber kam das sozusagen. So müßte sich's allgemein einführen – vor Abwicklung eines Geschäfts das Gewissen der Beteiligten klarlegen wie den Kassabestand" – Pietzsch seufzte: „Leider aber behalten die Leute das wirklich Wissenswerte für sich."

Ob ich meine Depesche an Becker so ähnlich beginne? dachte Andreas: Gewissen gut, nur folgende widrige Umstände ... fünfzehn Pfennige verlangt die Post für jedes Wort. Er seufzte nun ebenso wie der Fabrikant aus Igelshieb bei dem Gedanken: die Wahrheit ist zu kostspielig.

Mit steigender Zuneigung hatte Herr Pietzsch den jungen Mann betrachtet, dessen Sorgen sich nur zu deutlich in seinen Mienen spiegelten. „Sie sind auch hier am Platz gelegentlich des Topfmarktes?"

Andreas wies auf den Geigenkasten, der auf dem Stuhl stand: „Ich mache keine Töpfe, Herr Pietzsch. Und künstliche Augen auch nicht."

„Musik, aha. Ein lustiges Geschäft" – wie ein ganzer Kasten voll böser Augen starrte Andreas den Mann aus Igelshieb an – „ich meine", fuhr Pietzsch fort, „Musik erhebt des Menschen Herz, wie es im Liede heißt –"

„– und setzt den in Schuld und Schulden, der sie macht", unterbrach ihn Andreas grollend.
„Das ist bei jedem Geschäft so. Nur wendet man im geordneten Geschäftsbetrieb dafür das Wort Debet an und verfügt über Kredit."
„Kredit? Haben Sie auch schon auf einer Geige gespielt, die einem andern gehört, Herr Pietzsch?"
Leider war der Augenfabrikant Nichtraucher. Jetzt wäre der Augenblick gekommen, bedächtig eine schöne schwere dunkle Brasil anzuzünden und sich vorsichtig durch den Rauch rückwärts zu reden. Pietzsch konnte nur nach seinen Musterkartons greifen, einen bestimmten heraussuchen, aufklappen und sagen: „Sie haben vorhin in den falschen Karton geguckt. Das war nur dritte Wahl. Eine solche Sorte verwendet man für Wachsbüsten, wie sie in Friseurläden stehen. Bei denen muß mehr die Haartracht auffallen als ein seelenvoller Blick. Aber sehn Sie dieses Muster an" – Pietzsch hob mit spitzen Fingern vorsichtig wie ein Sammler antiker Vasenscherben ein Muster aus dem Sammetfach – „was sagen Sie dazu? Das ist wissenschaftlich einwandfreie Ware: beachten Sie bitte die blaugrüngraue Iris. Das lebt, wie? Und dieses rehbraune Auge hier mit den Glimmersprenkeln – das blickt Sie an! Warum blickt es Sie an?" – Herr Pietzsch legte das Auge wieder auf sein Sammetpolster und fuhr fort: „Das läßt sich eben nicht sagen. Das ist Kunst. Solche Augen kann nur ich machen zur Zeit, und wenn ich mal tot bin – lieber Gott, mit was für Augen werden die armen Leute rumlaufen müssen." Jetzt klappte Herr Pietzsch einen zweiten Karton auf, noch einen, den vierten, alle Musterkästen standen offen! Hundert, tausend Augen sahen

Andreas an! Ganz Leipzig starrte aus reglos offnen, grauenvoll stechenden Pupillen: Wer hat die Stradivari, Andreas? Andreas, wer? Wer?! Die Depesche, die Depesche, dachte der Geiger – „Der Karton da", fuhr Pietzsch gelassen fort, „enthält billige Ware: Puppenaugen. Ein großer Artikel. Wird nur grosweise abgegeben. Na ja, es gibt eben mehr Puppen mit künstlichen Augen als Menschen derart. Und dieser Kasten da, der dort auch: Tieraugen. Affen, Bären, Hunde. Die schwarzen Punkte in dem Karton sind Vogelaugen" – zur Ansicht lag die geheimnisvolle Welt der Augen offen vor Andreas. „Und kein Auge von den Tausenden sieht etwas", sagte der Geiger.

„Sehend kann ich meine Fabrikate freilich nicht machen. Aber Augen ansehn lernen, lohnt auch." Pietzsch öffnete einen würfelförmigen Kasten, entnahm ihm vorsichtig ein Riesenauge: „Das wird für Schulen hergestellt" – er zerlegte das Modell, hielt einen Glaskörper in der Hand, sah Andreas stolz lächelnd an – „hier, sehn Sie die Linse? Durch die muß die Welt hindurch, oder sie ist nicht da."

Andreas schüttelte den Kopf, tippte an sein Ohr: „Hier durch muß sie!"

Pietzsch sah seine Zauberlinse eine Weile von allen Seiten an, setzte dann langsam das Augenmodell wieder zusammen, brachte es an seinen Ort, schloß einen Musterkasten nach dem andern – der Spuk war vorbei, Andreas atmete auf. Und Herr Pietzsch sagte: „Durchs Ohr? Die Welt? Nun, einem Musikus muß man wohl manches nachsehn. Wenn nur die unmusikalische Menschheit nicht auch verlernt hätte, mit den Augen umzugehn. Bilder werden heute vorwiegend mit Maschinenaugen geknipst oder gedreht. Die Leute entschuldigen sich: das Bild wird ungeschickt, wenn man's selber zeichnet. Als ob es auf die Bilder ankäme! Aufs Sehen, junger Mann! Wie kurze Zeit stehen so ein paar lebendige Augen offen und können die Welt in sich hineinsehen! Was haben aber die Leute mit ihren Maschinen schon gesehen, wie?!" – Herr Pietzsch zog Andreas an der Rockklappe näher zu sich: „Die Welt bleibt, was sie ist", sagte er leise, „aber die Menschheit ist zuzeiten ärmer, zuzeiten reicher. Die Mühe, mit eignen Augen zu sehen, lohnt zu allen Zeiten. Ich will Ihnen was anvertrauen. Hören Sie zu! Das Auge kommt langsam ab. Figuren heute – sehn Sie sich fleißig Figuren an aus Stein oder Holz oder Bronze, wenn Sie in die großen Städte kommen auf Ihren Konzertreisen – Figuren haben heute keine Augen mehr. Ein weißer Fleck ist dort oder ein Loch. Als die großen Bildhauer lebten, in Griechenland, auch in Rom noch, gab es eine besondre Augenkunst. Aus Elfenbein wurde das Augenweiß geschnitten oder aus Silber. Die Iris war aus Emaille gemacht, die Pupille aus schwarzem Kupfer. Manchmal nahmen sie auch Edelsteine. Ich habe letzthin zu einem Steinschleifer gesagt, er soll mir eine Iris aus braunem Onyx schleifen mit einem ganz feinen dunkelbraunen Achatring drum und einer Pupille aus schwarzem Eisenstein – solche Augen hat nämlich eine alte Figur. Da hat der Schleifer lange probiert und dann gesagt: die Ringe brechen und passen nicht haarscharf ineinander. Es gelang ihm nicht. Eine Riesenmühe müssen sich die alten Augenmacher aufgeladen haben! Warum haben sie sich damit herumgequält? Ich sage nicht, daß unsre Figuren schlechter wären. Bloß daß sie keine Augen mehr haben, sage ich. Denken Sie, das ist nur Zufall? Nein nein, mein Lieber, es ist alles über Menschenmaß hinaus weiträumig geworden heute. Wer sieht noch in die Augen selber? Und wer, lieber Gott, kann sie noch lesen?! In ein paar Jahren ist mein Sohn soweit, daß ich ihm das Geschäft geben kann, und dann schreibe ich auf, was ich ein Leben lang beim Augenmachen gelernt habe. Das Auge Gottes, heißt das Buch."

„Auge Gottes", sagt Andreas langsam . . . wie in manche Domkuppel ganz oben in die strahlhelle Laterne ein gewaltiges Auge Gottes hineingemalt ist, das unbewegt weit offen herabblickt aufs kleine kommende und gehende Wesen unten – so sah jetzt der Geiger mit der fremden Geige hoch über sich im Himmel von Kranichstedt ein unbewegt weitoffnes Auge: nicht von einem Meister gemalt, nur von einem Hopfgärtner Bauern, in ungelenken Strichen und groben Farben: „Herr Pietzsch", sagte Andreas hastig, „haben Sie vielleicht ein Stück Schreibpapier?"

Pietzsch hatte eben vom Schreiben gesprochen und sah den jungen Mann groß an.

„Ich muß nämlich eine dringende Depesche schreiben."

„Ach so" – diese Wirkung seiner langen Rede hatte Herr Pietzsch nicht erwartet – „hoffentlich kommt sie gut an."

„Hoffentlich", sagte Andreas und schrieb im letzten Licht des Tages: Eintreffe mit Stradivari morgen früh – –

–„Was das is?!" schrie draußen eine grobe Stimme, Arbeitshintertreibung is das!!"

Die Tür wurde aufgerissen, daß sie krachend an die

Wand flog. Schlürfen und Trampeln viel festen Stiefelwerks wurde hörbar, Stimmenmurren. Eine ganze Gemeinde schien in die Gaststube zu poltern. Frau Krumbiegel drängte sich durch die Menschen und lief nach dem Lichtschalter. Im blendenden Schein stand Meister Umschlag, wie er von seiner Arbeitsstätte gekommen war: im gelb beschmierten Kittel, einen Meißel in der Linken, den Hammer in der rechten Hand. Die ganze Meisterschaft des Thüringer Töpfergewerbes umgab den erregten Mann. „Ich sage 's euch, die woll'n uns 's Licht ausblasen!"

Andreas saß mit seiner halbfertigen Depesche am Tisch. Das Schriftstück mußte zur Post. Er wollte den letzten, schwersten Satz im Hinterzimmer fertigschreiben. Aber Andreas wie Herr Pietzsch blieben gebannt sitzen, um erst das Ende der seltsamen Geschichte anzuhören, die aus vielen Fragen, Gegenfragen und Flüchen allmählich zutage kam.

Dieses hatte sich heute zugetragen im Rathaussaal zu Kranichstedt:

Im ersten Frühmorgengrau, als die Fensterläden noch geschlossen waren, die Straßenkehrer eben gähnend nach ihren Besen, die Bäckerjungen pfeifend nach den Semmelkörben griffen, saß Meister Umschlag schon in der Schoßkelle und lenkte seinen Wagen vorsichtig zum Rathausmarkt. Zwei, drei Gehilfen gingen nebenher und paßten auf, daß die sorgsam in Stroh verpackten Wandplatten, mit denen der Wagen hoch beladen war, nicht ins Rutschen kamen. Der Ratsdiener hatte die Uniform noch nicht an, aber Umschlag ließ ihm keine Zeit. Meister Umschlag hatte einen schweren Tag vor sich. Der Rats=

saal wurde ausgeräumt. Sorgsam prüfte Umschlag sein Arbeitsfeld und beschloß, mit der Längswand gegenüber dem Kamin zu beginnen. Er rollte die große Zeichnung des Belags auf dem Fußboden auseinander. Die Gesellen begannen mit dem Herauftragen der Platten. Umschlag ordnete die bunten Vierecke ihren Nummern nach, brachte sie in den gehörigen Zusammenhang. Nichts durfte überstürzt werden, sonst gerieten die Stücke durcheinander und die Verse Zeißings reimten sich nicht mehr. Zudem führt unnötige Eile nur zu Bruchschäden. Der Amtssekretär sah von Zeit zu Zeit nach, wie weit die Töpfer waren und wunderte sich gegen elf Uhr dreißig, daß sie noch nicht eine einzige Platte an ihrem Ort vermörtelt hatten.

„Ruhe", sagte Umschlag zu dem Sekretär, „jedes Ding braucht seine Zeit. Ihre Schreiberei auch. Und was machen Sie, wenn Sie sich verschrieben haben? Sie nehmen 'n neuen Bogen. Aber ich? 'n Kunstwerk is nicht im Handumdrehn noch 'nmal gemacht. Immer Ruhe, Herr Obersekretär."

Als die Ratsuhr zwölf schlug, waren die Platten auf dem Fußboden geordnet. Der Hauptvers: So schläft in unsrer lieben Stadt, was sie nichtsahnend in sich hat – saß genau in der Mitte. Solide gebrannt, schön glasiert lächelte seiner Hände Werk den Meister an. Er nickte wohlgefällig, nahm auf der Kaminstufe Platz und sagte: „Mittagspause. August, hole 's Frühstück!"

Umschlag und seine Gehilfen begannen zu essen. Die Gehilfen tranken Mischkaffee zu ihren Wurstbroten, der Meister jedoch stärkte sich mit Apfelsaft. Dies letztere Getränk verdient eine besondere Erwähnung; denn so=

fern Umschlag eine besondere Erfrischung zu sich genommen hätte, würde die Meisterschaft in der Scherbelschänke, würden auch Andreas und besonders Herr Pietzsch im Verlauf der unwahrscheinlichen Schilderung Umschlags geargwöhnt haben: Vielleicht ist das alles gar nicht wahr, der Meister hat nur zu scharf gefrühstückt. Umschlag redete jedoch die reine Wahrheit. Er hatte weder Bier getrunken noch einen kleinen Kümmel hier und da. Ja, Umschlag war derart im Vollbesitz seiner geistigen Kräfte gewesen, daß er den Gehilfen das Frühstück mit einer lehrreichen Rede würzen konnte: „Nu guckt doch nich immer bloß die Knackwurscht an, wenn ihr 'nmal die Ehre habt, in so 'nem Saal zu frühstücken! Mehr als tausend Jahre is der alt. Seht euch die Länge an: er is lang, verdammt lang. Er is auch breit. Un hoch? Ganz verflucht hoch is der Saal. Aber habt ihr was gemerkt von jedem Maß für sich? Von der Länge für sich alleine? Von der Breite? Un von der Höhe, als wenn er bloß hoch wäre? Nischt habt ihr gemerkt. Der Mensch fühlt hier drinne nur eine angenehme Großartigkeit. Diese Größe schlägt einem nich auf 'n Magen. Dahingegen gibt's Säle, die sin beträchtlich kleiner und wirken doch so unverschämt, daß man sich nach 'm Ausgang umsieht. Woher kommt das?"

Die Gehilfen guckten kauend zur Decke hinauf und wußten dem Meister nichts Stichhaltiges zu antworten.

„Ich will's euch sagen. Aber merkt's euch. Das gehört auch zu unserem Handwerk. Kein Ding hat sein Maß für sich, als ob es alleine für sich dawäre. Kein Ding und kein Mensch is nämlich für sich selber in der Welt. Eins lehnt immer an was anderem, un ein Wohlverhältnis auf

Erden un im Himmel is bloß dort, wo eins sich ins andre fügt. Das is, was man die richtigen Maße nennt, versteht ihr? Mit 'm Zirkel lassen sich Maße aber nich finden. Gefühl muß der Mensch haben für die Maßhaftigkeit."

Schon diese allgemeine Kunstbetrachtung zeigte die beginnende Aussöhnung Umschlags mit dem Schicksal, das ihn berufen hatte zur Ausschmückung dieses alten schönen Saales.

Punkt zwölf Uhr dreißig machten sich die vier Töpfer körperlich und geistig erfrischt von neuem ans Werk. Vor allem galt es jetzt, den Grund zu prüfen, der die Wandplatten zu tragen hatte. Wird die Mörtelschicht auf rauhem Haustein liegen oder glatten Ziegeln? Umschlag ergriff Meißel und Hammer und schlug los. Nicht zu grob schlug er, nicht zu sanft – so probend nur und mit Gefühl, wie ein Meister schlägt. Spielend leicht ging die Arbeit vonstatten. Ein Hieb, und gleich spritzte ein paarfingerbreites Stück weg.

Mit diesen Probeschlägen jedoch und noch einigen wenigen weiteren Meißelhieben außerdem war des Obertöpfermeisters Umschlag Werktätigkeit im wesentlichen beendet in diesem Saal des Rathauses zu Kranichstedt. Vor den sehenden Augen des völlig nüchternen Meisters nämlich stieg ein Geist aus der Wand, unerkannt von ihm zunächst, aber ein Geist, der stärker war als Umschlag, mächtiger als das gesamte Töpfergewerbe, gewaltiger als ein schriftlicher und mit dem Ratssiegel versehener Auftrag, unwiderstehlicher als ganz Kranichstedt, ja als alle lebende Mitwelt.

Umschlag hatte meißelnd geprobt. Graugrün uralte Wand war ans Licht gekommen. Glatter und schöner konnte sie gar nicht sein! Umschlag hieb wieder zu. Jetzt wurde rötlicher Grund sichtbar. „Schockschwerenot!" – jetzt blitzte ein Streifchen Gold – „das is der Steingrund noch gar nich! Unter dem weichen Mörtel liegt noch eine dicke Schicht harter!" Meister Umschlag setzte nun den Meißel in den farbigen Grund, schlug mit Gewalt, die Meißelschärfe schnitt auch gut ein, wie es einem Werkzeug aus Flußstahl ziemt, aber diese untere Mörtelschicht spritzte nicht ab. Einen Hieb auf die Meißelkante mußte der Meister erst noch setzen, damit er wenigstens sein Werkzeug aus der Wand losbekam: „Verdammte Mörtelei!" knurrte Umschlag. Eben noch hatte er in wohlgesetzten Worten vom Wesen der guten alten Baumeisterei gesprochen, und jetzt muß berichtet werden, daß er in Gegenwart seiner drei Gehilfen den guten Mörtel der alten Baumeisterei mit Verwünschungen bedachte.

„August, gehe mal 'nunter, an die Nische draußen, wo der Maurer die Dübellöcher für das Spielmannsdenkmal haut. Der Mann soll raufkommen."

Der Maurer kam, besah den Mörtel, setzte seinen Meißel an, aber schlug nicht zu. Den schon gehobenen Hammer in der Luft haltend, betrachtete er den graugrünen Mörtel, den rötlichen, den goldenen Strich – und setzte den Meißel wieder ab. Dafür rieb er mit seinem harten Zeigefinger auf dem Grau, dem Rot, dem Gold – „'n Augenblick", sagte er und ging fort.

Verwundert sah ihm Umschlag nach. Noch verwunderter sah er ihn mit dem Bildhauer Hauke wieder eintreten: „Sehn Se sich das doch 'nmal an", sagte der Maurer zu Hauke.

Die Augen des Bildhauers wurden groß, und er betrachtete den alten Mörtel, als ob er ihn mit seiner Nase beriechen wollte. Aber Hauke war ja nun der letzte, den sich Umschlag als Gutachter wünschte in seinem eigenen Revier: „Ich habe nich gesagt, daß ich jemanden aus 'm Aluminiumfach brauche", begann er.

„'n Augenblick", antwortete jedoch auch Hauke nur und ging ebenfalls fort.

Jetzt wollte Umschlag grob werden. Aber der Maurer schüttelte den Kopf: „Meister, gucken Se sich das doch 'nmal genau an. In Ihrem Eifer haben Sie nich genau hingesehn – das is Malerei."

Die Türe ging wieder auf. Hauke brachte einen Ratsherrn mit. Auch der Ratsherr rieb mit dem Zeigefinger auf dem Grün, Rot und Gold, und der Ratsherr holte den Bürgermeister Müller. Der Bürgermeister ließ den Rektor des Gymnasiums holen. In Kürze war der Gesamtvorstand des Altertumsvereins am Platze. Auch der Altertumsverein rieb auf dem Grün, Rot und Gold – aber ganz leise, hauchartig nur berührten die Herren diese Wand, und der Bürgermeister führte ein dringendes Ferngespräch mit dem Provinzialkonservator. Immer mehr Herren erschienen im Ratssaal, die Lehrer, die Pastoren, auch Herr Wandler von der Ilmpost kam und ein Pressephotograph. Wandler bemühte sich, das Mörtelstückchen zu beschreiben, der Lichtbildner stellte eine Reihe von Aufnahmen her – schwierige Aufgaben: es war ja fast nichts zu sehen.

Meister Umschlag mit seinen Gesellen wurde völlig in den Hintergrund gedrängt. Er setzte sich schließlich mit den Seinen auf die Kaminstufe und knurrte: „Das sage ich aber – die verlornen Stunden laß ich mir nich ab=

ziehn. Die werden voll bezahlt vom Rat." Zur Zeit der Kaffeepause jedoch hörte er mit angehaltenem Atem den inzwischen eingetroffenen Provinzialkonservator sagen: „Kein Zweifel, die Malerei ist alt. Ich werde sofort dem Generalkonservator berichten. Meine Herren von Kranichstedt, wenn Sie Glück haben, tritt aus dieser Wand ein Werk alter Kunst hervor."

„Der Saal wird sofort geräumt", befahl der Bürgermeister, „diese Sachen hier werden hinausgeschafft! Die Türen bleiben unter Verschluß, bis weitere Verfügungen folgen."

Mit freudestrahlenden Gesichtern verließ die ansehnliche Gesellschaft den Saal. Schon sank die Dämmerung hernieder. Der Ratsdiener rückte an seiner Mütze: „Also nu loş n' bißchen, Meister! Raus mit dem Zeug! Ich will hier zuschließen."

Meister Umschlag hatte die jähe Wendung noch nicht begreifen können. Stumpfen Sinnes stand er am Treppengeländer und sah die Gehilfen seine Platten hinuntertragen . . .

Von unten klang eine Stimme: „Da hat sich der Meister Hauke ein großes Verdienst erworben" – Verdienst? Er – sich, ja! Und mein Verdienst? Durchs Treppenfenster erblickte Umschlag den Ratsmarkt und Leute, die stehenblieben und gafften: „Die sehn zu, wie das Spielmannsdenkmal aufgestellt wird" . . . Langsam ging er hinunter, ging in den Ratshof. Hier stand sein Wäglein, beladen mit Wandplatten, ganz wie es am frühen Morgen dieses Tages eingefahren war in den Ratshof. Nun fuhr er's wieder hinaus.

Das Pflaster in Kranichstedt ist schlecht. Bei jedem Ruck

klirrten hinter ihm die gebrannten Platten. In der Eile hatten die Gehilfen sie nicht wieder so gut in Stroh verpackt wie am Morgen. Bei jedem Klirren, Klappern und Brechen löste sich etwas in Meister Umschlags Gedanken, und bei dem großen Hauptruck in der Straßenrinne vor der Scherbelschänke waren sie ganz frei: er tat einen so gewaltigen Fluch, daß die Töpfermeister, die eben zum Abendbrot kamen, erschrocken stehenblieben, ihren Augen nicht trauten, als sie den Meister mit der gepackten Fuhre ankommen sahen am Abend, wie er abgefahren war am Morgen: „Aber Umschlag, du bist wohl 'n ganzen Tag rumgefahrn un hast 's Rathaus nicht gefunden?!"

Ein guter Mann war Umschlag, aber ein jähzorniger Mann, und er tat sich jetzt selbst das bitterste Unrecht an. Die Frage seiner Genossen beantwortete er mit einem zweiten, noch ärgeren Fluch, hob die Peitsche und hieb auf sein Rößlein. Erschrocken ruckte das Pferd an, fuhr wie der Wind um die Ecke. Umschlag schrie, zog am Zügel. Mit einem Hupp fuhr das Hinterrad über den Eckstein der Scherbelschänke, und prasselnd krachten nicht wenig Wandplatten zerklirrend aufs Pflaster der Seitengasse . . .

Diese schlimmen Erlebnisse kamen mit allerhand Umschweif an den Tag. Andreas hatte still auf seinem Stuhl gesessen, die Geige und die Depesche vor sich und dachte nun: Ging es dem Töpfer anders als mir?

Glücklicherweise ist vielen Menschen die Gabe verliehen, einen Unglücksschlag dadurch zu mildern, daß sie vor allem anderen zuerst nach einem Schuldigen suchen. Dieser Schuldige wird bekanntlich sehr rasch gefunden.

„Da is Hauke dran schuld!“ riefen die Töpfer.
„Was soll nu werden?!“
Bei der Frage warf Umschlag Meißel und Hammer klirrend auf den Tisch: „Wenn unsre Töpferei nich in den Ratssaal kann, dann kommt Hauke auch nich in die Rathauswand.“
„Der Flaschenzug steht schon. Der hebt den Spielmann heute abend noch in die Nische.“
„Hauke hat sich vor meine Wand gestellt – ich stelle mich in seine Nische“, sprach Umschlag und wandte sich zur Tür. Seine Gefährten ließen das Abendbrot stehn und gingen hinter dem Meister her. Der Trupp war groß. Die Töpfer spachen sehr laut in den abendlichen Straßen. Das Ereignis hatte sich herumgesprochen. Neugierige schlossen sich den Töpfern an. Je weiter sie vordrangen nach dem Stadtinneren, desto geräuschvoller wurde der Zug, denn zehn Neugierige machen mehr Lärm als hundert zwar zornige, aber im Grunde verständige Meister. Ein Töpfermeister wirft auch nicht Steine nach einer Straßenlaterne. Das tun Lümmel, die nebenherlaufen und die die ganze Sache nichts angeht, die aber aus Leibeskräften rufen: „Die Töpfer stürmen 's Rathaus!“
Nicht in Abrede war zu stellen, daß sich auf den Ratsmarkt eine bedrohliche Menschenmenge wälzte, welche um so größer schien, je dunkler der Abend herniedersank auf dieses bedauerliche Schauspiel. Mit fliegenden Händen wickelte Hauke den Spielmann wieder ein in das eben abgestreifte Sacktuch. Gerade hatte er das Denkmal mit dem Flaschenzug in die Nische heben wollen.
In der Nische war kein Platz mehr für ein Denkmal, dort

saß jetzt Meister Umschlag. Er brannte seine Pfeife an und sagte: „Nu woll'n wir doch sehn, ob sich noch eine Gerechtigkeit findet in Kranichstedt oder nich."

Zum Glück für die Stadt der Ildewig fand sich die Gerechtigkeit – nicht jene Gerechtigkeit, die mit verbundenen Augen dasteht, sondern eine, an deren freundlich-offenen Augen auch der Augenmacher Pietzsch in Igelshieb seine Freude gehabt hätte. Der Bürgermeister Müller war ein weiser Mann und ein geschickter zugleich, der nicht nach Schuld suchte, sondern eine etwas undeutliche Sache rundum zu betrachten verstand. Der ergrimmte Meister Umschlag saß trotzig pfeiferauchend in der Nische. Müller sah sein Gestühl an und sagte: „Je, Meister, es gibt bequemere Gelegenheiten."

„Ich bleibe hier sitzen, un wenn ich schwarz werde."

„'s sieht aber nach Regen aus."

„Mich trifft 'r nur von vorne, aber den Herrn Bürgermeister, wenn er da stehnbleibt, von vorne, von hinten un von oben."

„Meister, das ist eine unbillige Denkungsweise."

„*Mir* is Unrecht geschehn."

„Wenn jeder, der sein Recht sucht, eine Nische für sich allein beansprucht – wieviel Nischen sollte ein Rathaus haben?"

„Das is Ratssache."

„Und Handwerkssache ist, sich zu fragen: wie sieht dann unser schönes Rathaus aus? Nichts als Nischen, eine an der andern, und in jeder säße einer, rauchte Pfeife und wartete auf sein Recht."

„Ich warte, was es mit meiner Wand im Ratssaal auf sich hat."

„Umschlag, die hat's in sich gehabt. Was läßt sich da ändern?"
„Nu bin ich 'n armer Mann geworden, Herr Bürgermeister."
„In einem Rathaus sind viele Wände, Meister!"
„Rückwände zumeist, Herr Bürgermeister."
„Wer das sagt, der kennt das Kranichstedter Rathaus nicht. An Nischen ist hier nur eine vorrätig. Aber der Saal ist zweimal da. Ein Stockwerk höher liegt der andere."
„Jetzt passen doch meine Platten nich mehr!"
Der Bürgermeister sah fragend zu dem Meister in der Nische hinauf. Umschlag erhob sich, hörte auf zu rauchen und schrie: „Es sin doch welche zerbrochen bei der Aufregung!"
„Dafür brennen Sie neue Platten."
„Das kostet aber zusätzlich, Herr Bürgermeister."
„Verschönerungen und Aufregungen kosten immer zusätzlich", sprach der erfahrene Bürgermeister und nickte nachdenklich mit dem Kopfe: „Kommen Sie, Meister. Wir gehn mal durchs Haus und sehn uns die Räume auf Ihren Wandbelag hin an."
Der Bürgermeister, der Töpfermeister und die Meisterschaft des Landes gingen ins Rathaus, etwas wortkarg noch, mehr wie eine Schar von namhaften Reisenden, denen der Bürgermeister des Ortes die Sehenswürdigkeiten persönlich vorführt.
Die Fenster des Rathauses wurden hell, strahlend fiel das Licht auf den nächtlichen Markt, als ob ein Bankett stattfände in den altersgeschwärzten Räumen. Aber Musik war nicht zu hören. Nur die lautlos wandelnden Schatten

eines langen Zuges von Menschen sah man zuweilen an den Fenstern hingehn.

Unten auf dem Pflaster vor der leeren Nische stand das vermummte Spielmannsdenkmal geheimnisvoll=unförmig, ein Schutzmann links daneben, ein andrer rechts. Silbern zog der Mond über dem stillen Markt.

Eine halbe, eine ganze Stunde in dieser gefährlichen Nacht mochten die Schutzleute das verpackte Denkmal bewacht haben, als ein Rathausfenster nach dem andern dunkel wurde, das Portal aufging und die Meisterschaft unter Vorantritt Umschlags den Marktplatz wieder betrat. Gesittet gingen die Meister in kleinen Gruppen, gemäßigten Tones brachten sie ihre Meinungen vor, ruhigen Schrittes wanderten sie nach der Scherbelschänke. Die Schutzleute wurden auf besondre Anordnung des Bürgermeister in Ansehung der veränderten Lage von ihrem Posten zurückgezogen. Die müden Wächter legten sich ins Bett, die Töpfer konnten noch lange nicht an Ruhe denken. Der Tag hatte viel Mühe gebracht, Arbeit, Lauferei, Aufregungen – Scherben sogar! Darüber war nun noch manche langwierige Betrachtung anzustellen und mancher Trunk zu tun. Brüderlich rückte die Meisterschaft die Tische in der Gaststube der Scherbelschänke zusammen.

Überhaupt konnten die Kranichstedter Gastwirte nicht klagen in dieser Nacht. Nur wenige Einwohner saßen zu Hause und versuchten sich Rats zu holen aus der Abendzeitung. Lieber horchten sie nach dem Rechten an der Quelle selbst. Der Ratskellerwirt mußte bereits

Stühle aus seinen Privaträumen in die Gaststube tragen lassen.

Schon kurz nach dem Einzug der Töpfer ins Rathaus hatte Thedor Kegel seiner Tochter Agnes mitteilen können, daß Andreas, von dem man seit dem Geigen gestern nacht auf dem Rathausmarkt nichts mehr gesehen habe, daß dieser Geiger unter den Aufständischen im Gasthaus zur Scherbelschänke bemerkt worden sei. „Als es eben dunkel werden wollte. Kurz, eh's losging, Agnes. Du siehst, meine Tochter, wo Gewalttat is, da is dieser Andreas."

Auch Thedor hielt sich nicht länger unnütz in seinem Hause auf. Bald würde er noch ganz andre Nachrichten aus dem Ratskeller bringen können, sagte er und ging.

Dies war gewiß: der Abend blieb unruhig in Kranichstedt. Agnes war allein im still gewordenen Haus, als die Haustür klingelte. Durch den Fenstervorhang sah sie eine Dame draußen stehen – Kundschaft noch?

„Das Geschäft ist heute geschlossen", sagte sie zu der Fremden.

„Ich wollte zu Ihnen selber."

Als Agnes verwundert die Haustür aufgeschlossen hatte, trat ein junges Mädchen ein, sehr hübsch in ihrem dunkelblauen Kostüm – vielleicht eine Spur zu hübsch angezogen, zu neu frisiert und zu bunt beschuht. Agnes sah die Fremde verständnislos an ... verhört haben konnte sie sich nicht: die hatte eben gefragt, ob Andreas hier wäre.

Agnes überkam das Gefühl, plötzlich die Augen schließen zu müssen. Sie legte die Fingerspitzen fest an die Wand des Flurs: „Der wohnt nicht hier", sagte sie.

„Seine Wirtin hat mich hergeschickt, die Frau Weißpfen-

nig. Sie wüßten vielleicht etwas, hat sie gesagt. Und da wollte ich nur fragen. Ich habe wenig Zeit. Ich muß nach= her mit dem Zug zurück nach Leipzig."
Die Mädchen sahen sich an ...
„Kann ich ihm etwas bestellen?" begann jetzt Agnes, und der nächste Satz kostete sie Mühe: „Vielleicht kommt er noch."
„Wenn Sie ‚Hasel' sagen, weiß er schon. Er, er ..." Ha= sel zögerte, plötzlich trat sie an Agnes heran, nahm ihre Hand und sagte: „Er lebt doch?"
„Er – was sagen Sie??"
Ohne das zu wollen, hatte Agnes mit der freien Hand die Stubentür aufgeklinkt hinter sich und Hasel in das Zimmer gezogen. Das fremde Mädchen duftete nach einem Odeur de la rêve, das selbst im Barbierhaus zu seiner vollen Geltung kam. Agnes wußte vollends nicht mehr, was sie aus der Fremden machen sollte, als die Worte zu reden begann, welche zwar nicht mehr recht zu dem leichtsinnigen Eau de la rêve paßten, wohl aber bewiesen, daß dieses fremde Mädchen den Andreas wirklich kannte – so gut kannte, daß ihr die Sorge um sein Schicksal aus dem Herzen zu kommen schien.
„Nein, Fräulein, danke", sagte sie, „setzen will ich mich nicht erst. Vielleicht treffe ich ihn doch noch, ehe mein Zug geht. Er muß hier in Kranichstedt sein. Denn in Leip= zig, wo sollte er da unterkommen?" Die Fremde schüt= telte den Kopf, sah Agnes beklommen an und fuhr fort: „Geredet hat er wie – ja, wie einer, der nicht mehr mag. Als er das letzte Mal bei uns war – das ist nun schon bald drei Tage her, Fräulein – da hat er gesagt, der Blitz sei eingeschlagen in ihn. Aber ich brauchte nicht zu er=

schrecken deswegen. Das sei gar nicht so schlimm. Er habe jetzt eine Geige, mit der er sich zu Asche geigen könnte. Und ich habe gedacht – ich wollte ja nur wissen – das ist doch nun schon drei Tage her ..."

„Er gibt Ihnen wohl Geigenstunde?"

„Stunde? Nein."

Wer ist die? Agnes war jetzt ganz ratlos ... „Mein Vater", begann sie, „hat erzählt, es hätte ihn jemand in der Schänke am Windmühlenberg gesehen vorhin" – Hasel wendete sich schon zur Tür – „Aber Sie finden den Weg schwer im Dunkeln. Ich komme ein Stück mit", fügte Agnes hinzu.

Wege im Dunkeln führen leicht in die Irre: Agnes ging doch lieber bis zur Scherbelschänke mit.

Die offene Gaststubentür zeigte ein Bild, das auf zwei junge Mädchen nicht eben einladend wirkt in der Nacht: bis auf den letzten Stuhl saß der verqualmte Raum voll trinkender Männer, und diese Gäste vollführten beim Trinken nicht das übliche Getöse. Sie sprachen wenig, schienen zu grübeln. Einer hielt den Kopf in die Hand gestützt, ein andrer rieb den Kopf und meinte: „Merkwürdige Sache. Da kommt was aus einer Wand raus, tausend Jahre alt soll's sein und unsereiner hat die Scherben davon" – Agnes trat ängstlich zurück. Aber Hasel machte die Tür wieder auf und ging sicheren Schrittes, schlank und biegsam, durch die vernebelte Gaststube, den struppigen Trinkern ruhig in die Gesichter blickend. Jeden einzelnen sah Hasel aufmerksam an.

Die hat Mut, dachte Agnes und wollte lieber draußen

warten. Aber Hasel kam nicht sogleich wieder. Sie suche einen Herrn, sagte sie in sachlichem Geschäftston zu Frau Krumbiegel am Bierausschank. Die Wirtin kannte diesen Ton recht gut und fragte ebenso sachlich: „Wie sieht er 'n aus, meine Dame? Is 'r jung oder 'n bißchen älter vielleicht? 'n besserer Herr doch wohl?"
Die Gesamtheit der Scherbelgäste hatte sich inzwischen nach dem Mädchen aus der Fremde umgewandt. „Dunnerwetter", murmelte einer der jüngeren Töpfermeister.
Hasel beschrieb den gesuchten Herrn, und Frau Krumbiegel rief: „Ach der! Herrjes, Sie meinen doch nicht etwa den Geiger?! Kennen Sie den vielleicht näher?"
„Ob er hier ist, meinte ich."
„Eben habe ich ihn doch noch gesehn! Nu sowas. Aber sagen Sie mir nur Ihr'n Namen, meine Dame, un wenn ich 'n sehe –"
„Danke", sagte Hasel und schritt nochmals aufmerksam durch die Männerversammlung – saß Andreas unter den Trinkern? Die düsteren Kerle betrachtete sie ruhig wie die Löwenbändigerin die ihr vertrauten Untiere.
„Was will'n die hier?" fragten sich die Männer.
„Na Fräulein, suchen Sie mich?"
„So 'n ähnlichen", sagte Hasel ruhig. –
Agnes war wartend vor das Haus getreten, ein paar Schritte gegangen: „Wer ist die nur?" fragte sie sich unruhig . . .
Hinter der Schänke drehten, sausten die Windmühlenflügel. Der Wind sang in den vier Flügeln. Gebannt sah Agnes, wie im wechselnden Rhythmus des Windes die Flügelarme über dem Dach hochhuschten, verschwanden. Da war der singende Ton wieder . . . Nicht der Wind, die

Flügel klangen wohl so beim Drehen in ihren Lagern. Agnes ging ein paar Schritte näher – da sah sie plötzlich Andreas. Auf einem Steinhaufen saß der Mann und starrte zu den drehenden Flügeln hinauf – „Andreas!" rief Agnes.

Er hörte sie nicht rufen, die Flügel brausten zu mächtig, rauschten. Und jetzt sang es auch wieder in dem drehenden, schwebenden Flügelholz. Andreas summte den Ton mit, sang ihn, zupfte ihn an der Geige, die er im Schoß hielt, in der Terz zuweilen, in der Quinte. Wenn die Flügel schneller und crescendo in ihrem Kreise hinfegten, hielt der Geiger, reglos den Kopf gesenkt, den Mund halb geöffnet. Er lächelte unbewußt. Der Anblick eines Menschen, welcher Naturlaute in sich aufnimmt und darüber selbst im Unbewußten sich zu lösen scheint, erschreckte Agnes. „Andreas!" schrie sie.

Er lächelte weiter, drehte nur den Kopf ein wenig zu ihr hin, erblickte sie, erschrak aber gar nicht vor dem plötzlichen Anblick des Mädchens. Andreas nickte ihr zu, als ob es ganz selbstverständlich wäre, daß Agnes und er jetzt die Windmusik anhörten, zur Nacht, in der Scherbengasse unter der Mühle.

„Was tust du hier im Dunkeln, Andreas?"

„Hörst du's, Agnes? Wenn die Flügel schneller drehn, steigt der Ton. Jetzt!" – er griff nach dem Bogen, stand auf – „da fällt er schon wieder. Der Rhythmus schreibt die Melodie."

Die brausenden Flügel, der Nachtwind, Stradivarius und Andreas spielten der entsetzten Agnes ein wildes Quartett vor.

Unbewegt sah der Geiger dabei Agnes an, ohne zu wis=

sen, daß er lächelte. Andreas geigte den Wind zu Musik und lächelte immer noch, als ihm schien, Agnes stehe – – zweimal in der dunklen Gasse. Einmal an der Hausecke stand das Mädchen und einmal mitten im Weg ...

Der Wind saß scharf in den Flügeln, der Ton pfiff höher, die Grenzen zwischen den steigenden Klängen verwischten, und der Ton entwich aus Andreas' letzter Lage auf der E-Saite – der Geiger schloß die Augen: er begleitete in schweren dunklen Tönen, was da oben auf den unerreichbaren Tonwellen im Rohrflötenhauch des großen Pan durch die Nachtluft sang –

„Andreas!" rief Agnes.

„Andreas!" rief Hasel und faßte nach seinem Arm. Fast wäre ihm die Geige entglitten. Agnes hielt sie am Wirbelkasten fest, nahm ihm das Instrument aus der Hand – er stand zwischen den beiden Mädchen. Die Mühlenflügel brausten. Andreas spürte den Duft Hasels, empfand den Druck ihrer Hand. Er fühlte Agnes, die seinen Arm an sich preßte – wie ihr Herz unter der Brust klopfte!

„Du lebst doch!" rief Hasel und sah ihn strahlend an.

Agnes sah die Geige an.

„Halte sie gut!" sagte Andreas. Der Nachtwind wehte ihm ein paar ihrer Haare ins Gesicht. Andreas hielt sie mit den Zähnen fest. Unverwandt sah Agnes die Geige an, drehte sie so, daß das Mondlicht voll auf das schimmernde Holz fiel: „Was ist das für eine Geige, Andreas?"

„Erkennst du sie, Agnes? Faß das Holz sachte an! Stradivarius hat sie gebaut. Zweihundert Jahre vor meinem Tod. Ganz vorsichtig mußt du sie angreifen."

„Du redest irre" – sie starrte die Geige an – „Andreas,

das ist nicht Lichtermarks Geige", sagte Agnes stockend, hielt sie von sich ab und sah das Mondlicht auf ihr spiegeln.
„Du hast Fieber, Andreas", sagte Hasel, „du zitterst".
„Das kommt von dem Flügelschlag über uns. Das Rondo im Wind – gib die Geige her, Agnes! Ich will dir's geigen."
Agnes machte sich los aus seinem Arm: „Wo hast du die Geige her, Andreas?"
„Aus dem Bernstein."
Agnes sah ihn fest aus klaren Augen an: „Sag's genau, woher" – sie nahm seine Hand – „Du hast kein Fieber, Andreas. Warum redest du so?"
Andreas sah sie an, lange. Dann nickte er: „Und du hast keine gläsernen Augen, Agnes. Du hast lebendige Augen. Darum fragst du so" – er zog ein Depeschenblatt aus der Tasche – „Lies! Becker liest das auch um diese Stunde. Hoffentlich hat der auch lebendige Augen."
Das Blatt knitterte in Agnes' Hand ... „Allmächtiger Gott!" sagte sie.
„Gehört die Geige nicht dir?" fragte Hasel leise. Sie sah sich um, ob ein Fremder in der Nähe wäre und lauschen könnte.
Agnes drehte das beschriebene Blatt in der Hand: „Seit wann hast du die Geige?"
„Den zweiten Tag."
„Dann hast du zwei Tage zu spät geschrieben" – sie ließ das Blatt sinken – „armer Andreas".
„Versteck sie doch!" flüsterte Hasel.
Agnes packte ihn an der Hand: „Die Nacht noch fährst du nach Leipzig und bringst die Geige an ihren Ort."

Hasels Augen leuchteten auf: „Ja, Andreas. Nach Leipzig. Jetzt gleich. Komm! Ich trage sie dir.“ Sie wollte Agnes die Geige aus der Hand nehmen, aber Agnes legte die Stradivari in den Kasten: „Dann trage ich sie selber hin.“

„Was geht Sie das an?“ rief Hasel.

„Was wissen Sie von einer solchen Geige“ – Agnes drückte die Schlösser des Kastens zu.

„Viel nicht. Aber von den Leuten weiß ich mehr wie Sie, Fräulein von Kranichstedt! Den Mann ist das Pack gar nicht wert. Andreas“ – sie redete leise weiter – „ich verstecke die Geige für dich. Komm. Rasch!“

Die Windmühlenflügel jagten sich im Kreise. Andreas stand reglos.

Hasel und Agnes rangen um eine Geige: Denn wer die Geige hat, der hat den Mann, dachte Hasel.

Wer diese Geige hat, der hat den Tod, dachte Agnes.

Hasel kannte die Welt, kannte sie leider viel zu gut für ihre Jahre, und ihre Jugend trotzte dem Unrecht der Welt, die sie begriff: wir wollen ihr unser Glück aus dem Rachen reißen!

Aber Agnes kannte den Geiger Andreas – von der Welt draußen wußte sie wenig, von Andreas' Herz wußte sie mehr als alle Welt. Und jetzt verstand sie auch, daß die Fremde gefragt hatte, ob er noch lebe.

Über den drei Menschen brausten die Flügel ihren ewigen Weg durch die sausende Luft: den Weg im Kreise in sich selber zurück. Dem Geiger hatten die dunklen Mächte seines Wesens und seiner Musik die Flügel abgerissen –

„Andreas!“ Agnes packte seine Hand so fest sie konnte.

„Andreas!“ rief Hasel, wollte ihn zu sich ziehen – da hob im ungeheuren Schattenstreif der Marienkirche die Turmuhr aus und schlug hallend, das Sausen der Windmühlenflügel mächtig übertönend, die elfte Stunde.

„Herr Schmalfuß“, sagte Hasel erschrocken, „der wartet schon. Mein Zug geht. Ich muß fort. Andreas, habe keine Angst. Ich helfe dir. Laß dir nichts einreden. Es geht ganz anders zu unter den Leuten. Du kommst zu mir. Du mußt ja nun kommen, Andreas. Jawohl, Fräulein Kranichstedt, ich kann jetzt ruhig gehn. Ihr feinen Leute könnt ihm allzusammen nicht mehr helfen. Er kommt von selber zu mir. Ich warte auf dich, Andreas. Klopf an den Fensterladen. Wann's auch ist.“

Agnes hatte beim Stundenschlag erschrocken an ihren Vater gedacht – „Es wird spät.“ Jetzt schlug auch die Uhr auf dem Nikolaiturm. Hasel war fort. Sie stand allein mit Andreas in der Gasse.

Er führte Agnes an den grasbewachsenen Hang, der von der anderen Seite der Gasse aufstieg zur Mühle. Die Musik ihrer Flügel sang ungestört von Uhr und Glocke wieder allein das alte Nachtlied, und Andreas erzählte, was sich zugetragen hatte seit dem Unglück im Künstlerzimmer des Lammes.

„Ich glaube dir, was du erzählt hast, Andreas. Aber niemand sonst kann dir's glauben. Darf's auch nicht glauben: solche Wahrheit steht in keinem Gerichtsbuch, weil dann die Welt nicht mehr weiterginge“ – sie sah ihn an mit feuchten Augen: „Einer gegen die ganze Welt, Andreas –“

„Zwei Menschen gegen die Welt, Agnes“ – er hatte den Kopf in ihren Schoß gelegt.

Sie beugte sich zu ihm, faßte seinen Kopf mit beiden Händen – „Vielleicht sind zwei mehr als die Welt. Höre auf mit Träumen, Andreas! Bringe deine Sachen in Ordnung! Was auch werden mag, wenn du nur leben bleiben willst! Dann werden sie eines Tages kommen und dir glauben müssen. Wenn ich darüber nachdenke, wie das hergegangen ist mit dir, im Museum nachts, im Keller dort, dann auf der Bank im Park und gestern in der Nische am Rathaus die Musik und was dann noch geschehen ist – Andreas, ich glaube, die Wahrheit ist auch nicht einfach da und fertig aus einem Buch abzulesen. Die wird auch – wie alles andre langsam wird. Du mußt wahr machen, was die Menschen nicht für wahr nehmen wollen. Komm! Steh auf! Du mußt mit der Geige nach Leipzig."

„Der nächste Zug geht nun erst morgen früh."

„Mein Vater ängstigt sich. Ich will nach Hause."

„Ich auch, Agnes" – er umfing sie.

Sie wollte jäh aufstehn: „Wir haben kein Haus", flüsterte sie.

Agnes fühlte, wie seine Hände sie langsam losließen. Andreas' Gesicht war im Schatten nicht zu erkennen. Er richtete sich auf. Sie sah ihn nach dem Geigenkasten greifen: „Wo willst du hin, Andreas?"

Er schwieg erst, dann sagte er: „Unterkunft suchen gehen. Für die Geige und für mich. Wohin dachtest du sonst?"

Agnes griff nach seinem Rock, zog Andreas heran zu sich: „Unterkunft suchen in der Not. Das dachte ich auch", sagte sie leise und zog ihn herab zu sich.

„Agnes!" Er küßte sie.

Langsam ließ sie sich zurücksinken in seinen Armen. Die Stradivari blieb in ihrem Kasten, hielt sich ganz still. Aber die Flügel über ihnen sangen mit dem Winde eine Serenade, die nachmals sehr berühmt wurde in der Welt und widerklang in mancher Hochzeitsnacht.

In dieser Nacht, der zweiten Stradivarinacht, zahlte die heilige Ildewig dem Barbier Thedor Kegel heim, was der in Gedanken gesündigt hatte an der Musik auf jener Suche nach dem Geiger: heute Nacht kam Agnes nicht nach Hause.

„Wir kriegen ein Frühjahrsgewitter", meinte Meister Pröhle, als Thedor sorgenvoll und wortkarg den Laden am Barbiergeschäft aufklappte, „die Wärme kommt zu zeitig".

„Nischt kommt mehr zu seiner Zeit", nickte Thedor und blickte die Nickelsgasse aufwärts, abwärts ... Agnes war nicht zu entdecken. Agnes ging andre Wege. Die Marktstraße entlang lief sie, die Burgstraße hinauf: keinen Menschen weit und breit sah sie zu der frühen Stunde in diesen besseren Straßen Kranichstedts. Nur ein paar Singvögel waren hier schon munter – die rechte Gesellschaft für Agnes. Sie strich das wirre Haar aus dem Gesicht, lächelte: „Nun lebt er, und ich auch."

Agnes hatte den Andreas mit sich selbst an diese Erde gebunden. Und sie vermochte mehr zu geben als ein leibliches Selbst: wie die Keuschheit des Herzens allein lebenzeugendes Kunstwerk schafft, so bändigt auch allein die geheimnisvolle Kraft des Unberührten das gefährliche Leben.

„Wir sind am Leben", lächelte Agnes und blieb vor der Haustüre stehen, deren Messingschild die Inschrift trug: Professor Lichtermark.
Lichtermark schlief. Seine Gattin Emma schlief auch – den festen Morgenschlaf.
Die Hausklingel schlug an.
„Hast du's gehört, Emma?"
Die Gattin sah nach dem Wecker: „Die Waschfrau. Die Leute kommen und gehn jetzt, wie's ihnen paßt. Ist das zu glauben?"
„Nein!" rief Lichtermark zornig, denn die Hausklingel ertönte wieder.
„So schließ doch nur auf!" sagte Emma ärgerlich.
„Wieso denn ich!" – aber Lichtermark erhob sich, zog die Hose über das Nachthemd, knüpfte ein Halstuch um und fuhr in seine Filzschuhe, in dicke Filzschuhe – wer über siebzig ist, sieht mehr auf Wärme als auf anmutiges Äußere. Während dieser Verrichtungen klingelte es zum dritten Male. Lichtermark drohte „dieser Person unten" grollend körperliche Mißhandlungen an, in Richtung des Bettes seiner Gattin aber sprach er beim Zuknöpfen des Nötigsten vom Unfug ewiger Wascherei, von dem verfluchten häuslichen Unruhestiften. Endlich hielt die Hose notdürftig. Brummend stieg er die Treppe hinab, grimmig schloß er auf:
„Agnes!!"
„Es tut mir ja so leid, aber ich muß Sie sprechen, Herr Professor. Gleich sprechen."
Wer über siebzig ist, stellten wir vorhin fest, der sieht mehr auf Wärme, vor allem auf die innere Wärme: wie morgenfrisch stand das Mädchen da! Ein frühes Lied!

Wie sieht sie nur aus? dachte Lichtermark, so kenne ich sie noch gar nicht. Hochzeitsschein schlug dem Alten ins graugewordene Haus. Lichtermark vergaß ganz, in welch jämmerlichem Aufzug er erschienen war vor dem holden Wunder. Beide Hände wollte er ihr geben, mußte aber mit der einen rasch wieder die Hose festhalten. Lichter=mark machte sogar den Versuch einer kleinen Verbeu=gung – wie eben alte Herren sich verbeugen vor sehr jungen, schönen Frauen: die letzten Grüße, welche dem Alter übrigbleiben im Angesicht der Liebe. Er führte Agnes in das Studierzimmer, bemerkte auch hier nichts von der Unordnung, von seiner Hinterlassenschaft des vergangenen Abends: nicht die leere Weinflasche, den gehäuft vollen Aschenbecher, die unordentlich durchein=anderliegenden Bücher sah er: „Aber so reden Sie doch nur, Agnes!"

„Ja. Ich muß ganz im geheimen mit Ihnen reden."

Ob um die jungen, halbgeöffneten Lippen ein Lächeln spielte oder Angst, konnte Lichtermark nicht genau sehen: „Da bin ich aber neugierig, Kind."

Und nun begann Agnes. Ohne sich erschrecken oder auf=halten zu lassen von des Alten Zornausbrüchen, redete sie weiter. Die ganze Geschichte erfuhr Lichtermark, von der Brotmusik in der Grotte an und der Museumsmusik bis zur Windmühlenmusik. Lichtermark war aufgesprun=gen, hatte sich wieder hingesetzt. Er begann im Zimmer herumzulaufen, aber die rutschende Hose gebot ihm Still=sitzen. Verzweifelt brannte er einen Zigarrenstummel an, der ihm sogleich wieder ausging. „Wenn so was in der Welt passieren kann" – Lichtermark verfluchte den Tag seiner Geburt. Wein versuchte er ins Glas zu gießen, es war keiner mehr in der Flasche. Er schüttelte die Flasche zornig, stieß sie dann mit einem Drohwort in die Ofen=ecke und rief: „Es ist nichts und nichtig auf Erden – war=um hat sie der Teufel noch nicht geholt?! Oh, wenn ich das Subjekt zu fassen kriege! Den Kerl, den Andreas, meine ich. Lieber Gott, der arme Becker –"

„Andreas bringt ihm ja die Stradivari heute. Und da habe ich eine Bitte an Sie, Herr Professor" – sie legte ihre Hand auf seinen Arm – „deshalb bin ich gekommen. Sie kennen doch den Direktor Becker. Er ist ein Freund von Ihnen. Wollen Sie nicht gleich jetzt mit dem ersten Zug nach Leipzig fahren und die Sache zum Guten wenden? Ich bitte Sie recht sehr darum."

„Wie? Ich? Ach so. Hm" – er war auf irgendeine Weise zu einer neuen Zigarre gekommen, biß mit den Zähnen erregt die Spitze ab, brannte das Kraut an – „Zu Bek=kern" – plötzlich rief er wütend: „Wieso denn ich?! Wenn's klingelt, soll ich immer raus! Na ja. Hm. Mit Beckern reden." Da fiel ihm etwas ein, er sah Agnes for=schend an, wurde sichtlich unruhiger und begann: „Sagen Sie mal, Agnes, es ist noch nicht fünf Uhr – wie kommen Sie denn eigentlich um die Zeit an die Windmühle da hinten?"

„Andreas war doch dort."

„Heute früh?"

„Die Nacht."

Agnes sprach nicht weiter. Jähe war eine tiefe Röte in ihre Wangen gestiegen. Totenstille brütete ein paar Se=kunden in diesem Bücherzimmer. Dann sprach Agnes ruhig und blickte dem alten Musikanten klar in die Augen: „Ja."

Lichtermark stieß Zigarrendampf von sich, ärger als Pröhles Bratrost den Wasserdampf in der ersten Stradivarinacht auf dem Ratsmarkt. Agnes verschwand zuweilen in dem Nebel, tauchte wieder auf. Lichtermarks Zähne bissen sich in der Zigarre fest, kaum zu verstehen war, was er durch die Zähne murmelte: „So. So also. Dieser ... dieses Subjekt. Das scheint ja zu stehlen, was nicht niet= und nagelfest ist ... Haha, ich werde" – Lichtermark sprang auf und schrie mit Donnerstimme durch das morgenstille Haus: „Ich werde – meinen Gehstock werde ich mit nach Leipzig nehmen, und wenn ich ihn treffe, diesen gottverdammten Kerl, und wenn ich ihn mitten auf der Grimmschen treffe mittags um zwölf, dann haue ich ihm die Wolle aus der Jacke, vor allen Leuten, diesem –"

„Von wem sprichst du eigentlich?" fragte seine Gattin in der offenen Tür hinter den beiden.

„Wie? Was? Von wem? Na von wem denn! Von Beckern natürlich, Emma" – erschrocken starrte Lichtermark die plötzlich erschienene Gattin an.

„Den Direktor Becker willst du ... mit deinem alten Freund willst du dich prügeln auf der Straße, Fritz??"

„Wieso denn nicht?" – Lichtermark saß rettungslos fest.

Emma trug ein geblümtes Morgenkleid. Ihr spitzer Blick hakte in Agnes' glühendem Antlitz. Sie witterte den zart sich öffnenden Blütenkelch der schimmernden Morgenerscheinung in ihrem Haus. Agnes stand rasch auf: „Ich danke Ihnen auch vielmals, Herr Professor. Bitte", sie wandte sich an Frau Lichtermark, „entschuldigen Sie die unzeitige Störung" – verschwunden war sie. Es wurde trübe im Zimmer.

„Bitte", sagte Emma zu ihrem Gatten, „was geht hier vor?"

Wie anders konnte sich Lichtermark noch helfen als mit Lärm: „Was hier vorgeht?!" schrie er, „ih, da soll doch – ich fahre nach Leipzig! Hole den Koffer! Die gestreiften Hosen nehme ich mit. Das Nachthemd. Vergiß das Rasierzeug nicht! Wo ist denn mein Schreibtischschlüssel? Ja zum Donnerwetter, wo ist denn der verfluchte Schlüssel? Hast du 'n mal wieder, wie?" – er fühlte den Blick seiner Gattin – „Herrgott, ich brauche doch Geld unterwegs!! Oder glaubst du vielleicht, die Reichsbahn fährt mich umsonst hin?!"

Er eilte, die Hose haltend, zur Tür hinaus.

Sein Weib stand erstarrt. Wenn Gott so wollte, beging sie in sechs Jahren die goldene Hochzeit mit ihm. Ein betagter Professor mit weißen Haaren – und nun eine solch verdächtige Szene ... und wie das Frauenzimmer dasaß. Der kurze Rock. Die ganzen Knie sah man. Und wie sich das Mädchen davonmachte, als die Hausfrau erschien ...

Oben im Schlafzimmer klappten Schranktüren, tappten eilige Schritte. Lichtermarks Stimme: „Und auf alle Fälle meinen Reisepaß, Emma!"

„Erlaube mal –"

„Und mein Scheckbuch –"

„Erlaube wirklich mal!!"

Die Antwort auf ihren Einwurf waren weitere Anweisungen: „Und wickle mir 'n bißchen Frühstück ein! Zwei harte Eier, Emma. Und Brot. Aber keine Leberwurst, hörst du –"

„Fritz, ich verbitte mir –"

Ein heftiges Poltern unterbrach sie. Lichtermark schien

die Stiefelschublade eilehalber im ganzen umgekippt zu haben. Zwischen dem Poltern rief er: „Auch keine Butter drauf! Die schmiert so! Oh –" Jetzt klangen Lichtermarks Worte näherkommend auf der Treppe: „Oh dieser Mensch! Die arme Agnes! Der arme Becker! Ja, das glaubt doch überhaupt kein Mensch –"

Bei diesem Ausruf erschien er in der Tür. „*Was* glaubt kein Mensch, Fritz?"

In überraschend kurzer Zeit hatte Lichtermark seinen Anzug so weit gefördert, daß er in seinem Äußeren einigermaßen bestehen konnte vor dem geblümten Morgenrock.

„Ja – wo ist denn der Koffer, Emma?!"

„Werde ich nun endlich erfahren, was vorgefallen ist mit ihr?"

„Gestohlen hat er sie!! Nein, gestohlen nicht! Aber keinem Juristen in der ganzen Welt kann er 's Gegenteil beweisen!"

„Was redest du da? Wer soll das Frauenzimmer gestohlen haben?"

„Frauenzimmer? Von wem sprichst denn du?"

„Von wem? Von dieser Agnes!"

„Die Agnes!! O du lieber allbarmherziger Himmel, ja doch! Die hat er auch gestohlen! Nein, gestohlen nicht. Aber – hm hm hm . . ."

„Fritz, bist du wirr geworden in deinem alten Kopf?"

„Nein", schrie Lichtermark, „klar, Emma! Goldklar endlich! Ih, den vermaledeiten Halunken haue ich –"

„So sprichst du von deinem alten Freund Becker, Fritz? Was hat denn Becker mit der Agnes, Fritz?"

„Was Fritz! In dieser Sache kommt kein Fritz auf der ganzen Erde mehr zur Zeit! Aber wenigstens in der an=

dern Angelegenheit! Es eilt! Hättest du lieber den Koffer gepackt!"
„Ich lasse dich nicht reisen, ehe ich weiß, in was für ein Unglück du fahren willst ohne mich."
„Haha! Glaubst du, ich brauche deinen erbärmlichen Koffer dazu?!" – Lichtermark begann seinen Reisebedarf in die Aktentasche zu stopfen – „Warum ich reise, kann ich dir nicht sagen. Das ist ein Geheimnis", sprach Lichtermark düster. Seine Gattin wich zurück von ihrem Mann. Nach vierundvierzigjähriger Ehe sah sie nun erst, an welch einen Gatten sie gefesselt gewesen war die lange Zeit. Aber Lichtermark trat nahe heran an Emma: „Hör zu", sprach er gedämpft, „was würdest du sagen, jungverheiratet, in den Flitterwochen – und es fragt dich jemand, wie's deinem Mann geht, und du mußt schluchzend antworten: Im Gefängnis sitzt er?"
Emma schrie auf, aber Lichtermark, selbst erschüttert von diesem grausigen Bild einer jungen Ehe, fuhr eilends zur Türe hinaus. Wenn er den zweiten Morgenzug nach Leipzig erreichen wollte, durfte er keine Minute mehr versäumen.

Andreas hatte im ersten Frühzug nach Leipzig soeben den Vorort Leutzsch erreicht, unweit Lindenau, hart vor den Toren der Stadt. Eigentlich wäre eine zunehmende Verdüsterung mit dem Näherkommen an das Häusermeer zu erwarten gewesen. Seine Mienen lichten sich jedoch immer mehr auf. Ihm war ein hilfreicher Gedanke gekommen: Becker, sagte er sich, ist kein Musikant. Ihm kann ich mich schwer verständlich machen. Ich werde die

Geschichte erst einem Musikanten erzählen. Der begreift die Wahrheit. Der hilft mir. Freilich muß es ein großer Musikant sein. Ein Geiger am besten ...

In dieser für Besuche wesentlich zu frühen Morgenstunde begab sich Andreas nach seiner Ankunft nicht gradenwegs in das Museum, sondern er ging mit seinem Geigenkasten den Ring entlang und bog in die Thomasiusstraße ein. Hier wohnte der weltberühmte Dirigent des Gewandhauses. Der war in seiner Jugend Geiger – ein wirklicher Geiger, in Ungarn, wo die Menschen nicht sagen: er geigt, sondern: es geigt. „Der große Mann versteht mich", sagte sich Andreas. „Der wird mich – nun, auf mich kommt's nicht so an, aber auf Agnes: der wird Agnes retten. Ein großer Musikant fühlt das Recht in seinem Herzen."

Er fühlt's. Gewiß. Nur bringen die irdischen Bedingtheiten mit sich, daß ein unbekannter junger Mann nicht einfach an solch ein großes Herz klopfen kann, weil dieses Herz sonst gar nicht mehr zum Musizieren käme vor lauter Klopfen der bedrängten Menschheit.

Andreas drückte auf den Klingelknopf. Er nannte dem Mädchen seinen Namen und fügte hinzu: „Ich möchte den Herr Geheimrat sprechen."

Erstaunt sah ihn das Mädchen an: „Jetzt? Vor 'm Frühstück?"

„Jawohl. Jetzt gleich."

„Sind Sie bestellt?"

„Das nicht –"

„Herr Geheimrat ist Donnerstags überhaupt nicht zu sprechen."

„Ich muß ihn sprechen."

„Heute abend ist Gewandhauskonzert. Ich darf ihn nicht stören."
Andreas hörte die Windmühlenflügel rauschen über sich, der Agnes Bild stieg auf vor ihm: „Und wenn das Konzert schon angefangen hätte, Fräulein – fünf Minuten nur, aber sprechen *muß* ich ihn."
Das verwirrte Mädchen war dieser Lage nicht gewachsen, außerdem hatte der Mann einen Geigenkasten in der Hand – „Augenblick", sagte sie, wollte die Tür schließen, aber der verzweifelte Mann trat ein, schloß die Tür selbst hinter sich und stand da auf der Diele.
Nach einer Weile erschien eine Dame, stattlich, energisch: „Na, nun sagen Sie bloß –" Andreas faßte sofort Zutrauen zu ihr. Sie strahlte Menschlichkeit aus. Andreas war ein Künstler, fühlte: diese Frau weiß, was Leben ist und was einem armen Mann alles zustoßen kann. Er umklammerte seinen Geigenkasten, daß die Finger weiß wurden vom Drücken und erklärte ihr bündig, daß er den Geheimrat sprechen *müsse*.
„Menschenskind, Ihr kommt einfach und denkt, weil Ihr müßt, haben andre nichts Eiligeres zu tun, als aus dem Bette zu springen! Mein Mann braucht Ruhe heute. Das verstehn Sie doch wohl als Musiker?"
Andreas verstand das durchaus, aber er sagte: „Gnädige Frau, sprechen muß ich ihn doch."
„Ja, warum denn?!"
„Ich, ich –"
„Sie brauchen Geld?"
Andreas fuhr auf: „Um Gotteswillen –"
„Na, ist schon gut. Ich brauche immer welches. Sie haben also etwas komponiert, wie?"

Andreas schüttelte den Kopf.
„Aber zum Donnerwetter, wo fehlt's denn dann! Haben Sie vielleicht jemanden umgebracht?"
Er empfand die Güte ihres Wesens, sah sie an und sagte leise: „Beinahe."
Die Geheimrätin lächelte, schüttelte den Kopf: „Kinder, Kinder, ihr macht's euch schwer untereinander!" Sie hätte keine Frau sein müssen, um hier nicht eine ganz besonders törichte männliche Unternehmung zu wittern. Ja, so stehn sie dann da, einer wie der andre . . . Sie kannte doch ihren Mann. Die Güte selbst war er. Jeder Droschkenkutscher in Europa wußte Bescheid, wenn der berühmte Mann, dessen Bilder in allen Schaufenstern hingen, seinen Wagen benutzte – der Kutscher las den Preis von der Uhr ab, aber der Kapellmeister sagte: ‚Sie müssen sich geirrt haben, mein Freund, das ist zu wenig.' Die Geheimrätin verstand wohl was es heißt, sich zwischen einen Mann und die Welt stellen zu müssen. Zweifelnd betrachtete sie Andreas. Wie ein Musiker sieht er wirklich aus . . . wegen Geld kommt er nicht, wegen Musik nicht – da blieb nur ein Drittes übrig: lieber Gott, kamen sie etwa schon in ihren Liebesangelegenheiten zu ihm? Sie öffnete eine Tür: „Warten Sie da drin! Wenn er schläft – wecken kann ich ihn nicht. Sie müssen sich gedulden. Und vielleicht können Sie ihn dann trotzdem nicht sprechen. Ich weiß es nicht. Hören Sie?"
Andreas blieb in der Nähe der Tür stehen. Die Mitte des Raumes nahm ein großer Konzertflügel ein. Ein Notenpult daneben. Stöße von Noten lagen auf dem Tisch, den Sesseln. Vielleicht ist es am besten, sagte sich Andreas,

wenn ich die Stradivari gleich auspacke und bereit habe. Wenn er hereinkommt, lege ich sie ihm einfach in die Hand und sage: Hochverehrter Herr Geheimrat, ich bin heute zu ihnen gekommen, weil – weil ich heiraten will – nein, weil, weil ich heiraten muß – nein, weil die Stradivari – o Gott . . . Andreas wurde befangen. Der Raum atmete viel Vornehmheit und Kühle. Solche Stimmung ist Ansprachen immer abträglich. Und nun gar einer Rede, wie sie Andreas vorhatte! Wieder rauschten die mächtigen Flügel im Kreise wild brausend über ihm. Andreas mußte der Agnes Bild beschwören, um seine Gedanken zu sammeln. Oh, Agnes! Die wüßte gleich, was hier zu sagen ist, kurz und klar: Herr Geheimrat, diese Stradivari gehört dem Museum . . .
Der bedrückte Geiger hatte viel Zeit zum Überlegen. Niemand ließ sich sehen. Gewiß schlief der Meister noch. Andreas war aufgeregt, die Saiten der Geige wurden feucht in seiner Hand. Er legte das Instrument auf den Flügel. Auf dem Pult standen Noten. Er strengte den Blick an – Geigennoten? Andreas trat näher. Das Große Violinkonzert von Beethoven! Ob er das kannte! Er las die Noten, bewegte summend Kopf und Hände. Ein Papierblatt verdeckte die andere Seite. Andreas rückte es weg, das Blatt fiel. Er hob es auf, las – das Gewandhausprogramm mit dem Datum des heutigen Tages. Sieh da, murmelte Andreas, Schlitterwang spielt das Konzert. Ungeheure Musik, schwer zu geigen: „Da können die Leipziger ihre Ohren aufmachen, das kriegen sie selten zu hören“, sagte Andreas, blätterte, suchte – da war die Stelle. Leise schlug Andreas ein paar Elfenbeintasten an: gläserne Hämmerchen schlugen an silberne Glocken. Er

schüttelte den Kopf: Gegeigt will das sein, wenn es klingen soll.

Andreas war längst nicht mehr in einem großen Erkerzimmer in der Thomasiusstraße – in diesem Beethovenkonzert drin war der Geiger. Seine Hand legte sich von selber an den Geigenhals. Hauchleise spielte er, nur andeutend die verzweifelt schwere Stelle. Aber sie gehorchte ihm! Andreas blätterte zurück, spielte den Anfang, begann noch einmal, hielt nun die vorgeschriebenen Tonstärken – er fing wieder an, wandte sich um und geigte nun endlich ohne Noten . . .

Hinter ihm öffnete sich die schwarzlackierte Flügeltür. Der Geheimrat stand im weißseidenen Schlafanzug auf der Schwelle: ‚Da sind Sie ja, Schlitterwang', hatte er sagen wollen. Sehr erstaunt ruhten die Augen des Kapellmeisters auf der Erscheinung des fremden Geigers in seinem Musikzimmer. Er strich die dunkle Haarsträhne aus der Stirn. Seine Haltung war gelassen wie immer, nur den Kopf legte er jetzt ein wenig auf die Seite, nahm Platz in einem Sessel . . .

Andreas aber sah weiße Wolken durch den Himmel hoch über den Dächern ziehen und geigte seinen Abschied von der Stradivari – Glück und Unglück auf Erden waren wieder belanglos, ununterscheidbar geworden für ihn.

Langsam setzte er nach dem letzten Ton die Stradivari ab, aber noch hielt er reglos den Bogen in der Luft: um den Klang des Schlusses nicht zu stören auf seinem Weg in den Anfang zurück . . .

„Mein Freund", sprach es hinter ihm – ruhig, ein wenig fremdländisch das r rollend, das Wort ‚Freund' in der Schwebe haltend, wie Andreas den Schlußton. Andreas wandte sich nicht um . . . ‚Freund' klang das Echo der Musik. Wie tröstlich schön . . . Wird es noch einmal ‚Freund' antworten aus seinem Abschiedslied? Nein – es sprach jetzt andere Worte hinter ihm: „Wo kommen Sie her?"

Jetzt senkte Andreas den Arm mit dem Geigenbogen, drehte den Kopf. Da saß der große Kapellmeister, strich seinen Bart, sah den Geiger nachdenklich von unten her an: „Woher?"

„Von – von Kranichstedt, Herr Geheimrat."

„Ah daher" – der Kapellmeister lächelte – „grüßen Sie die heilige Ildewig von mir, wenn Sie morgen zurückkommen. Ich dankte ihr für die Aushilfe –"

„Ich muß heute, jetzt gleich muß ich –"

„Heute spielen Sie im Gewandhaus – wie heißen Sie übrigens?"

Andreas starrte den Kapellmeister an.

„Sie kommen von der Ildewig, aber Sie haben doch hoffentlich einen Namen?"

„Ich, ich –"

„Es täte mir leid, wenn Sie nur ein Gespenstermusikant wären. Ohne Namen und Wirklichkeit."

Andreas nannte seinen Namen.

Der Geheimrat stand auf und notierte den Namen mit Bleistift auf dem Programm: „Aus Kranichstedt. Soso. Aus Paris oder Rom oder sonst einem Ort mit D-Zughaltestelle können Sie ja auch nicht kommen, sonst würde ich Sie kennen. Ja, es ist ganz in der Ordnung so: aus Kranichstedt kommt man, heißt irgendwie und spielt das Große Konzert. Deutschland, Deutschland . . . ja", sagte er kopfschüttelnd, griff ein paar Akkorde auf dem Flügel.

Dann nahm er langsam Platz vor den Tasten: „Spielen Sie das Ganze noch einmal" – er hob die Hand. Andreas begann. Er glaubte nicht so gut zu geigen wie vorhin, als er seinen Abschied von der Stradivari zu spielen wähnte. Jetzt geigte er nicht für sich. Er fühlte, wie der große Kapellmeister sein Spiel lenkte – oder war es so noch besser?

Der letzte Ton verklang. Bewegungslos stand Andreas an seiner Stelle im Erker, starrte den Geheimrat an.

„Sie sind ein Geiger, mein Freund" – der Kapellmeister mußte lächeln, denn Andreas sah ihn völlig verständnislos an, stand wirklich da wie verlorenes Leben, das plötzlich wieder das Strömen des Saftes fühlt – „hat Ihnen das noch keiner gesagt? Nun ja, die Ildewig bei euch in Kranichstedt redet nicht. Oder nur, wenn ein Künstler gehenkt werden soll, regt sie sich. Das kommt heute nicht mehr vor. Aber ich sehe, die Ildewig lebt noch in der Musik, steht mitten drin auf ihren schönen nackten Füßen: Sie werden mir zur guten Stunde geschickt. Dieser Schlitterwang hat in letzter Minute absagen müssen. Ich setze für das Konzert ein anderes Stück aufs Programm, und ich wache auf aus dem Schlaf, und da steht jemand und spielt das richtige Konzert . . ."

„Ach, Herr Geheimrat, daß ich hier stehe, hat mit einer Heiligen leider gar nichts zu tun. Der Grund ist ein sehr natürlicher. Oder vielmehr ein sehr unnatürlicher –"

„Also – wie ich sagte."

„Nein, nicht so. Diese Geige nämlich –"

„Ihre Geschichten, mein Freund, später. Heute ist Gewandhauskonzert, nicht wahr? Seien Sie eine halbe Stunde vorher im Direktionszimmer, bitte."

„Nur dies eine muß ich noch erklären –"
„Bitte, ich bin etwas älter als Sie. Ich muß jetzt ruhen. Wir sprechen uns nach dem Konzert. Sie speisen bei mir zu Abend, bitte."
„Aber ich habe doch gar keinen Frack mit!"
Ein unauffälliger Blick des Geheimrats glitt über die Erscheinung des Geigers. Er führte Andreas durch das Nebenzimmer, entnahm seinem Schreibtisch irgendein gefaltetes Papier: „Damit leiht man überall einen Frack. Nur einen Geiger, mein Freund, den bekommt man nicht überall. Es ist sehr gut so."
Der Kapellmeister grüßte mit gemessen liebenswürdiger Dirigentengeste. –
Auf dem sauber mit Granitplatten belegten Bürgersteig kam Andreas allmählich zu sich. Er lachte. Er preßte den Geigenkasten an sich und lachte! Der Schutzmann an der Ecke sah ihn an und lachte auch. Von einem Dreirad stieg ein Bote, der lachte ebenfalls.
Wie freundliche Menschen wohnen in dieser Stadt, dachte Andreas. Das ist mir noch gar nicht so aufgefallen.
Wer den strahlenden Geiger ansah, machte ein freundliches Gesicht. Eau de la rêve . . .
An der Thomaskirche vor dem Bachdenkmal aber stand Andreas still, lachte nicht mehr, sondern sprach andächtig: „Es tagt, Agnes. Amen."

Ein Bewohner Leipzigs gehörte nicht zu den Menschen mit freundlichem Gesicht, die Andreas heute entdeckt hatte. Direktor Becker hielt ein zerknittertes Telegramm in der Hand und schritt seit sieben Uhr früh unrasiert im

Geschäftszimmer des Museums auf und ab. Er murmelte Unverständliches vor sich hin. Wer aber sein Murmeln verstanden hätte, würde gesagt haben: dieser alte Herr namens Becker, Direktor des Museums für Musikinstrumente, muß ohne Zweifel der bösartigste lebendige Todfeind der Streichmusik sein. Becker stierte von Zeit zu Zeit das Telegramm aus Kranichstedt an, dann die Uhr, und erging sich anschließend in abscheulichen Schimpfworten über Geigen, Geiger und Geigenmusik – – endlich wurde ein Besucher gemeldet!

„Aus Kra – Kranichstedt" – der sonst stets würdevolle Schurch stotterte vor Aufregung. Becker hörte nicht mehr zu, was Schurch noch melden wollte – „Herein mit diesem Subjekt!!" schrie er.

Becker sah das Subjekt eintreten, Becker rieb die Augen . . . entweder hatte ihn die Aufregung dieser drei Tage um den Verstand gebracht – der Dieb aus Kranichstedt . . . oder Becker sah nicht recht . . . der Dieb aus Kranichstedt trug Antlitz und Statur seines alten, ihm stets als ehrenhaft bekannten Freundes Professor Fritz Lichtermark –

„Li – Lichtermark . . ."

„Hahaha! Da sieht man sich endlich mal wieder! Ist doch eine Herzensfreude, Beckerchen! Na, was machen wir denn? Wie gehts? Alles wohl zu Hause? Die liebe Gattin immer noch so frisch und unternehmungslustig? Und 's Töchterchen? Verlobt, wie? Hahahaha." Lichtermark hatte sich mit einer kugelrund vollgestopften Aktentasche unter dem Arm durch die Tür gezwängt. Hut, Mappe, Schirm legte er auf den Tisch und schüttelte dem völlig versteinerten Becker unbeschwert beide Hände. Immer=

fort sprechend und lachend, zog er seinen Sommerman= tel aus, sah sich nach einem Haken um, hing den Mantel schließlich an den Fenstergriff. Helfen konnte ihm Becker nicht. Becker stand hilflos inmitten seines Direktorzim= mers und vermochte vorläufig kein Glied zu regen.
Auch der Leser wird erstaunt sein über des alten Lichter= marks geradezu ungeheure Behaglichkeit in einer solchen verzweifelten Lage – der Leser kennt den alten Musikan= ten nämlich noch nicht genau. Dieser nach einem heftigen ehelichen Zwist ohne Koffer und ohne erstes wie zweites Frühstück von Kranichstedt abgereiste Mann hatte die Stunden auf der Eisenbahn mit der sorgfältigen Erwä= gung aller Umstände verbracht. Er verstand jetzt des Andreas dunkle Worte über seinen Freund, den Tod. Der Alte wurde gerührt: Musik, die Musik auf einer Stradi= vari hatte der sich als seinen Abschied von der Erde ge= dacht. Ein armer junger Mensch, entgleist ... aber dann tauchte der Agnes erglühendes Antlitz vor seinem Geiste auf. Jetzt sah Lichtermark die Flügel des Todes wie Wind= mühlenflügel drehen über diesem guten, zarten Kind – oh, traf er den verfluchten Kerl, Lichtermark drasch ihn doch, mitten in der Stadt vor allen Leuten, wie einen auf= sässigen Quintaner in der Singestunde! Die arme Agnes! Einem Menschen wie diesem Geiger mochte helfen wer wollte – Lichtermark nicht! Aber der Agnes mußte ge= holfen werden! Und der Musik! Ja, vor allem der Musik. Dieser heillose Mensch war ja leider wirklich ein Musi= kant.
Zwei Methoden, überlegte Lichtermark, standen zur Ver= fügung: entweder fiel er mit der Türe ins Haus – etwa so: ein Unglück, konnte er beim Eintreten rufen, ein

furchtbares Unglück, lieber Becker! Wie helfen, wie ret=
ten wir hier? Oder . . . hm . . . Lichtermark trat zunächst
ganz harmlos auf, etwa: die Stradivari? Na ja, lieber
Becker. Da ist sie ja!

Der lebenskundige Alte entschied sich für den letzteren
Weg. Der erste Pfad roch etwas nach Polizeiwache, nach
– um Gottes willen! Bei Anwendung der anderen Me=
thode dagegen ließ sich die Lösung finden wie bei der
Komposition einer Sonate, die aus besonderen Gründen
ausnahmsweise mit dem Scherzo anfängt.

„Nu sagen Sie bloß, Becker, haben Sie sich mit Ihrer
Frau gezankt? Sie sehn ja aus wie –"

„Wie?!" Die Spannung Beckers begann sich zu lösen.
Jetzt heißt's aufpassen, dachte Lichtermark. „Wie ich aus=
sehe?! Wie einer, dem vor Sorge und Kummer alle Haare
zu Berge stehn!"

„Hahaha! In unserem Alter soll sich der Mensch keine
Sorgen mehr machen." Lichtermark zog heftig an einer
Bilderzeitung, die er neben vielem anderem Reisebedarf in
seine Rocktasche gestopft hatte. „Ich hätte mich auch bei=
nahe aufgeregt. Sehn Sie sich das mal an, Becker. Wenn
man reist, kommt manchmal Langeweile in der Eisen=
bahn. Kaufst dir das bunte Blatt da, denke ich. Da ist sie.
Zwanzig Pfennige." Zornig fing Lichtermark an zu blät=
tern; jetzt hatte er die Seite, schlug drauf, klatsch: „Nu
bitte, Becker, gucken Sie her –"

„Die Stradivari etwa??"

„Was denn, Stradivari! Sehn Sie doch her, hier, der
Mann. Wie sieht er aus? Ganz ordentlich, was? 'n biß=
chen zu fein. Na ja. Aber doch manierlich, könnte man
denken. Also: der Mann heißt Vielhaber. Merkwürdiger

Name. Aber schließlich, ich heiße ja auch Lichtermark. Soweit ist nichts zu sagen. Beruf? Filmregisseur. Na schön. Die muß es auch geben. Da hilft nichts. Jetzt je=doch hergesehn, Becker!" Der Direktor war immer un=ruhiger geworden, aber Lichtermark zwang ihn mit ge=räuschvoller Herzlichkeit, bei der Sache zu bleiben. „Was hat der Mann Vielhaber in der Hand? Noten! Noten, sage ich, Becker!!"

„Zum Teufel, Lichtermark, mit Ihrem Vielhaber –"

„Aber warten Sie doch, Becker, jetzt kommt's ja erst. Was meinen Sie wohl, was dieser Mensch von sich drucken läßt? Er dreht 'n Film – wie heißt der gleich? Richtig, da steht's: Schüsse ins Herz. Ich bitte Sie, Becker, würden Sie sich ‚Schüsse ins Herz' ansehn? Ich nicht. Sie auch nicht. Überhaupt niemand –"

„Also, Lichtermark, ich erkläre Ihnen hiermit, Ihre Schüsse ins Herz sind mir –"

„Eine Minute noch, Beckerchen!" – Lichtermark begann mit erhobener Stimme die Zwischenrufe des Direktors niederzulesen. „Regisseur Vielhaber stellt in den Mittel=punkt seines neuesten Großfilms die Aufführung eines Quartetts. Um das für die Handlungslinie und die Film=charaktere bestgeeignete Musikstück ausfindig zu ma=chen, hat sich der in vorbildlicher Aufopferung seinem Werk dahingegebene berühmte Regisseur nicht weniger als neunundzwanzig Quartette hintereinander vorspielen lassen und erst beim dreißigsten das Sprachrohr an seinen Mund gehoben und gerufen: Dieses oder kei=nes!"

„So" – jetzt nahm Becker seinem Freunde die Zeitung aus der Hand, zerknüllte sie, warf das Knäuel, während ihm

Lichtermark einen ängstlichen Blick nachsandte, wütend in den Papierkorb und schrie: „Das ist jetzt absolut schnuppe –"

„Ha! Was?! Schnuppe?!" – Lichtermark raffte seine letzten Kräfte zusammen: „Was soll werden aus der deutschen Musik, wenn sogar ein Mann in Ihrer Stellung ‚schnuppe' sagt zu solchem barbarischen Wüten gegen den Geist der deutschen Musik?! Becker!" – er schüttelte seinen Freund am Arm – „Beckerchen! Sollte man nicht sofort eine Eingabe machen? Einen solchen Mann namens Vielhaber nicht augenblicklich den Behörden übergeben?! Und müßte eine solche Zeitung nicht eingestampft werden? Wie kann auch nur eine leise Ehrfurcht vor dem Schaffen unserer großen Meister dämmern und vor der Heiligkeit der deutschen Musik im Volke keimen, wenn –"

„Wenn – jetzt rede ich! Nein, Ruhe jetzt!! Kein Wort mehr, Lichtermark! Wenn, wiederhole ich, wenn die Stradivari in meinem Museum auf rätselhafte Weise verschwindet und nach zwei Tagen ein Telegramm in der Museumsdirektion einläuft: Stradivari im Laufe dieses Tages wieder an ihrem Ort. Und wenn – es tut mir leid, Lichtermark, wenn ich Ihnen als Kranichstedter diesen Schmerz antun muß – wenn dieses Telegramm aus Kranichstedt kommt?!"

Lichtermark war gleich bei den ersten Worten Beckers ans Fenster getreten. Er sah sich die Aussicht an, beugte sich ein wenig mehr nach links, daß er auch den äußersten Bildrand zu Gesicht bekam: „Ach so", begann er und genoß die Aussicht, „von *der* Sache reden Sie, Beckerchen. Ist denn der Andreas noch nicht hier gewesen mit der Stradivari? Er wollte sie doch um diese Stunde bei Ihnen abgeben. Meine Geige spielt er auch. Guter Geiger. Ein wunderbarer Geiger, Becker. Das tut den Instrumenten gut, so mal von einem Meister gespielt zu werden. Aus dem Andreas wird noch ein großer Musikant. Andreas – merken Sie sich den Namen, Becker, und denken Sie später an mich. Eine wahre Seele von Musik lebt und webt in diesem – diesem Geiger." Lichtermark machte jetzt das Fenster auf, um die Aussicht ohne störende Fenstersprossen vor sich zu haben. „Sie haben einen schönen Blick aus Ihrem Arbeitszimmer. Nein, wirklich, ohne Schmeichelei. Der Rathausturm dahinten. Und im Sommer das schöne Baumgrün im Hintergrund. Jetzt ist's ja noch 'n bißchen kahl. Aber dafür labt sich das Auge an dem Rasen da im Vordergrund. Gehören die Teppichbeete eigentlich mit zum Museumsgelände? Reizend, diese Gartenanlagen. Alles was recht ist, die haben Sie sehr geschmackvoll angelegt, Becker."

Der Direktor war nach seinen eigenen Worten zunächst im Zimmer herumgelaufen. Die Worte Lichtermarks über den Geiger Andreas hatten ihn getroffen, als er grade wieder am Schreibtisch vorbeikam. Becker sank in den Sessel ... Becker starrte die umfängliche Rückseite seines Freundes an ...

Lichtermark studierte immer noch die Fernsicht, als er leise seinen Namen hinter sich sagen hörte. Er wandte sich um: „Wie meinten Sie, Becker?"

„Lichtermark, haben Sie – aber ich habe mich wohl verhört – haben Sie eben sowas Ähnliches gesagt wie: Sie kennen den Dieb?"

„Dieb?? Einen Dieb? Becker, ich habe doch keine Bekanntschaft mit Dieben!“

„Sie haben doch eben gesagt –“

„Ich habe –“

„Ist der Mensch, den Sie Andreas nennen, ist das derselbe Andreas, der mir diese Depesche geschickt hat? Ja oder nein! Wenn ja, kann kein Zweifel bestehen, daß dieser Ihr Freund die Stradivari gestohlen hat!“

„Aber Diebe depeschieren doch nicht, Becker!“

„Verdammt, das weiß ich nicht. Ich habe jedenfalls keine Stradivari mehr. Aber eine Depesche dafür, Lichtermark!“

„Die Geige werden Sie ja auch gleich haben – steht in der Depesche!“

„Gleich? . . . Lichtermark, ich kenne Sie als einen Ehrenmann. Zeitlebens haben Sie eine weiße Weste gehabt“ – Lichtermark klopfte bei dieser Anerkennung auf seinen Bauch, den heute zwar nicht eine weiße, sondern eine schwarze und von seiner Gattin mit roten und grünen Pünktchen bestickte Weste schmückte; in der Eile hatte er dieses für den heutigen Zweck etwas zu festliche Kleidungsstück gefaßt – „Und Sie sind ein besonnener, ein verständiger Mann. Lichtermark, begreifen Sie denn die Sache nicht? Ich habe in meiner Eigenschaft als Museumsdirektor eine Stradivari zu hüten. Aus des Meisters bester Zeit. Sechzehnhundertzweiundneunzig! Ohne den leisesten Sprung im Holz. Nicht ausgeschabt. Ein einmaliges Stück. Unter Nummer achthundertdreiundvierzig katalogisiert. Und, Lichtermark, da kommt ein Kerl – kein Mensch weiß wie, wann und womit – und stiehlt diese Geige.“

„Nicht stiehlt, Becker –"
„Stiehlt! sage ich. Und schickt eine Depesche, gleich käme die Geige wieder."
„Daraus sehn Sie doch, daß er die Geige nicht in seinen Besitz bringen wollte –"
„Ja, mein Gott, was wollte er denn sonst?!"
„Geigen. Das ist's ja, Becker. Geigen! Er wollte die Geige bloß geigen."
„Schockschwerenot, Lichtermark, verwalten *Sie* mit solchen perversen Grundsätzen ein Museum!"
„Aber das ist doch alles ganz anders. Jetzt hören Sie mal eine Weile zu."
Lichtermark begann die ganze Geschichte der Reihe nach zu erzählen. Mit den Worten: Ein zu Tode betrübter Geiger verläßt nach dem Unglücksfall das Künstlerzimmer des Gasthofs zum Lamm, fing er an – alle Einzelheiten brachte der Alte ans Licht. Als er von der Stradivarimusik in der Nische sprach und gar von dem Konzert im wilden nächtlichen Wald auf diesem unersetzlich kostbaren Instrument, hatte der entsetzte Becker das deutliche Gefühl, die wenigen Haare auf seinem Haupt ständen auf, elektrisch geladen, stießen sich kribbelnd ab – aber der Professor sprach zu Ende. Er sprach wie ein rührend geschriebenes Buch. Und mehr konnte Lichtermark nicht von seiner Erzählung verlangen, als daß der Direktor endlich nachdenklich den Kopf schüttelte und sagte: „Aber zu entschuldigen ist das doch nicht. Depeschiert hat er erst nach zwei Tagen."
Da legte ihm Lichtermark die Hände auf die Schultern: „Zu entschuldigen? Nein, Becker. Einfach entschuldigen? Niemals, Beckerchen. Aber sehn Sie mal, mit den Künst=

lern ist das doch ein Jammer. Vom Himmel sollen sie uns die Sterne holen, und ihre Steuernummer sollen sie auch im Kopf behalten dabei. Bringen sie nicht, was vor ihrem Schaffen nie dagewesen ist auf Erden, so sind sie Nichtse. Verwischt sich ihnen aber auf ihrem furchtbaren Wege aus Gottes Herz in unser Herz hinein die irdische Verkehrsordnung, so winken die Leute nach dem Schutzmann. Nicht jeder Meister, den sie vor Gericht zitieren deswegen, trifft eine Ildewig unterwegs. Die Ildewig, Beckerchen – ich habe sie heute früh gegen fünf in meinem Arbeitszimmer zum erstenmal in meinem Leben aus der Nähe gesehn, zart und hold und Tautropfen auf dem Blätterkelch – Becker, ich bin ihr Advokat! Und ich frage Sie: die Ur= und Grundtugend eines Mannes, dem ein Kunstgut anvertraut ist – wie heißt die? Die heißt Geduld! Geduld, Becker und abermals Geduld!" Plötzlich mußte der Alte die Windmühlenflügel haben rauschen hören zwischen seinen Worten, er richtete sich auf und schrie: „Ein Kreuz ist es und eine wahre Not! Jetzt schaffen sie, Tag und Nacht, und essen und trinken und schlafen nicht, leben ungesunder als die Schwefelbrenner – und jetzt richten sie Unheil an im Leben oder sie stehn da, dumm, gaffen in die Luft, machen alberne Späße, daß man denkt: wer sind die Tröpfe? Und während man's noch denkt, strömt schon wieder Gottes Odem durch sie hindurch. Oh, Becker, ich weiß schon – den Gehstock müßte man nehmen manchmal und sie zur Raison bringen. Aber sehn Sie, Becker, Sie holen aus mit dem Knüppel – da, wie unsereiner die Augen auf= und zuschlägt, da hat in dem Augenblick der Kerl auf den Zeitungsrand einen Übergang aus a=moll in A=dur geschrieben, daß einem die Tränen über die Backen laufen. Geduld, Becker! Ich weiß nichts besseres. Wenn der Erzbischof Colloredo Geduld gehabt hätte, ein bißchen Geduld nur, und ein Wegsehnkönnen von sich selber, dann würde sich heute Salzburg ohne Hefegeschmack auf der Zunge die Mozart=stadt nennen. Jaja, mein Lieber, die Franzosen sagen: la patience allemande, und die Deutschen haben auch das Weltbuch der Geduld geschrieben! Die Kudrun haben sie gedichtet! Lesen Sie's mal wieder, Beckerchen. Die Augen gehen Ihnen über. Wer mit Kunst zu tun hat: Geduld. Ich weiß: das klingt einfach und ist verdammt schwer. Aber keine Macht der Welt überwindet die Geduld, nicht ein=mal so ein Künstler, aus Erde gemacht wie wir, aber doch nur scheinbar lebend und webend in den viereckigen Schachbrettfeldern der öffentlichen Wohlfahrt, ohne die wir eben leider kein Leben führen können, wenn das Chaos nicht einbrechen soll. Geduld. Laßt die Nerven nicht reißen! Hütet die Substanz, Kinder! Die heilsamen Gewässer sammeln sich auch unsichtbar tief im Dunkel der Erde – wer will prophezeien: Hier bricht die Quelle hervor oder da und heute entspringt sie oder über=morgen? In einer gnadenreichen Stunde quillt der Segen ans Licht, wir brauchen ihn nur aufzufangen und zu be=wahren vorm Verrinnen und Verderben – *wenn* wir den Segen zu erkennen vermögen, Beckerchen. Geduld – das Große und Neue im Geist kommt ja auch nicht mit Don=nerkrachen an auf Erden. Das steht ganz stille in der Masse des Gewöhnlichen und Künstlichen mitten drin, klärlich und selbstverständlich, als hätte 's da immer schon gestanden. Und die nach dem Neuen riefen, haben oft gar nicht gemerkt, daß es längst da war, nur nicht nach ihren Gedanken gewachsen, sondern nach dem Maß der Seele, wie sie derzeiten webte in ihrer eigenen Wahrheit. Geduld, ach ja, 's ist manchmal wirklich schwer. Zu jeder Zeit hat der Mensch die Hand ans Ohr gelegt und gehorcht, ob nicht irgendwo Musik nach seinem Herzen erklänge, und mancher, wenn das Unerwartete ertönte, hat in Kranichstedt und in Leipzig und in den sonstigen Ortschaften zu den Künstlern gesagt: 's ist nischt mit euch, und wer ungeduldig war, setzte hinzu: ihr bringt eben das Beste nicht zutage. Zutage – Schwerenot! Als ob eine Zeit ihre eigne neue Sprache als etwas Besonderes heraushören könnte – bis auf ein paar Leute mit besonderen Ohren wie wir beiden, Beckerchen. *Weil* sie die wahre Sprache ihrer Zeit ist, deshalb eben ist sie ihr natürlich und selbstverständlich! Geduld" – Lichtermark wischte den Schweiß von der Sirne – „'s ist schon gut und segensvoll, wenn's auch eigentlich sehr traurig ist, daß das schöpferhafte Neue nur von wenigen bemerkt im Gedränge zu sich selber kommen muß. Sonst wären ja auch die Weltschöpfungen der Kunst nicht das Weltgericht ihrer Zeit, die Kunst käme nicht aus Gottes Geist, sondern sie wäre gemacht aus Menschenwitz und Intellekt, und wir könnten die Werke backen nach unserem Geschmack – aber die Neunte, Becker! die hat nicht einmal Beethoven selber ändern können, wenn er's gewollt hätte, und seine Missa hat er solange nach dem Termin fertig gehabt, daß sich die verzweifelten Leute eine andre besorgen mußten: bei einem zuverlässigen Komponisten, der sein Wort hält – ach Becker!!"

Wenn Lichtermarks nächster Freund, der alte Pastor Arcularius in Kranichstedt, diese Rede mit angehört hätte,

dem wäre der Mund aufgegangen und offen stehengeblieben, wenn nicht vor Neid, so doch vor Staunen, denn gewöhnlich brummte Lichtermark nur, und jetzt stand er in der Mitte des nüchtern im Klinikenstil gebauten Direktorzimmers wie eine Flamme und predigte nicht wie die Pharisäer und Schriftgelehrten, sondern wie einer, der die siebzigjährige runzlige Hand sorgenvoll über ein Keimblatt hält und den Nordoststurm zur Umkehr in sein ewiges Eis überreden will.
Und die lange Rede gelang. Lichtermark rang seinem Freunde Becker die zwei Stradivaritage ab. „Beckerchen, was sind denn zwei vergeigte Tage!"

Ächzend vor Befriedigung verließ Lichtermark das Museum. Auf der Freitreppe blieb er stehen, sah sich noch einmal um in Nähe und Weite, ob vielleicht grade ein junger Mensch mit einem Geigenkasten gelaufen käme. Dem hätte er jetzt einiges zu sagen. Aber nur Menschen mit Aktenmappen erblickte er, mit Körben, Marktnetzen, Paketen. Ein Geigenträger war nirgends zu sehen. Sorge machte sich Lichtermark nicht deshalb. Wenn er allein mit dem Subjekt zu tun hätte – oh, dann würde Lichtermark vielleicht beten gegangen sein, in eine Kirche nahebei. Aber Lichtermark hatte eine heimliche Verbündete: eine Stradivari ist stark – eine Agnes ist stärker. Ildewig! Und dieser Ildewig mit dem Vornamen Agnes kostete die heillose Geschichte bei Gott noch mehr als einen oder als zwei massiv goldene Pantoffeln! Man müßte ihn doch dreschen, sagte sich Lichtermark. Spähend ging er durch die Grimmaische Straße.

Aber aufhalten konnte er sich hier nicht. Er hatte das Seinige getan. Er hatte jetzt Hunger. Und Durst! Durst vor allem, die Kehle war ihm staubtrocken vom langen Reden.

Geräuschvoll trat er ein in der Gaststätte zum Kaffeebaum, setzte sich breit und behaglich unter das Bild Robert Schumanns. Das war auch so einer, murmelte er und sprach dann laut zu dem herantretenden Kellner: „Zunächst, mein lieber Herr Ober, ein dunkles ganzes Tucher."

Lichtermark biß in ein Kümmelbrötchen. Er griff nach dem Glas voll schäumenden Bieres, liebäugelte erst genüßlich mit dem vollen Becher, setzte ihn dann an und trank ihn aus. Staunend sah der Kellner diesem Trunke zu: „Der Herr hat Durscht gehabt."

„Ahh" – Lichtermark stieß das leere Glas auf den Tisch – „und nun: was haben wir zu essen?"

„Wie wärsch mit 'm schönen Eisbein?"

„Läßt sich hören. Nicht zu fett?"

„Wir suchen 'n bißchen 'n mageres aus."

„Aber auch nicht zu mager?"

„'n Schichtchen nur so rund drumrum, wie sich's gehört."

Lichtermark speiste, trank, speiste, trank. Allmählich wurde er wieder Mensch. Ein Glück, daß der nunmehr wieder zu Kräften gekommene Professor nicht ahnte, daß gar nicht weit vom Kaffeebaum Andreas saß und ebenfalls wieder zu Kräften kam. Im Ratskeller vollzog der Geiger seine Stärkung, dort, wo die Tische weiß gedeckt sind, also eine Preisstufe höher als Lichtermark. Zwar trank Andreas heute keinen Tropfen Wein, aber sein Blick ruhte trunken auf dem Kasten mit der Stradi=vari. Nun konnte – nein: nun durfte er sie erst morgen früh ins Museum bringen. Aber wieviel leichteren Her=zens! Andreas würde sie samt den Besprechungen des heutigen Gewandhauskonzertes zu Direktor Becker brin=gen!

In der vollen inneren Ruhe eines Mannes, der mehr als seine Pflicht getan und eine Stradivari, einen Museums=direktor, zwei junge Menschen und ein Stück lebendige deutsche Musik gerettet hat, saß Lichtermark im Kaffee=baum. Andreas fieberte im Ratskeller. Nach dem letzten Bissen sprang er auf und machte sich auf die Suche nach einem Frackverleihgeschäft. Der Oberkellner hatte ihm die leistungsfähigste Firma am Platze nennen müssen. Der Frackanzug wurde rasch gefunden, Andreas brauchte aber noch mehr Kleidungsstücke.

„Und einen leichten Sommermantel", sagte er zu dem Verleiher.

Auch der Mantel saß.

„Und einen weichen, breitrandigen, grauen Hut."

„Nee, mein Herr. Die Fasson ist heute nicht mehr gängig."

Andreas kaufte sich eine solche Kopfbedeckung in einem etwas abgelegenen Geschäft, wo Hüte solcher Form noch als Ladenhüter auf der obersten Borte zu finden sind. Dieser Mann, der sonst fast nichts besaß, verfügte jetzt über zwei Hüte: der andre hing seit drei Tagen freilich im Künstlerzimmer des Gasthofs zum Lamm in Kranich=stedt.

Mit allem Nötigen, über das ein Solist verfügen muß, wohlversehen, mit Geige, Frack und Mantel, eilte An=

dreas in die Grotte. Er wußte keinen anderen Ort in Leipzig, an dem er ungestört üben konnte.
Herr Schmalfuß war allein anwesend in den zu dieser Stunde völlig leeren Räumen und rechnete. Den unzuverlässigen Grottenmusikanten sah er zunächst schief an, wurde aber freundlicher, als Andreas einen starken Kaffee bestellte, für die Zeit gegen fünf Uhr wieder einen Kaffee vorsah und um sechs Uhr ein leichtes Abendessen: „Etwas Rührei vielleicht, eine Fleischbrühe vorher. Als Nachtisch genügt Obst. Und dazu ein Glas Sekt. Nur ein Glas. Aber von ihrem allerbesten Wein." Anfangs hatte der Grotten-Wirt seinen Musikanten groß angesehen, als aber Andreas seine letzten Worte mit einem leichten Klimpern von Silberstücken in der Hosentasche begleitete, sprach Schmalfuß: „Ach so."
„Ja", sagte der Geiger nachlässig, „ich spiele heute abend im Gewandhaus. Ich darf wohl eine, zwei Stunden im Hinterzimmer ungestört geigen?"
Herr Schmalfuß erhob sich höflich: „Aber mit dem größten Vergnügen. Zugleich erlaube ich mir, meinen aufrichtig ergebensten Glückwunsch auszusprechen."
„Danke", antwortete Andreas. „Ich ziehe mich auch gleich um bei Ihnen. Die Sachen hole ich morgen wieder ab. Jetzt kann ich mich um gar nichts sonst mehr kümmern als um mein Konzert. Um überhaupt nichts. Sie verstehen. Ich schließe die Tür hinter mir zu."
„Verstehe absolut. Nur eine kleine Frage: Wie wär's heute abend – heute nacht, meine ich – mit 'm kleinen Stück Musik in der Grotte? 'n Stück nur, Herr Andreas. Für 'n alten Freund. 's ist der Grotte eine Ehre. Und wir haben Sie doch sozusagen entdeckt hier."

Andreas nickte lächelnd: „Der Wahrheit die Ehre, Herr Schmalfuß, vor dem Leipziger Publikum haben Sie mich jedenfalls zuerst öffentlich auftreten lassen. Aber versprechen kann ich heute nichts. Wir wollen sehen."

Der Grottenwirt saß nach einer Weile wieder über den Rechenbüchern und überlegte, ob eine Bekanntmachung folgenden Inhalts den Geschäftsinteressen seiner Gaststätte nützlich sei: Den verehrlichen Gästen meines Nachtlokales zur Mitteilung, daß der berühmte Geiger Andreas – den werten Besuchern der Grotte seit langem bekannt und von ihnen geschätzt wegen seiner hochkünstlerischen Stimmungsmusik – voraussichtlich heute abend nicht musizieren wird, da selbiger ein Konzert im Gewandhaus gibt.

Schmalfuß horchte auf. Aus dem Nebenzimmer erklang auf der Stradivari ein Satz aus dem Beethovenkonzert – lockt eine solche Mitteilung Grottengäste an? Oder schreckt sie ab?

Angestrengt horchte der Wirt eine Weile auf die Musik. Dann schüttelte er den Kopf: „Lieber nichts dergleichen anschreiben – es schreckt doch ab."

Na, jetzt liegt die Stradivari wieder in ihrem Glaskasten und Beckerchen auf seinem Direktionssofa und hält einen soliden Mittagsschlaf. Zwei Nächte muß er nachholen, der Gute – so dachte Lichtermark und guckte in die Schaufenster. Hier und da blinkte schon das elektrische Licht auf. Die Leute kamen aus den Betrieben, das Gedränge auf den Straßen nahm zu. Der Alte suchte sich bei Felsche hinter der Drehtür im Erdgeschoß eine ruhige

Ecke. Oder ob ich lieber ein Urquell trinke? dachte er, als die Kaffeetasse vor ihm stand. Noch ging der Abendzug nicht, aber das Bild seines friedlichen Heims stieg drohend vor ihm auf. In Unfrieden hatte er seinen Herd verlassen – wie wird ihn die Gattin empfangen? Lichtermark wußte gut: alles verzieh Emma, aber Schweigen nahm sie nicht ruhig hin. Er hörte sie schon im Geiste: ‚Du sagst mir nichts, gar nichts. Alles muß ich von anderen Leuten erfahren. Vor sechsundvierzig Jahren hast du mir Treue angelobt, Fritz! Jetzt hast du Geheimnisse vor mir. Nennst du das Treue...?' Verflucht! Lichtermark blätterte etwas nervös in einer Zeitung... Achtzehntes Gewandhauskonzert, heute Donnerstag ... er las nicht weiter ... – „Ich nehme lieber den letzten Zug und gehe vorher ins Gewandhaus. Wie lange habe ich kein anständiges Konzert mehr gehört. Man wird älter, und ein Konzert wird das letzte sein. Unannehmlichkeiten gibt's so oder so."

Der Professor hatte das Glück der ganz spät Kommenden: die Abendkasse konnte ihm eine zurückgegebene Karte verkaufen. Er saß zwischen einer alten Dame, die sich ruhig verhielt, und einem gutgekleideten Herrn, der offenbar, seinem Aussehen nach, von Musik nichts verstand. Lichtermark hörte Schubertlieder. Der große Kapellmeister begleitete die Sängerin persönlich auf dem Flügel: Wie kann der Mann begleiten und, lieber Gott, wie sang dieses herrliche Mädchen! Lichtermark hörte Mozart. Lichtermark hörte – –

„Was steht hier?!" – seine alte Nachbarin war bis ins Mark erschrocken bei dieser drohenden Frage, rückte ab von dem wilden Mann, der eben noch so gemütvoll ausgesehen hatte. Dieser Gewandhausbesucher bohrte den

Zeigefinger in das löschpapierne Programm beim Drauf=zeigen.
„Konzert für Violine und Orchester D=dur, von Ludwig van –" begann die alte Dame.
„Nein, hier, verdammt!" Lichtermark zeigte auf den Na=men des Solisten. Die Dame rückte noch weiter von ihm ab.
Der Nachbar zur Rechten, der nichts von Musik zu ver=stehen schien, sah den aufgeregten Mann aus der Pro=vinz lächelnd an: „Das hat doch schon immer draufge=standen."
„Aber ich habe es nicht gelesen!"
Der Herr aus der Großstadt zuckte die Achseln. Tiefe Stille trat ein im Saal. Der Kapellmeister nahm den Takt=stock vom Pult. Offenen Mundes starrte Lichtermark auf den Solisten, der da gleich links vom Dirigenten stand, die Geige in der Hand: nicht nur auf dem Programm – da stand Andreas wahr= und leibhaftig! Jetzt neigte der Ka=pellmeister ein wenig den Kopf zu ihm hin, dämpfte das Orchester. Lichtermark biß die Zähne zusammen vor Er=regung, denn dieser Andreas hob die Geige, hob die Stradivari.
Und Andreas hob die Musik – perpetua lux! – aus Zeit und Raum heraus in den Geist, dem der Schöpfer dieser Musik zu seiner Zeit entglitten war für kurze Tage der Erdenqual, um den Trost in unsre Jammerwelt zu stel=len.
Andreas geigte, Lichtermark senkte langsam seinen Kopf.
Nach dem letzten Ton hielt der Saal den Atem an, sekun=denlang, dann brach der Beifall los – jenes Händeklat=schen, vor dessen Tosen das musikalische Herz schon im

voraus zittert und das schließlich immer wieder empfunden wird als eine Rettung vor der Dankbarkeit, die sonst dröhnend das Herzgewände innen zerklopfen würde.
Der alte Lichtermark würde nicht der Musikant gewesen sein, der er war, wenn ihn diese Musik, diese Stradivari, dieses Orchester – und das alles unter den Händen eines solchen Dirigenten lebend und webend – nicht wehrlos hingerissen hätte. Er sprang auf, klatschte: „Andreas!" rief er – da fiel ihm unterm lautesten Klatschen der arme Becker ein: holte denn keiner das heillose Subjekt da herunter vom Podium? – aber die Solopartie! – „Bravo, bravo, Andreas!" Links und rechts vom Podium standen Lorbeerbäume. Irgend jemand knickte einen Zweig, warf ihn hinauf. Lächelnd fing ihn Andreas auf. Der Geheimrat gab dem Solisten in seiner gemessenen Art vom Dirigentenpult herunter die Hand – Stille trat ein. Andreas gab ein Stück zu. Lichtermark war stehngeblieben, lauschte mit vorgehaltenem Kopf ... er schloß die Augen. Er suchte den Mond im Dunkeln, der doch jetzt aufziehn mußte über dem Ratsmarkt: Lichtermark kannte das Lied. ‚Dich' hieß es und gehörte der Ildewig, die heute in grauer Morgenfrühe bei ihm gewesen war, mit erglühendem Angesicht vor ihm gestanden hatte und gesagt: Steh auf, Alter, schnüre dein Bündel und hilf ...

„O Becker, Beckerchen, du armer alter Becker!" Lichtermark drängelte dem Ausgang zu. Dieser alte Herr, sonst die Zuvorkommenheit in Person, drückte die Gewandhausbesucher beiseite wie ein Barbar, geriet in schwere Auseinandersetzungen mit einer Garderobefrau, nahm am Portal einem anderen die Droschke vor der Nase weg und rollte nach Connewitz hinaus, wo Becker wohnte. Aber völlig wider Erwarten fand er keinen zusammengebrochenen, stumpf vor sich hinstierenden Museumsdirektor vor, der nicht nur bestohlen, sondern auch noch von seinem alten Freund Lichtermark schmählich belogen und betrogen war, sondern einen Mann, der Rotwein trank und ruhig vor sich hinrauchte.

„Die Stradivari –" polterte Lichtermark ins Zimmer.

„Kommt", sprach Becker und wandte sich zum Dienstmädchen. „Noch ein Glas, und stellen Sie die andre Flasche an den Ofen."

„Sie kommt?!"

„Nehmen Sie Platz, lieber Lichtermark." Becker hob das Glas: „Auf das Wohl unseres verehrten Gewandhausdirigenten.

„Sehr gut", sprach Lichtermark und ließ offen, ob er den Wein oder den Geheimrat meinte.

Becker begann zu erzählen: „Ich sitze also in meinem Zimmer und warte. Eine Stunde, zwei, drei ... Ich lasse mir aus einer Destille nahebei einen Bissen zu essen holen. Ich warte. Die Stunde des Museumsschlusses kommt. Schließlich muß auch geschlossen werden. Sein Sie froh, daß Sie nicht gehört haben, was ich über Sie gesagt habe, Lichtermark – ich warte also. Zu Kriminalrat Klitz will ich nicht schicken vorläufig – nur wegen Ihnen nicht, Lichtermark! Denn Sie wären nun natürlich zuerst polizeilich vernommen worden. Nur gut, daß Schurch zu meinem Troste im Museum blieb. Der konnte für mich nach der Apotheke laufen und 'n Mittel holen: Sie können sich ja wohl denken, wie es um mich stand. Da ruft das Gewandhaus an. In der Konzertpause. Der Geheim=rat selber am Fernsprecher. Andreas habe ihm eben in der Pause alles erzählt. Ich solle nur ruhig sein. Der Kerl, dieser Mensch, dieser – na, ich will nichts sagen, dieser Andreas also speise bei ihm nach dem Konzert. Der Ge=heimrat werde mir die Stradivari heute noch durch seinen Diener zustellen lassen. Die ganze Sache drehe sich ja um einen Geiger von Rang und sei zwar ungewöhnlich und bedauerlich, aber –"

„Haha, Beckerchen, habe ich Ihnen das nicht auch ge=sagt?"

„Gesagt schon, Lichtermark, aber meine Stradivari haben Sie mir nicht wieder beigebracht. Die Aufregungen der drei Tage kosten mich drei Lebensjahre."

„Ih, Beckerchen, Sie machen eine Badereise. Radiumquel=len wirken Wunder."

Langsam und stetig rückte der Uhrzeiger vor. Elf Uhr. Halb zwölf. Dreiviertel zwölf . . .

„Was sagen Sie dazu, Lichtermark?"

„Je, Becker . . ."

„So sind die Künstler! Gewiß, es geht nicht ohne sie. Von alleine klingt auch eine Stradivari nicht. Aber ist das zu glauben? Nun schickt auch der Geheimrat nicht!"

„Der war auch ein Geiger in seiner Jugend, Becker. Wahr=scheinlich wirkt so eine Stradivari ansteckend auf ihres=gleichen. Der Geheimrat braucht vielleicht auch erst eine Weile, um den Anblick zu überwinden."

„Gott sei Dank, daß Sie hier bei mir sind – Lichter=mark?"

„Ja, Beckerchen?"

„Wir haben soviel zusammen durchgemacht heute – wol=

len wir nicht Brüderschaft trinken zum Andenken an den schweren Tag?"
„Haha, Bruder Becker!" Sie griffen zu den Gläsern. Die Gläser klangen, aber der Klang läutete weiter, immer weiter – die Standuhr schlug langsam und gemächlich zwölf.
„Jetzt beginnt die Geisterstunde, Lichtermark."
„Mir ist es zumute, Becker, als ob es schon seit zwanzig Stunden spukte ..."

Der Wagen des Dirigenten hatte wie immer am hinteren Eingang des Gewandhauses gehalten. In seinen Pelz gehüllt, war der vom Konzert erhitzte und empfindliche Kapellmeister rasch eingestiegen. Wegen einer Straßensperrung mußte der Kutscher durch die Schwägrichen-, die Beethovenstraße und über den Rathausring einen Umweg fahren.
„Die Stradivari aus dem Museum", murmelte der Dirigent kopfschüttelnd. Schweigend lagen die vornehmen Straßen im Laternenschein. Der tief in seinen Pelz gewickelte Mann sah nicht die unzähligen Fenster, die vorüberglitten. Das Land seiner Jugend schien er zu sehen – maßlos weite Ebenen, Ziehbrunnen hier und dort. Gras, braunes Gras und den weißblau wolkenlosen Himmel darüber. Ein Geigenton wehte durch die menschenleere ungeheure Weite. „Ja ja, mein lieber Andreas", sagte der große Musikant leise vor sich hin in dem rumpelnden Wagen, „hier ist die Welt voller Menschen, und die Musik kann nur zwischen ihnen hindurch in ihre blaue Glocke da oben zurückklingen." –

In seinem Musikzimmer fand er die Tischrunde bereits versammelt. Er begrüßte die Sängerin der Schubertlieder. Hinreißend konnte diese Frau singen, und jetzt lehnte sie am Flügel, dick und fröhlich, und aß Pralinés, weil die Tafelei immer noch nicht losging. Wer sie nicht kannte, hätte ihr nicht zugetraut, daß sie und vielleicht nur sie zu dieser Zeit den Genius Schubert zu beschwören vermochte. Eine Schauspielerin, blutjung und schön, fragte einen Bildhauer, der etwas unbeholfen den Türrahmen festhielt, ob er grundsätzlich häßliche Frauenzimmer modelliere oder den Unterschied noch nicht merke. Ein Geiger aus dem Orchester ließ sich in einer Ecke des Zimmers die Krawatte zurechtrücken von seiner Frau. Keinen Zwang tat sich ein Maler an: „Ännchen, gefällt Ihnen mein neues Bild" rief er.

„O weh", antwortete eine Dame und zog den schwarzen Spitzenschal schützend um den Hals, „warum haben Sie Unglücklicher in die herrliche Landschaft plötzlich zwei kleine schwebende Engel oben in den Baum gemalt? Ich bin furchtbar erschrocken, als ich sie entdeckte."

„Der Baum stand so allein in der Welt, Ännchen."

Sie lachte: „Der Baum hat Angst, und Baum wird männlich dekliniert?"

„Der Engel auch."

„Den hat ein unwissender Mönch vor langen Zeiten falsch deklariert, mein Lieber!"

Die Geheimrätin bat zu Tisch: „Länger warten wir nicht auf den Andreas."

Befriedigt nickte die Sängerin: „Wir heben ihm einen Teller Suppe auf."

„Die Suppe", sprach der Geheimrat nachdenklich beim

Entfalten seiner Serviette, „hat er sich schon selber eingebrockt."
„Jetzt kommt eine Geschichte." Ännchen blickte den Kapellmeister aus ihren gescheiten Frauenaugen an.
Aber der Geheimrat schüttelte den Kopf: „Leider nicht, die besten Geschichten lassen sich nicht erzählen, Freunde."
„Was?!" rief die Sängerin, „so jung wie Andreas und schon Geschichten, die sich nicht erzählen lassen?"
„Nicht so", beschwichtigte der Meister die Neugierde, ließ den kleinen tragbaren Ofen näher an seinen Stuhl rücken und eine leichte Decke auf seine Schultern legen.
„Also so vielleicht", begann der Maler. „Mein Freund, ein Bibliothekar, liebt ein Mädchen. Wie sie zu ihm steht, läßt sich nicht sagen: beide schüchtern. Monat um Monat vergeht. Eines Tages steht sie auf der Bücherleiter –"
„Es sitzen Jugendliche an diesem Tisch", bemerkte der Geheimrat mit einem Blick auf die kleine Schauspielerin.
„Jugendliche?" rief die Schauspielerin beleidigt.
„Er meint mich", sprach die dicke Sängerin, „fahren Sie fort".
„– auf dem Büchertritt also. Der Tritt wankt. Sie hält sich am Regal fest. Das Regal wankt. Er und sie wanken auch. Ein Krach, und eine Sturzflut von Büchern geht nieder über die beiden. Weithin bedeckt ein Bücherpolster die Dielen – bei Gott das Bett eines Bibliotheksrates. Nächste Woche taufen sie übrigens das dritte Kind."
„Was waren denn das für Bücher?" fragte die Hausfrau.
„Broschüren, Gnädigste."
„Wovon sie handelten, will ich wissen!"

Ännchen kam dem Maler zuvor: „Von falsch deklarierten Engeln!"
Lange saßen die Freunde um diesen Tisch. Menschen saßen beisammen, die alle Kunst schufen, darum nicht redeten über sie: Vom Wetter sprachen sie, von Engeln und Teufeln, Menschen und Unmenschen. Mitternacht war schon vorbei, als das Mädchen dem Geheimrat ins Ohr flüsterte: „Direktor Becker ist am Fernsprecher."
Verwundert sah die Geheimrätin ihren Gatten aufstehen und ins Nebenzimmer gehen – ihn, der im Leben keinen Hörer in die Hand nahm, weil seine Gehörnerven das Knacken im Apparat nicht vertrugen! Das Gespräch nebenan schien beendet. Der Geheimrat kam nicht wieder. Die Hausfrau erhob sich schließlich auch und ging hinaus. Auf der Diele stand ihr Gatte in Pelz und Hut und sie vernahm fassungslos die Mitteilung, er werde jetzt in die Grotte fahren.
„Unmöglich!"
Nichts vermochte ihn abzuhalten. Ihr blieb nur übrig, Hut und Mantel zu suchen, ihre Gäste sitzenzulassen und mitzufahren. „Um Unglück zu verhüten. Aber wen in aller Welt suchst du denn dort?"
„Den Andreas."
„Wer sagt denn, daß das Ungeheuer in die Grotte geraten ist?"
„Becker. Er fragte, ob Andreas bei mir wäre mit seiner Geige. Nein, sagte ich. Aber Gott sei Dank hat Becker Besuch. Einen Professor Lichtermark. Und dem sei eingefallen, daß der Geiger nun nur in der Grotte sein könne, wenn er noch am Leben wäre. Sie haben dort angerufen – ja, er ist da."

„Aber mein Gott, ich verstehe kein Wort! Was geht dich das alles an?"
„Man hat vielerlei Mühe mit der Musik."
„Ja aber –"
Der Geheimrat brannte eine Zigarette an: „Ja aber", sagte er, „ja aber ..."

Andreas hatte nach dem Konzert nicht zwischen Menschen gedrängelt wie Lichtermark. Die Seele voll Musik, war er, den Lorbeerzweig in der Hand und den Kasten mit der Stradivari unter dem Arm, aus dem Konzerthaus gegangen, in eine Droschke gestiegen –
„Wohin?"
„Grotte", hatte er mechanisch gesagt und innen drin in dem rollenden Gehäuse weitergeredet: „Agnes, nun sage noch einmal: ja. Ja? Ja!!"
„Was is los?" fragte der Kutscher durchs Glas und zügelte sein Pferd.
„Eine Hochzeit!"
„Na denn alles Gute, hü!"
Der Wunsch des Kutschers war wohl angebracht, denn als Andreas die Grotte betrat, um sich umzuziehen, lag zu seinem Schrecken plötzlich ein Mädchen in seinen Armen: „Andreas!" rief Hasel. „Und die Geige hast du auch noch!"
Der Geiger fuhr mit der Hand langsam über die Stirne: „Du bist's, Hasel ..."
„Spielst du heute Geige?"
„Das Abschiedslied", sagte er schwermütig, „schließ die Hinterstube auf! Hole Wein!"

„Willst du immer noch fort?“ Sie hielt ihn fest.
„Ich bin schon fort, Hasel.“
„Wo bist du denn, Andreas?“
„Wo der Mensch wenig und das Werk alles ist. Hole Wein. Ich muß bald fort.“ Als er an dem alten Klavier vorbeikam, lächelte er, streichelte das glatte Holz.
Hasel sah Andreas ratlos von der Seite an. Sie schloß die Hinterstube auf, entzündete die Kerze, aber Wein holte sie nicht. „Sag doch“, begann sie.
Andreas griff in die Tasche, warf zerknittertes Papiergeld auf den Tisch: „Starken Wein, Hasel, teuren Wein. Wir müssen uns eine gute Reise wünschen.“
Erschrocken sah sie das viele Geld: „Wo hast du das hergenommen?“
„Wein, Mädchen!“
Sie lief hinaus. Andreas zog den dicken Frackrock aus und warf ihn quer über den Tisch, riß den engenden Kragen ab, das Hemd auf: „Luft . . .“
Hasel kam mit dem Wein, sah, wie Andreas seine Musikerohren zuhielt aus Angst vor dem Korkenknall. Vorsichtig öffnete sie die Flasche, der Geist zischte hoch, trieb spielend den hellen Wein in den Gläsern zu Schaum: „Wo ist der gewachsen, Hasel?“
„Reims, steht auf der Flasche.“
„Ein frommer Ort. Da ragt ein alter Albdruck aus Stein zwischen den Weinbergen hoch. Und durch die Domwände sollen Bilder von innen her durchgewachsen sein. Wie der Geist durch unsern Wein da treibt.“ Er schenkte sein Glas von neuem voll, der Schaum quoll über, floß über den Lorbeerzweig, den Andreas auf den Tisch gelegt hatte.

„Was ist das für ein Zweig, Andreas?"
„Lorbeer, Hasel. Wen sie nicht hängen in Kranichstedt, dem setzen sie das als Mütze auf."
„Einen Zweig?"
„Du mußt ihn rund biegen."
Hasel bog die Enden zusammen, band sie mit einem Drahtende vom Weinkorken: „So?" Sie drückte den Lorbeer lachend in Andreas' Haar, aber schrie jählings auf, als sie ihn da stehn sah mit den Blättern um die Schläfen: „Andreas! Dein Traum!!"
Der Geiger schloß die Augen: „Da hast du's, Hasel. Ich kann nichts dafür" – er nahm ihre Hände – „es tut mir leid. Herr Schmalfuß wollte mich schon zu Feuerholz spalten in der Grotte. Aber du siehst – der verdurstete Baum treibt wieder."
Sie riß ihm den Blätterzweig ab.
„Zu spät, Hasel. Leb wohl!"
„Du bist nicht anders als die andern auch!"
„Bis zu dieser Stunde haben die Leute zu mir gesagt, ich sollte mich schämen, daß ich nicht wäre wie sie."
Hasel zerpflückte den Lorbeerzweig, streute das Kraut in den Wein. „Der wird bitter davon. Wollen wir uns den Wein verderben damit? Geigen muß ich doch, Hasel."
„Du bist verhext von dem Ding."
„Es ist nur stärker als ich."
Hasel griff nach dem offenen Geigenkasten: „Ich schmeiße das Holz in den Ofen, und du bist 's los!"
So hatte sie den Mann noch nicht gesehen er warf sich über den Geigenkasten, packte sie an der Brust, Kleiderstoff riß. Hasel schrie auf. Aber gleich fühlte sie, wie seine Faust losließ, eine Schwäche des Entsetzens ihn ankam.

Die Augen standen ihm schwarz und unwirklich weit offen.
Er muß verhext sein, dachte sie, strich ihm über die Wangen, die Augen.
Andreas kam wieder zu sich, lehnte blaß am Tisch, lächelte sie an . . .
Er ist anders als wir, dachte Hasel und sagte traurig: „So hängst du an dem Ding?"
Andreas fühlte das Mitleid, zog sie an sich:„ Du kannst das nicht verstehen, Hasel." Er küßte sie.
„Zu dienen", sprach Herr Schmalfuß und öffnete die Tür zur Hinterstube mit einer Verbeugung der tiefsten Ehrerbietung: der Geheimrat trat ein, seine Gattin, Becker und Lichtermark folgten ihnen. Aus den hellerleuchteten vorderen Haupträumen kommend, sahen die neuen Grottengäste im schwachen Kerzenschimmer der Hinterstube zunächst nur einen Mann ohne Rock und Kragen, der ein Mädchen küßte.
„Wir sind falsch hier" – die Geheimrätin wollte zurücktreten. Aber Becker hatte schon die Geige erblickt: „Da ist sie!!" schrie er.
Lichtermark dagegen hatte in Anwandlung einer Ohnmacht nur das Mädchen erblickt, das Andreas küßte: „Das ist sie nicht!!" schrie er.
„Mein Freund" – der große Dirigent hob in gemessener Dirigentenhaltung die Hand. Ruhe trat ein. Er stand allein in der Mitte des Zimmers. „Wir konnten nicht länger warten mit dem Abendessen", fuhr er fort.
„Ich wollte nur", Andreas stockte, „mich umziehn", sprach er seinen Satz entschlossen zu Ende.
Der Geheimrat nickte, machte eine kleine Geste, sich nicht

stören lassen zu wollen: „Allen Erfolg. Wir kommen wegen des Umzugs der Stradivari. Die muß nun endlich in ihr Quartier."

Becker stand wie einer der Heiligen Drei Könige an der Krippe. Andächtig hob er die Geige aus dem Sammet, tat einen ungeheuren Seufzer, drückte sie sanft an seine Brust und schlug die Augen auf zum Himmel. Nicht eines Wortes war er fähig. Hasel beugte sich neugierig vor und sah dem alten Herrn ins Gesicht: Ich glaube, dem kommen die Tränen, dachte sie erschrocken. Verrückt sind sie alle miteinander. Ob Geigenmänner überhaupt nicht so bei Verstande sind wie unsereins? Wie einen Fremden sah sie Andreas unter Fremden stehen.

Indessen ruhte der Geheimrätin Blick auf Andreas: was bedeutet dies alles? Genau so töricht hatte dieser Andreas heute in aller Morgenfrühe bei ihr auf der Diele gestanden und den Kapellmeister des Gewandhauses aus dem Bett holen wollen – wegen eines Mädchens? Oder wegen einer Geige? Ach, sie hatte viel erlebt: wohl wegen beidem . . .

Lichtermark aber hatte sich um die Geige überhaupt nicht bekümmert. Er sah dem Andreas drohend ins Gesicht und begann: „Was aber die Hauptsache ist – die heilige Ildewig –"

„Da haben wir's", sagte sich Hasel, „das sind Verrückte". Leise wich sie zurück nach der Tür, tastete nach der Klinke –

„Die Ildewig", fuhr Lichtermark fort, „Andreas – was soll ich der bestellen, wenn ich ankomme in Kranichstedt?"

„Alles, was mir nicht angehört, sei wieder an seinem

Ort, richten Sie aus, bitte", antwortete Andreas leise. „Leb wohl, Hasel!" Er sah sich um nach ihr. Aber Hasel war nicht mehr im Zimmer.

.

Schmalfuß deckte eilfertig einen Tisch im Hauptraum, schmückte ihn mit einem Blumenstrauß, stellte Sektgläser auf. Er trug den Weinkühler heran, legte das ledergebundene Preisverzeichnis handlich: „Ist denn die Besprechung da drin bald beendet?" fragte er Hasel und zeigte mit dem Daumen über die Schulter nach der Hinterstube.

Hasel nestelte an ihrer Bluse, versuchte den Riß in der Seide, an dem des Andreas Faustgriff schuldtrug, mit einer Falte zu verdecken. Sie zuckte nur stumm die Schultern.

Der Wirt sah auf: „Haben die Herrschaften schon bestellt?"

„Bestellt? Die? Die verzehren nichts bei Ihnen, Herr Schmalfuß. Die leben von der Luft."

Ärgerlich wies Schmalfuß die Angestellte auf ihre Pflicht hin: „Fragen Sie gefälligst, was man wünscht. Und schlagen Sie die Getränkekarte so auf, wie sich's gehört: daß der Blick auf die Seite fällt, wo die Markensekte stehn!"

„*Die* Leute müssen Sie selber bedienen. Ich weiß nur mit Männern umzugehn. Nicht mit Verrückten."

„Mit . . . was tun die denn in der Hinterstube?"

„Als ich rausging, hat der eine gebetet und der andre eine katholische Heilige angerufen –"

Solche Gäste hatte Schmalfuß noch nicht bewirtet. „Lieber Gott", sagte der Herr der Grotte erschrocken und legte das ledergebundene Preisverzeichnis wieder an seinen Ort auf der Anrichte.

Mit Hilfe einer Sicherheitsnadel hatte Hasel den Schaden an ihrem Kleid notdürftig gebessert. Sie setzte sich auf die Wandbank und sah vor sich hin: „Daß der Andreas zu so einer Klerisei gehört, hätte ich nicht gedacht."

Schmalfuß aber zeigte auf den Riß in der Bluse: „Nun, vom Beten kommen solche Risse aber insgemein nicht."

Hasel seufzte tief auf: „Das ist's doch. Er *kann* ganz vernünftig sein. Wie ein richtiger Mann. Wenn er auch manchmal so eine Art von Frömmigkeitsanfällen gehabt hat. Richtig durchgebrochen ist das bei ihm erst heute. Die andern haben ihn angesteckt. Lauter Verrückte."

Fast sah es aus, als ob sie ein Tränchen wischte ... „Hm hm", sagte Schmalfuß, „schade um so einen talentvollen Klavierspieler. Aber geheuer war mir die Sache schon heute nachmittag nicht. Er hat Geige gespielt in der Hinterstube –"

„Geige?!"

Schmalfuß nickte: „Da habe ich's gemerkt – ein Gefühl fürs Schöne wie unsereiner hat der nicht. Am Klavier, ja! Das war Stimmung, das war Musik! Die Geigerei aber –"

„Hätte ich die Geige nur in den Ofen geworfen. Dann hätt' ich ihn selber behalten."

„Schade", sagte Schmalfuß.

Professor Lichtermark begleitete den Direktor nach Hause. Die Nacht war warm. Sie gingen zu Fuß durch die nächtlich leeren Straßen.

„Hältst du den Geigenkasten auch richtig fest, Becker?"
„Ganz fest, Lichtermark. Ich habe ihn unterm linken Arm, und mit der rechten Hand halte ich den Griff."
„Gut gut, Becker. Daß sie nur nicht hinfällt! Wenn wir mal abwechseln wollen –"
„Danke, Lichtermark. 's geht noch. Aber wenn ich mir überlege, was der Geige hätte zustoßen können – ich verliere jetzt noch den Verstand. Denke doch bloß: in einer Nische und Tanzmusik."
„Nicht nur Tanz. Er hat ja auch ein Lied gegeigt an dem Abend."
Becker hatte den Einwand gar nicht vernommen. Seine Gedanken folgten dem Leidensweg der Stradivari: „Und dann nachts, auf freiem Felde –"
„Im Walde, Becker", sagte Lichtermark begütigend, „oder wenigstens an einem Waldrand".
„Und dann Hochzeitsmusik auf dem Dorfe – du allmächtiger Gott! Auf einer Stradivari!"
„Nein nein, Becker. So mußt du das nicht sagen. In einer Kirche hat das Konzert stattgefunden. Zur Orgel."
„Wenn ich einmal im Sterben liege, Lichtermark, und mir fällt plötzlich ein, was dann noch geschehen ist – verlaß dich drauf: ich stehe wieder auf und wandle vor Angst! In einer Gasse, einer elenden Gasse ohne Laternen! Hinter einer Kneipe, die du selber Scherbelschänke genannt hast!" – Becker blieb stehen und schöpfte Luft – „Die Stradivari, ganz nahe unter drehenden Windmühlenflügeln! Und – das hast du mir doch auch erzählt, Lichtermark – und an dem Abend auch noch, als grade ein Aufstand ausgebrochen war in Kranichstedt!"
„Becker, hier muß ich dir recht geben. Was in der dunklen

Gasse unter der Windmühle geschehen ist – daß der liebe Gott da nicht vom Himmel herabgefahren ist und diesen Kerl –"

„–auf den Flügeln der Morgenröte abgeführt hat, vertilgt –"

„–nein, Becker, jetzt hast du nun wieder Unrecht. Morgenröte war zu spät. Mit der Morgenröte wäre auch der liebe Gott nicht mehr zur rechten Zeit gekommen. Zur Zeit der Morgenröte war das arme Kind schon bei mir. Nun hieß es nicht mehr vertilgen, nun hieß es nur noch leben bleiben." Jetzt hielt Lichtermark den Schritt an und mußte Luft schöpfen. Nachdenklich sah er hinüber zu dem schweren Baumkissen, das den alten Johannisfriedhof zudeckte. „Frauen", begann er und merkte nicht, daß Becker immer verwunderter dieser Rede zuhörte, „die Frauen ... unsereiner nicht, aber eine Frau, die sich zwischen einen armen Mann und seinen Tod stellt, die kann's, die vermag's zum Leben zu wenden, wenn die Fingergelenke schon knacken an der Knochenhand, die zugreifen will. Jaja, wenn sich eine Frau zwischen einen Mann und seinen Tod stellt mit allem was sie weset, ist und wird ... vor allem: wird ... und wenn ich mir nun so die Agnes vorstelle, wie sie mich angesehn hat heute früh in der Morgenröte und wie sie, hm hm hm – wie sie mir dann auch noch ‚Ja' ins Gesicht hineinsagte, nicht ohne einen Trotz und Trumpf – haha, Becker, daß die Geige da unter deinem Arm eine Stradivari ist und geklungen hat unter den Windmühlenflügeln gestern nacht, das kannst du ruhig behaupten. Auch, daß die Stradivari gewiß nicht von selber gesagt hat: Andreas, ich will klingen. Diese Musik hat der heillose Kerl, der Andreas, ganz alleine auf seinem Gewissen. Wer aber will sagen, ob die Agnes nicht recht wohl gewußt hat, was sie tat? Und daß der Andreas zwar ein großer Geiger, aber dabei auch ein dummer Stoffel war? Der auch keine Ahnung hat von dem Weg, den eine Ildewig zum Leben lenkt?"

Becker war auch stehengeblieben: „Sage mal, Lichtermark, wovon sprichst du denn?"

„Ich? Je, Beckerchen, wovon soll einer reden in so einer Sorgennacht? Von der Geige."

„Das klang aber gar nicht so. Du redst und redst und hast gut reden! Du bist eben niemals in deinem Leben ein Museumsdirektor gewesen, dem jemand das Hauptstück seiner Sammlung gestohlen hat –"

„– Becker, frage den Geheimrat, wenn du mir nicht glaubst: das Wort ‚stehlen' ist ein unpassendes Wort."

„Zum Teufel, die Geige war doch jedenfalls weg! Wenn du verstehen könntest, wie's dem verantwortlichen Pfleger einer Stradivari zumute ist, wenn er diese Geige über Land geigen hört, auf Märkten, Dorfhochzeiten, in Volksaufständen –"

„– aber unter der Windmühle, Becker, da war nicht Aufstand, da war ein Frieden, um den wir beide den Geiger nur beneiden können."

„Ich weiß nicht, Lichtermark, aber solche abschweifenden Reden hast du früher nicht an dir gehabt – der Antonius Stradivarius hätte sich im Grabe 'rumgedreht."

„Du, ich glaube, der hätte bloß gelächelt."

„Wenn er eins seiner kostbarsten, vollendetsten Instrumente auf dem Jahrmarkt gehört hätte?!"

„Unter den Leuten, wie sie kommen und gehen, hätte er sie gehört, Becker. Im Leben draußen, meinte ich, Becker=

chen. Glaskasten und Museum und auch Konzertsaal, Frack, Abendkleider samt Lorbeerzweig und Presse in Ehren – wenn ich Stradivarius wäre, dächte ich vielleicht nach zweihundert Jahren auch gelegentlich drei Tage lang: zum Kuckuck, Kinder – warum nicht einmal im Leben selber?"
„Lichtermark", sprach Becker seufzend, „du hast dich sehr verändert, seit wir uns das letztemal gesehen haben. Das klang ja beinahe, als wenn du sagen wolltest: die Stradivari hätte sich selber hinausgestohlen aus meinem Museum!"

Noch mancherlei sprachen die beiden alten Freunde in dieser Nacht. Der Weg zu Beckers Wohnung war weit, und Becker lernte an Lichtermark verschiedene ihm bisher verborgene Seiten kennen. Aber auch Lichtermark selber wunderte sich zuweilen über seine neuerworbenen Ansichten: „Ach ja, man arbeitet an sich, richtet sich, man verbessert, vertieft oder erhöht sich, wo immer Änderungswürdiges sichtbar wird, und eines Tages steht man da und muß zu sich sagen: Lichtermark, alter Bursche, gib acht bei deiner Bastelei, daß du nicht plötzlich sterben mußt, ohne dich selber erlebt zu haben. Dann hält man eine Weile inne und – auch dies will verrichtet werden zu der Götter Zufriedenheit – und läßt sich werden."
„Gott sei Dank, hier wohne ich", sprach Becker nach diesen Worten seines Freundes, zeigte auf eine Haustür und fügte hinzu: „Du kennst das Haus ja, Lieber. Mir ist so, als wenn du im Laufe dieses Tages schon einmal hier gewesen wärest."

Eine Turmuhr schlug die vierte Morgenstunde. Der Professor zählte die Schläge und nickte: „Gestern um diese Zeit hat es an meiner Haustür geklingelt. Da ging's los. Da kam sie."
„Die Stradivari?"
„Die heilige Ildewig."
„Lichtermark, ich glaube, du redest schon im Schlafe."
„Ich glaube 's auch. Vierundzwanzig Stunden bin ich nun auf den Beinen. Becker, ich falle nun um, wenn du mich nicht hältst."
„Ja – da haben wir ganz vergessen: in welchem Hotel wohnst du denn?"
„Verdammt, an Hotel habe ich noch gar nicht gedacht in der Aufregung. Meine Mappe muß noch oben bei dir auf dem Stuhl am Schreibtisch liegen."
So ergab sich, daß Lichtermark auf Beckers Sofa schlief und Frau Becker, etwa um die Mittagsstunde, dem unerwarteten Gast den Frühstückskaffee vorsetzen mußte – eben in der feierlichen Stunde, zu welcher sich das Personal des Museums im Saal der Streichinstrumente versammelte und Becker die Stradivari zurücklegte an ihren Ort.
Als der schwere Glaskasten mit seinen dicken spiegelnden Kristallscheiben wieder über der Geige stand, meinte Kustos Lindemann: „Wir werden ein Sicherheitsschloß in den Rahmen einbauen lassen."
„Noch besser ist, wir setzen nachts einen Hund davor", antwortete Becker. „Während der Besuchsstunden kann niemand mit dem großen Glaskasten hantieren, ohne aufzufallen. Und während der Nachtstunden bedeutet ein kleines Schloß wenig im leeren Hause."
Wenn Schurch von dieser Zeit an abends seinen Uniform=

rock auszog, legte er den Wachhund von der Kette los. Dieses bissige und bösartige Tier leistete mehr für das Museum als alle Sicherheitsschlösser. Zunächst freilich konnte keiner sagen, ob der Hund aus Wachsamkeit bellte oder aus Furcht in diesen endlosen dunklen Räumen. Entsetzlich schallte das Heulen des Wolftieres durch das Betongemäuer. Die Saiten der Klavierharfen bebten leise mit, zart erzitterten klingend die Triangelstäbe, und aus der alten Glasharmonika hauchte ein geisterhafter Laut, der das Hundevieh zum Rasen brachte. Ob auch die Saiten der Stradivari zu Klange kamen, läßt sich nicht mit Gewißheit sagen. Wahrscheinlich haben die wilden irdischen Lautwellen die Geige so wenig zu erreichen vermocht in ihrem Kristall, wie der duftende Sonnenglanz das kleine tote Herz des geflügelten Lebewesens im Bernstein erreicht. Gewiß jedoch ist, daß der böse Hund die unermeßlich kostbare Geige gut bewachte. Kein Dieb wagte sich in ihre Nähe, und Andreas hat sie später, als sein Name die Grenzen des Reiches überschritt und sein Geigen Weltmacht geworden war, noch manches Mal gespielt. Dieser Gipfel seiner Kunst lag zur Zeit der hier gemeldeten Geschehnisse noch eine gute Reihe von Kehren und Haarnadelkurven über ihm – nicht jedoch verhüllt von Gewitterwolken und Hagelsturm. Der weiße Schleier in der oberen Luftschicht bewegte sich zuweilen schon, wehte und ließ auch Fremde ahnen, was jetzt nur Freunde wußten.

Lichtermark konnte, nachdem er mittags bei Frau Becker gefrühstückt und nachmittags im Kaffeebaum Mittag ge=

gessen hatte, mit so viel Zeitungsberichten über des Andreas Gewandhauskonzert zurückreisen, daß ihn die vollgepfropften Rocktaschen am Eintritt in das Abteil dritter Klasse hinderten. Diese ausgezeichnete Presse kam auch dem Professor selbst zustatten. Er hatte nun kein Geheimnis mehr zu hüten vor seiner Gattin oder konnte doch seine Erlebnisse derart schildern, daß Emma in der Angelegenheit nichts Geheimnisvolles mehr bemerkte: „Haha, wir haben eine Geige aus der Taufe gehoben! Und wenn ich etwas mehr Geld zu mir gesteckt hätte, wäre ich erst morgen zurückgekommen."

„Es ist besser so, Fritz", sagte Emma versöhnt, weil sie ihrer Meinung nach nun alles wußte, „willst du jetzt essen? Ich habe etwas aufgehoben von Mittag."

„Später, Emma. Erst die Geschäfte."

Er eilte aus dem Hause, und wer ihm von den Stammsitzmietern des Quartettvereins unterwegs begegnete, den hielt Lichtermark ohne Rücksicht auf die Geschäfte des anderen am Rockärmel fest und zwang ihn, auf der Stelle zu lesen, was die große Stadt Leipzig über den vormals Zweiten Geiger Andreas dachte.

„Ich habe aber Eile", sagte der oder jener Stammsitzmieter nach dem Lesen der dritten Besprechung.

„Die vierte müssen Sie noch, die ist die beste – wenn Sie übrigens wüßten, wie eilig mir's ist!"

Der Alte legte schützend die Hand über die Augen, spähte straßauf, straßab. Er mußte nämlich die Agnes auf der Straße zu treffen versuchen, so ganz beihin und zufällig, denn im Barbierhaus, gar in Gegenwart Thedor Kegels etwa, ließ sich nicht sagen, was Lichtermark zu sagen hatte. Endlich sah er Agnes gehen. Zuerst lief er eilig hinter ihr her. Dann schritt er langsamer. Lichtermark wollte ihre Jugend erst noch eine Weile vor sich haben, wie der Wanderer seinen Schritt hemmt im Anblick eines blühenden Baumes oder einer glänzenden Seebreite. Lichtermark sah sie gehen ... geheimnisvolle Lebewesen, dachte er: eine Frau nachts, die herabgestiegen scheint vom Parthenonfries, herausgetreten aus dem Frühlingsbild Botticellis, aus Rubens' Bacchanal, oder aufgestanden von dem gemalten marmornen Brunnenrand als Aphrodite, am Abend, nach Überredung eines Mädchens zur Liebe – ein Weib, die Schönheit selber! ... und am andern Morgen klappert sie verkleidet in lächerliche Fetzen, die ihr jemand zusammengeflickt hat, buntbedruckten Kattun, für acht Mark oder für achtzig, klappert sie auf Lederabsätzen als eine in der Seifen- oder Kraut- oder Nickelsgasse wohnhafte Frauensperson die Straße entlang, einen Korb am Arm und sagt – nicht Verse! sondern mit prüfendem Blick auf Meister Pröhles Auslage anscheinend ganz bei der Sache: Kalb wäre mir lieber als Hammel, Meister ...

Nicht irremachen lassen, mahnte sich Lichtermark, es ist alles ganz anders! Nicht der Tag lebt, sondern das Leben steckt immer drin in ihm und seinem bedruckten Kattun. Ach, Stradivarius, dreimal gesegnet, wer das Leben findet in den Verkleidungen!

Jetzt trat Lichtermark heran an Agnes und sagte nahe hinter ihr: „Ich bin der erste Gratulant!"

Erschrocken wandte sie sich um: „Oh, Herr Professor."

„Aber ich verlange Finderlohn!"

„Was haben Sie denn gefunden?" – sie fühlte die noch nicht gesagte Botschaft, lächelte ihn an.

„Einen Mann, der eine Stradivari wert ist – Kind, und dich dazu.“

Unermüdlich ging Lichtermark herum in Kranichstedt und streute Nachrichten aus. Den Vorstand des Quartett=vereins sparte er sich für die Dämmerstunde auf.
„Man hört“, begrüßte Mittenzwey den unerwarteten Be=sucher, „Sie fahren jetzt auch in die große Stadt, kommen jedoch nicht einmal mit dem ersten Frühzug am anderen Morgen wieder nach Hause –“
„– sondern noch später“, antwortete Lichtermark be=haglich, „aber ehe ich weiterrede, Verehrter, müssen Sie eine Flasche aufkorken. Ich habe viel Musikalisches zu berichten von meiner Reise, brauche von Zeit zu Zeit eine Befeuchtung der Kehle, und Sie werden einen stär=kenden Schluck auch nicht entbehren können, wie Sie mir gleich bestätigen sollen.“
Die Vorbereitungen zu Lichtermarks Schilderung seiner Reiseerlebnisse wurden getroffen. Die Herren stießen an und wünschten sich zunächst ein Wohlsein. Lichtermark begann.
Wir kennen den Inhalt seiner Rede und haben hier nur festzustellen, was im technischen Aufbau des Berichtes abwich vom historischen Gang der Ereignisse. Lichter=mark fing nämlich von hinten an zu erzählen und ließ den gesamten Vorderteil weg. Von Beckers Seelenleben in den letztverwichenen drei Tagen erfuhr Mittenzwey so gut wie nichts. Der Vorstand kannte ja Becker auch nur ganz flüchtig. Auch von Stradivariusgeigen verstand Mit=tenzwey wenig, und mit Museumsfragen wollte ihn Lich=

termark erst recht nicht aufhalten – aber das Konzert!
„Jaja“, sprach der Professor in Erinnerung versunken, „wie nun der große Dirigent den Taktstock vom Pult nimmt und wie ich da vor dem Gewandhausorchester den Solisten stehen sehe, unseren lieben Andreas – ich muß gestehen: da war ich ein bißchen stolz auf unser Kranichstedt und unseren Quartettverein. Und Ihnen, lieber Archivrat, wird es nicht anders zumute sein. Für Sie als den Vorstand muß es doch eine Befriedigung und eine Erhebung sein, eine solche Begabung durchgebracht zu haben durch alle die Schwierigkeiten, die Gefahren und Verärgerungen, die künstlerische Lebenspfade nun einmal bieten – nicht nur für den, der sie geht, sondern vor allem für die, welche das Unglück haben, auf Weg und Steg achthaben zu müssen. Was zum Beispiel haben Sie, bester Archivrat, für Aufregungen durchmachen müssen, bis wir den Andreas so weit hatten, wie er nun Gott sei Dank ist! Ich würde doch an Ihrer Stelle nun auch einmal in die große Stadt fahren und dem Geheimrat einen Besuch machen. Es wäre doch schade, wenn die Stadt des Ildewigpergamentes den Geiger ganz verlieren müßte. Denn wenn irgendwer, dann können wir Kranichstedter sagen: *er ist unser!*“
Lichtermark sprach nicht etwa nur das soeben Vorgebrachte – er redete beinahe endlos, ohne Pause, immer draufzu. Er wußte, daß Mittenzwey seine Zeit brauchte, um sich erst einigermaßen zu fassen und schließlich an den Gedanken zu gewöhnen: Ja, es war schwer, aus diesem Zweiten Geiger einen Ersten zu machen, aber nun gelang es! Lichtermark hatte denn auch die Freude, den Vorstand am letzten Ende seiner langen Erzählung so

meisterhaft erwachen zu sehen, so rüstig hineintreten in die Wirklichkeit und in die sogenannten gegebenen Tatsachen, wie nur irgend nach einem schweren Quartettvortrag. Zur Verblüffung des Professors sagte Mittenzwey sogar: „Man wolle eben bei der Suche nach einer Erklärung für solch eine fast sprunghaft glückliche Entwicklung des Talentes nicht außer acht lassen: wir leben in Kranichstedt, Bester, in der Stadt des großen Spielmanns –"

„– und der Ildewig, mein guter Archivrat."

„Auch dieser." Mittenzwey nickte und begann nun seinerseits zu berichten.

Großes hatte sich zugetragen am Ort in Lichtermarks Abwesenheit. Haukes Spielmannsdenkmal war glücklich aufgestellt worden in der Nische am Rathaus. Bürgermeister Müller hatte es für besser befunden, ohne weiteres Aufsehen, ohne feierliche Enthüllung insbesondere und möglichst rasch die Nischenfrage abzuschließen. Bei der Suche nach Agnes war Lichtermark nicht über den Ratsmarkt gekommen – „Sonst hätten Sie die wohlgelungene Dekoration gar nicht übersehen können", sprach Mittenzwey und kam nun zum Hauptereignis. Er hatte bekanntlich in seiner Eigenschaft als Vorstand eines musikalischen Vereins angeregt, die Figur des Spielmanns als Blickfang in die Mitte der Nische zu setzen, und Hauke war bereitwillig auf diesen Gedanken eingegangen. Mancher noch nicht als Stammsitzmieter eingetragene Einwohner stand jetzt nachdenklich vor der Statue des Geigers: „Man weiß manches, aber vom Geigen sollte man doch mehr wissen. Wie hoch ist der Jahresbeitrag des Quartettvereins eigentlich?"

Gewiß war der große Spielmann eine Lebensmacht in Kranichstedt. Nur vergaßen die Kranichstedter, daß sie den Spielmann bloß deshalb mit ihrer Stadt verbunden sehen konnten, weil ihn die Ildewig gerettet hatte vorm Kranichstedter Galgen.

„Aber weiter", sprach Mittenzwey und ging von der Rathausnische zum Rathausinneren über, das sich zur Zeit von Lichtermarks Abreise in beträchtlicher Unordnung befand.

Umschlag hatte seine Wandplatten am anderen Tag wieder anfahren, in dem ein Stockwerk höher gelegenen Saal ausbreiten und zur Einmörtelung vorbereiten müssen. Im Ratssaal selbst aber trat die alte Malerei unter den sachkundigen Händen der eiligst erschienenen Fachleute Stück um Stück zutage. Die verdeckende neuere Mörtelschicht löste sich weiterhin leicht vom alten Grund, und man konnte bereits ahnen, was da zutage trat – riesengroß, vom Fußboden bis zur Decke reichend! Noch war die verdeckende mürbe Kalkschicht nur an einzelnen Stellen abgenommen. Wie zur Zeit der Schneeschmelze aus dem Weiß hier der warmbraune Erdgrund blickt, dort eine rosenfarbig überhauchte Schneerose, da der Blaustern dem künftigen Himmelsblau voraufleuchtet und die gelbe Blume des Adonis der goldenen Sommersonne – so waren Farbinseln erschienen im weißen Kalk der Saalwand und lockten zum Raten, welche noch verborgenen Linien und Farben die Flecken verbinden werden und ihnen Bedeutung geben.

Das Rätsel war nicht schwer zu lösen. Wir sagten schon: wenn Kranichstedter zu raten beginnen, kommt immer Kranichstedt heraus. Hier trat nun wirklich Kranichstedt aus dem Rätsel hervor ins Licht – freilich das inwendige Kranichstedt, jenes Kranichstedt, welchem das Lied galt, das einst der große Spielmann gegeigt hatte zur Nacht in der Schänke, vor den Armen und den wenig Geachteten.

„Was sollte auch", sprach Mittenzwey, „an die Wand gemalt worden sein in unserer Stadt, als das Wahrzeichen Kranichstedts: die Geschichte mit dem Spielmann, Verehrter!"

„Man kann ihn schon erkennen?"

„Ein Stück von der Figur. Aber die Geige sieht man bereits in seiner linken und den goldenen Pantoffel in seiner rechten Hand."

Lichtermark legte die Zigarre weg, rückte das Weinglas von sich, stand langsam auf: „Und die Ildewig?"

Mittenzwey nickte: „Auch sie, wenn freilich vorderhand nur weniges zu sehen ist. Die weibliche Figur steht auf dem Wandbild ebenso in der Mitte wie auf dem zerbrochenen alten Relief über dem Marienportal. Sie ergänzt so aufs beste die Haukesche Auffassung, in der sie seitwärts vom Spielmann erscheint. Aber die Ildewig ist es: man bemerkt das grüne Gewand, den nackten Fuß, auch ihre sehr zierliche Hand, die das Kleid hebt."

Atemlos hatte Lichtermark zugehört ... „Mittenzwey, wie sieht sie aus?"

„Ihr Antlitz ist vorläufig unterm Kalk. Man weiß es noch nicht."

Jetzt geschah etwas in Gesellschaft sonst nicht Bräuchliches. Lichtermark nahm die Weinflasche, goß sein Glas voll, trank das Glas aus, füllte es abermals, leerte es wiederum in einem Zug, wollte zum dritten Trunk schreiten – Mittenzwey sah fassungslos zu, wie sein Gast den Wein

austrank – aber die Flasche war bereits leer. Lichtermark hielt sie noch einmal gegen das Lampenlicht: sie enthielt wirklich keinen Tropfen mehr, und Lichtermark stellte sie hin und sprach: „Ich weiß, wie sie aussieht."
„Wer!"
„Die Ildewig."
„Dann wissen Sie mehr als die Fachleute", sagte der verstimmte Archivrat.
„Ich weiß auch mehr. Viel mehr! Ich kenne sie. Wenn sie Angst hat, perlt ein Tränentröpfchen wie ein Tau im Blütenkelch, und wenn sie tut, was sie will, geht das Rondo aus a-moll in A-dur" – Lichtermark fühlte des Archivrats Blick: er hält mich für betrunken – „Nein nein", fuhr er fort, „ich bin ganz bei mir. Aber ihr seid nicht bei euch. Ihr kennt die Ildewig nämlich auch. Aber ihr seid Ochsen. Ihr werdet ihr im ganzen Leben nicht begegnen."
Mit offenem Munde hatte Mittenzwey seinem Gast nachgestarrt, der nach diesen Worten mit kurzem Abschiedsgruß zur Türe hinausgelaufen war.
Erhitzt kam Lichtermark in seinem Hause an.
„Willst du jetzt essen, Fritz?" fragte die Gattin.
„Natürlich", antwortete der gedankenversunkene Mann. „Aber ich will dir erst etwas sagen! Komm her. Hör zu! Emma, es geschehen noch Wunder. Hast du mich verstanden?"
„Gewiß, Fritz."
„Du hast mich nicht verstanden! Früher, Emma, traten die Wunder wunderlich auf. Da merkte sie jeder. Seitdem sind die Leute wunderlich geworden vor lauter Gescheitheit. Darum treten die Wunder jetzt natürlich

auf. Und deshalb merken sie nur die natürlichen Menschen."
Lichtermark wischte liebevoll über das schwarzglänzende Holz seines Flügels, er öffnete ihn.
„Du redest so geistlich, Fritz, du warst wohl bei Arcularius?"
„Nahebei" – er wühlte in seinen Notenstößen.
„Willst du auch 'n Teller Suppe vorher?"
„Gewiß, Emma", sagte er und wühlte weiter, „iß nur."
Jetzt hatte der Alte das abgegriffene Heft gefunden: „Wolfgang Amadeus Mozart", las er andächtig, „Rondo in a-moll, komponiert am 11. März 1787" – er setzte sich, schlug den a-moll-Akkord an, sagte: „Andante" und begann... Als aber der letzte Pianissimoakkord verklang, senkte Lichtermark langsam den Kopf: „Ach ja, mit feuchten Augen lächelnd – Kind: darum eben der letzten Weisheit habhaft."

Die Kranichstedter mißverstanden sich in diesen Tagen, während die Ildewig und der Spielmann langsam um eine Handbreit nach der andern aus der Wand herauswuchsen, öfter als sonst. Sie hielten sich gegenseitig Reden, über die der andre nur den Kopf schütteln konnte. „Hoffentlich", sagte der Bürgermeister Müller in der Ratssitzung, „ist der Kalk über dem Bild nun bald ganz entfernt und Umschlag im neuen Ratssaal mit dem Wandbelag fertig, damit endlich wieder Ruhe wird in der Stadt und das Leben seinen gewohnten und nicht durch Überraschungen gestörten Tagesverlauf nimmt."
Diese Sitzung fand in der sogenannten Bürgerstube statt.

Sobald Umschlag seine Arbeiten beendet haben würde, sollte der Rat in dem neuen sogenannten Plattensaal tagen, weil der alte Ratssaal mit dem kostbaren Bild besonderen Feierlichkeiten vorbehalten werden mußte.

Diese inneren Stadtsorgen kümmerten nur die Einwohner. Aber die Welt blickte jetzt auf Kranichstedt und hielt den Atem an: Wann wird das große Bild der deutschen Musik frei vor Augen liegen? Und was werden wir zu sehen bekommen? Die Ildewig, die Türme Kranichstedts, alles war schon deutlich zu erkennen – nur noch ein Stückchen Himmel und der Kopf des Spielmanns mußten von der Deckschicht befreit werden: welches Antlitz wird der Genius der Musik tragen?

Leider fand diese Frage nie ihre Antwort. Schon lächelte Ildewig herab von der Wand, gütig hingebungsvoll und lieblich und allwissend mit feuchten Augen – wie aber längst vergangene Tage sich den großen Spielmann, den Geist der Musik, vorgestellt haben, das bleibt uns unbekannt. Alle Mühe und Kunst hatten nicht helfen können: das Angesicht des Spielmanns war undeutlich geblieben, verwischt. Der andächtige Beschauer konnte es nur ahnen, und jeder Beschauer erahnte nun ein anderes Gesicht – das wirkliche jedoch nicht. Als die Musik noch nahe war dem Urlaut der Natur, dem Rauschen des Gewässers, dem Vogelruf, den summenden Bienen, brausenden Baumwipfeln und wohl auch den singenden Windmühlenflügeln zu nächtlicher Stille – damals konnten die Menschen dem Genius der Musik noch menschliche Züge geben mit Hilfe von Stift und Farbe. Wer aber wollte wagen, ihm ein Gesicht anzudichten, seit Johann Sebastian Bach und Mozart und Beethoven das menschliche Antlitz getragen

haben und jeder ein anderes, alle aber gleichermaßen undurchdringlich?
Viele Fremde kamen nach Kranichstedt, um das Bild zu sehen. Ehrfürchtig folgten ihre Augen den uralten Linien, ruhten nachdenklich auf den sanft leuchtenden Farben, und wenn sie sich endlich losrissen vom Anschauen und nachzudenken begannen, nickten die einen lächelnd: Es ist besser so. Andere jedoch, die alles zu wissen begehrten, sagten achselzuckend: So war es, so ist es und bleibt es – wo die Wahrheit kommen muß, sitzt ein verwischter Fleck.
Aber auch die Einheimischen erschienen im Ildewigsaal. „Ein so gewaltiges Bild ist nicht allein zum Ansehn da", hatte Lichtermark gesagt, als er mit dem Bürgermeister das Bild betrachtete, „wir müssen Kranichstedt *leben* lassen vor diesem Hintergrunde".
Dem Bürgermeister war es bei diesen Worten, in Erinnerung an unruhige Tage, eigentlich nach einem Seufzer zumute, aber er hatte dem Professor zugenickt: „Ja, aber Leben, das keinen Staub aufwirbelt. Das kann dem Bild keinen Schaden tun. Dafür könnte das lebendige Leben einen unserer lieben Stadt Kranichstedt würdigen Anfang nehmen in diesem Ildewigsaal."
Lichtermark sah ihn fragend an.
„Ich denke", fuhr der Bürgermeister fort, „der Standesbeamte soll die Trauungen vollziehen vor der Ildewig."
„Herr Bürgermeister", rief Lichtermark, „dann ordnen Sie morgen die erste an in diesem Saal! Sie können nicht ahnen, wie die hierher gehört."
„Ach, Sie meinen den Andreas. Hm, der Mann ist ein Geiger."

„Ich meinte jetzt mehr die Agnes."
„Die macht ja wohl auch Musik?"
Lichtermark nickte: „Sie dient auch der Musik" – er zeigte auf die Ildewig im Bilde: „Wie die! Der lebendigen Musik! Aber – Agnes hat noch mehr hergegeben für sie als bloß ein Paar echtgoldener Pantoffeln."
Diese Rede konnte der Bürgermeister nicht verstehen: „Ist der alte Kegel so reich?" fragte er.
„Ich weiß nur, daß sie barfuß geht."
„Gott behüte!" rief der mitleidige Bürgermeister.
Lichtermark jedoch lächelte, er sah die heilige Ildewig an und sagte: „Aber sie steht nun so menschlich da auf ihren nackten Füßen."